W0350504

Doris Strobl

Landhochzeit in Thiersheim

Doris Strobl

Landhochzeit in Thiersheim

Roman

rosenheimer

Die nachfolgende Geschichte spielt größtenteils in Thiersheim, einem realen Ort im bayerischen Fichtelgebirge, und der umliegenden Gegend. Die Personen und Handlungen sind jedoch rein fiktiv. Übereinstimmungen mit lebenden oder toten Personen wären rein zufällig und sind nicht beabsichtigt.

© 2014 Rosenheimer Verlagshaus GmbH & Co. KG, Rosenheim
www.rosenheimer.com

Titelfoto: © Preiselbeere aus der deutschsprachigen Wikipedia / Lizenz: CC BY-SA 3.0 (oben)
und © Peter Atkins – Fotolia.com (unten)
Lektorat und Satz: BuchBetrieb Peggy Stelling, Leipzig
Druck und Bindung: CPI Moravia Books, Pohořelice
Printed in Czech Republic

ISBN 978-3-475-54291-6

»Da sind wir!«, rief Martin und lenkte seinen Jaguar rasant durch die enge Hofeinfahrt. Ein paar Gänse, die er fast überfahren hätte, flüchteten mit lautem Geschnatter. Ruckartig kam der Wagen zum Stehen.

Vivien sah ihn entgeistert an, musterte die Gebäude und sagte gedehnt: »Das ist der Bauernhof deiner Eltern?«

Erstaunt antworte Martin: »Ja, das ist er, was soll die seltsame Frage?«

Vivien schüttelte den Kopf, fing an zu lachen und rief: »Ein altes Wohnhaus, eine Garage, einen Holzstadel und eine kleine Halle, das nennst du Bauernhof? Du hast ja echt Sinn für Humor!«

»Nicht einmal das Fachwerkhaus, das übrigens unter Denkmalschutz steht, gefällt dir?“, antwortete Martin gekränkt. »Na ja, das kann aber auch an deiner schlechten Laune liegen. Schon den gesamten Weg nach Thiersheim warst du am Meckern.«

»Meckern?«, schnappte Vivien beleidigt. »Man wird doch wohl darauf aufmerksam machen dürfen, dass man mit einem Jaguar nicht kilometerweit hinter einem Traktor herschleichen muss, oder?«

»Nein, darf man nicht«, blaffte Martin genervt, und Vivien zuckte zusammen. Sie ließ ihren Blick erneut über das Hofgelände streifen und bemerkte achselzuckend: »Also, sorry, auch wenn das Haus bereits ein paar Jahre auf dem Buckel hat, gepflegt sieht es nicht gerade aus. Außerdem stelle mir unter einem Bauernhof ein stattliches Gebäude mit ausladenden Balkonen vor, an denen Kästen mit üppig blühenden Geranien hängen.«

Martin schüttelte unwillig den Kopf, wandte sich zu Vivien und knurrte: »Geranien? Im Dezember?«

»Natürlich nicht«, zischte Vivien, »ich meinte das ja auch nur als Beispiel.«

»Meine liebe Vivien, im Sommer findest du bestimmt auch Geranien oder sonstige Blumen an den Balkonen.«

»Ach so, na dann«, ließ Vivien gedehnt vernehmen. »Ich bin schon sehr neugierig, wie es innen aussieht.« Martin wollte gerade etwas erwidern. Da öffnete sich die Haustür, und seine Mutter lief auf das Auto zu. Er stieß die Fahrertür auf und stieg aus.

»Martin!«, rief seine Mutter. Bevor er es verhindern konnte, zog sie ihn in ihre Arme und fragte: »Wäi lang warst dur scho nimmer don?«

Als es Martin endlich gelungen war, sich zu befreien, sah er eine amüsiert blickende Vivien aus dem Wagen steigen. »Aber Mama«, bemühte er sich eilig zu sagen, um sein schlechtes Gewissen zu beruhigen: »Jetzt bin ich ja da!« Vivien grinste ihn an, reichte seiner Mutter die Hand und rief: »Grüß Gott, liebe Frau, ich bin Vivien Langwang.«

Das fängt ja gut an, dachte Martin erschrocken, wieso sagt sie »liebe Frau«, das klingt schrecklich nach Feudalherrschaft. Und aus welchem Grund schreit sie so? Mama ist doch nicht taub! Bevor er eingreifen konnte, hörte er seine Mutter antworten. »Ich bin Anni Meininger. Es freut mich, dass Martin endlich mal seine Freundin mit nach Hause bringt, von der er uns schon so viel erzählt hat. Ach, ihr jungen Leute, seid immer so furchtbar beschäftigt. Kommen Sie schnell ins Warme, sonst erkälten Sie sich noch in der leichten Mondur.« Zu Martin gewandt tadelte sie: »Hättest dem Fräulein Vivien sagen müssen, dass es im Winter eisig kalt ist bei uns und der Schnee hoch liegt. Ihre Kleidung ist für das Wetter nicht passend.«

Sie hakte sich bei ihrem Sohn unter und zog ihn in Richtung Haus. Er schmunzelte amüsiert. Seine Mama sprach immer ehrlich aus, was sie dachte und fühlte. Manchmal konnte das anstrengend sein, doch in diesem Fall stimmte er ihr zu. Selbstverständlich entsprachen Viviens leichte Stiefelchen und der kurze Mantel nicht den niedrigen Temperaturen, die in Thiersheim herrschten. »Im Fichtelgebirge ist es meist kälter als in München«, hatte er Vivien gewarnt, bevor sie losgefahren waren.

»Lass mal«, hatte sie abgewunken. »Ist nicht meine erste Winterreise.« Dass Martins Mutter sie »Fräulein Vivien« nannte, brachte ihn zum Schmunzeln.

»Ich möchte Vivien gern den Hof zeigen«, erklärte Martin.

»Später«, verlangte Anni, »eitzat wird zu middoch g'ess'n!« Bevor sie ins Haus treten konnten, schoss bellend ein riesiges schwarzes Etwas auf sie zu. »Balu! Sitz!«, befahl Anni, doch der Neufundländer hörte nicht auf sie, sondern hüpfte mit einem gewaltigen Satz auf Vivien zu, die erschrocken zurückwich. Martin versuchte, nach dem Hund zu greifen, doch es gelang ihm nicht. Balu sprang an Vivien hoch. Und bevor ihn Anni wegzerren konnte, zierten bereits hässliche, dunkle Flecken den weißen Mantel der jungen Frau.

»Hör auf, du blödes Vieh«, schrie Vivien. Balus begeisterte Begrüßung wurde jetzt Martin zuteil, der den Hund aber auch nicht in den Griff bekam.

»Balu! Hierher!«, hörten sie eine Stimme energisch rufen. Ein älterer Mann lief über den Hof, packte das Tier und sagte zu ihm: »Ich glaube, es ist besser, wenn du draußen bleibst, solange unser Besuch da ist.«

Vivien starrte Martin an und zischte: »Vielen Dank für deine Hilfe!«

»Was hätte ich denn tun sollen?«, wollte Martin wissen und Anni schlug vor, dass sie erst einmal ihren Mantel ausziehen sollte.

»Designerstück«, sagte Vivien giftig. »Ich hoffe, Sie sind gut versichert.«

»Kommt in die warme Stube«, versuchte Anni zu beruhigen. »Das Mittagessen ist fertig, es gibt dein Lieblingsg'richt!«

»Gebackenes Blut mit Sauerkraut?«, forschte Martin hoffnungsfroh.

»Geh Bou, doch nicht, wenn du einen Gast mitbringst«, lächelte seine Mutter.

Er überlegte einen Moment und rief hoffnungsvoll: »Kronfleisch?«

»Genau! Freust dich?«, fragte Anni.

»Aber ja, super«, erwiderte er.

»Martin, es riecht hier komisch«, flüsterte Vivien, als sie auf der gemütlichen Eckbank Platz nahmen.

»Also bitte, Vivien, reiß dich mal zusammen«, raunte Martin. »Mama hat sich so viel Mühe gemacht.«

Vivien schluckte und sagte laut: »Gebackenes Blut, das klingt einfach schauerlich.«

»Also ich mag es sehr!«, behauptete Martin. »Schweineblut mit Zwiebeln und Speck im Ofen gebraten.«

Vivien schüttelte sich unmerklich, daraufhin lachte Anni, die das gesehen hatte, und meinte: »Ehrlich, es schmeckt besser, als es sich anhört, aber es ist tatsächlich nicht jedermanns Sache, daher gibt es Kronfleisch, das mögen Sie bestimmt! Ich habe außerdem einen Schweinebraten im Rohr.«

Der ältere Herr, der den Hund festgehalten hatte, trat in die Wohnküche und steuerte auf Vivien zu. »Sixtus Meininger«, stellte er sich vor und reichte ihr die Hand. »Entschuldigen Sie bitte, dass Balu ihren Mantel versaut hat.«

»Schon gut«, sagte die junge Frau matt.

»Trinken Sie mit uns ein Bier, oder wollen Sie lieber einen Weißwein?«, fragte Sixtus.

»Welchen Wein gibt es denn?«, erkundigte sich Vivien vorsichtshalber, und Martin stellte fest: »Bier passt am besten zum Kronfleisch!«

Vivien, die weder Bier noch Fleisch mochte, presste die Lippen zusammen. Sixtus reichte ihr ein Glas und forderte sie auf: »Probieren Sie!« Sie nippte vorsichtig an dem Weißwein und merkte erleichtert, dass er gut schmeckte. Nichts Besonderes, aber trinkbar, dachte sie. Vivien blickte sich in dem in ihren Augen einfach eingerichteten Raum um und konnte kaum fassen, dass der coole, erfolgreiche Martin aus so bescheidenen Verhältnissen stammte. Die gemütliche, heimelige Atmosphäre, die Anni und Sixtus sich durch den Mix von antiken und neuen Möbeln geschaffen hatten, nahm sie nicht wahr. Auch Annis ganzer Stolz, ihre erst ein Jahr alte Einbauküchenzeile, fand in ihren Augen keine Anerkennung. Der sachliche Stil in ihrer eigenen Wohnung, deren gesamte Inneneinrichtung ein Designer gestaltet hatte, entsprach mehr ihrem Geschmack. In ihren vier Wänden gab es keinerlei Nippes, Grünpflanzen oder Bilder von Familienangehörigen. Ihr teuer, aber spärlich möbliertes Wohnzimmer war bestimmt dreimal so groß wie die Wohnküche der Meiningers. Anni stellte das Essen auf den Tisch.

»Hauts nei!«, rief sie und Sixtus meinte: »Na, das lasse ich mir nicht zweimal sagen!« Er schob die Schüssel zuerst in Viviens Richtung und sie angelte vorsichtig ein kleines Stück Fleisch heraus.

»Uihh, sind das lange Fingernägel«, staunte Sixtus. »Die können Sie ja als Waffe einsetzen! Die taugen aber nicht für die Arbeit, oder?«

»Für meine schon«, erwiderte Vivien schnippisch.

Anni warf ihrem Mann einen warnenden Blick zu und lenkte ein: »Also, Sie knipsen Fotos bei den Hochzeiten?«

Vivien schnappte nach Luft, und Martin mischte sich ein. Während er mit großem Genuss ins Fleisch biss, grummelte er: »Vivien ist Fotografin und schreibt Artikel. Sie macht Aufnahmen von Prominenten und verkauft sie an Zeitungen und Zeitschriften. Ich bin stolz, dass sie für die Hochzeitsfeste, die ich organisiere, ganz exklusiv die Bilder schießt. Sie ist eine Meisterin ihres Fachs.«

Sixtus schaute sie skeptisch an und sagte: »Dann gehören Sie zu dem Berufsstand, der Prinzessin Diana auf dem Gewissen hat?«

»Du meine Güte«, stöhnte Vivien. »Seit diesem Vorfall bringen die Leute jeden Fotografen mit dem Tod von Diana in Zusammenhang. Die meisten meiner Kunden lassen sich freiwillig ablichten und machen oft Monate im Voraus Termine mit mir. Ich knipse nicht einfach so rum, ich habe drei Jahre lang in Essen studiert.«

Sixtus kratzte sich am Kopf und wandte ein: »Ich wundere mich halt, wie man davon leben kann.« Sie lebt sehr gut davon, dachte sich Martin. Obwohl sich mancher Prominente nicht immer freiwillig vor Viviens Kamera stellte. Das erwähne ich jetzt besser nicht. Es ist eh schon schwierig genug mit ihr und den Eltern.

Sixtus sagte zu seinem Sohn: »Tut mir leid, ich verstehe es immer noch nicht, wieso die Leute dich dafür bezahlen, dass du dich um ihre Hochzeiten kümmerst. Was gibt's denn da groß zu tun? In Thiersheim ist das einfach. Man geht zum Marktplatz, rechts ist das Rathaus, hundert Meter weiter die Kirche und gleich gegenüber das Wirtshaus.«

Vivien lächelte spöttisch und sagte: »In München, ja da wollen die Brautpaare eben etwas ganz Besonderes. Hochzeitsbilder im ›Englischen Garten‹ zum Beispiel, eine Unterwasserhochzeit im Starnberger See oder eine Trauung im Heißluftballon. Auch der Garten von Schloss Nymphenburg wird als Hintergrundkulisse gern genommen.«

Sixtus lachte laut auf, umarmte seine Frau und rief: »Eitzat Anni, da bin i froh, dass mir nimmer heiraten müssen, ja so eine Plag'!«

Vivien stocherte erst skeptisch in ihrem Teller herum. Sie nahm einen vorsichtigen Bissen und bemerkte überrascht: »Das schmeckt ja richtig gut!«

»Na klar«, meinte Martin genüsslich kauend. »Was denkst du denn, warum das mein Lieblingsessen ist? Probier das Brot dazu. Von Mama selbst gemacht!«

Anni ergänzte: »Ihr könnt euch gerne einen Laib mitnehmen, hab' ich gestern extra frisch gebacken.«

Nachdem Vivien ihren Teller fast geleert hatte, fragte sie: »Aus was wird denn Kronfleisch hergestellt?«

Gutmütig erklärte ihr die Köchin: »Das ist das Zwerchfell eines Rindes, das im Wurzelsud gekocht wird. Aber Sie müssen unbedingt auch noch vom Schweinebraten probieren. Von einem Schwein aus eigener Schlachtung.«

»Oh!«, murmelte Vivien, und Martin verkündete: »Ich zeige dir nachher den Betrieb. Papa betreibt eine Schweinezucht.«

»Nicht mehr«, raunte Sixtus einsilbig.

»Was meinst du damit?«, wollte Martin überrascht wissen.

»Darüber könnt ihr euch später unterhalten«, beschwichtigte Anni. »Das muss nicht beim Middochstisch erläutert werden. Außerdem glaube ich nicht, dass unseren Gast das interessiert.«

Vivien hatte aufgehört zu essen und schob den Teller ein Stückchen von sich weg: »Das sättigt ja ungemein«, stellte sie fest. Beunruhigt beobachtete sie, wie der sonst selbstbewusste »Macher« Martin zum Kind mutierte.

Obwohl er protestierte: »Ich bring' keinen Bissen mehr runter, ich platze gleich«, ließ er es dennoch zu, dass seine Mutter noch einmal eine gewaltige Portion Fleisch auf seinen Teller lud.

»Warst in Eile heut' früh?«, fragte ihn Anni, während er sich über die Fleischportion hermachte.

»Wie kommst du darauf?«

»Na, weil du nicht richtig rasiert bist!«

Vivien senkte grinsend ihren Blick, und Martin erwiderte unwillig: »Mama, das ist ein Dreitagebart, das soll doch so sein!«

Sixtus schüttelte den Kopf und lachte: »Annerl, das begreifen wir nicht mehr, er wird bald dreißig, wir sind über sechzig, lass ihn machen, wie er will!«

Anni seufzte: »Wie kann ich denn ahnen, dass sich das so gehört und er die Stoppel mit Absicht stehenlässt?«

»Neueste Mode!«, lächelte Martin fast ein wenig entschuldigend und stellte fest: »Ach Mama, ich weiß, dass du es gut mit mir meinst, aber inzwischen bin ich halt erwachsen!«

»Vorsichtig«, raunte Sixtus. »In Mamas Augen bist du immer noch der kleine Bou!«

Vivien lächelte und sagte: »Ich bin so alt wie ihr Sohn, bei mir zu Hause ist es der Papa, der seine Tochter nicht als selbstständige Frau sehen will.«

»Siehst du«, rief Anni triumphierend. »Eltern sind eben so.« Um sich gleich darauf interessiert zu erkundigen: »Was macht denn Ihr Papa beruflich!«

»Mama, bitte nicht!«, versuchte Martin abzuwehren.

»Lass doch!«, äußerte Vivien lässig. »Das ist ja schließlich kein Geheimnis! Mein Vater und meine Mutter betreiben eine radiologische Gemeinschaftspraxis in München.«

»Der Doktor schickte mich mal nach Radwetz zum Röntgen, und in die Röhre musste ich auch«, warf Sixtus ein. »Im Wartezimmer haben ganz viel Leut' g'wartet. Das heißt, wenn es hart auf hart kommt, lassen Ihre Eltern Sie sicher nicht verhungern!« Vivien wollte erwidern, dass sie durchaus in der Lage sei, sich selbst zu ernähren, und weder von ihren Eltern noch von Martin Geld brauchte. Doch Martin legte ihr beschwichtigend seine Hand auf den Arm, und sie schwieg.

Nach dem Essen kam Anni mit einem Mantel in die Stube, dem man ansah, dass er seine besten Zeiten bereits hinter sich hatte. Sie hielt ihn Vivien hin und erklärte: »Schau'n Sie, der ist zwar schon etwas älter, aber für heute Nachmittag wird's gehen, oder?«

Erstaunt fragte Martin: »Wieso Mama, was möchtest du denn unternehmen?«

»Martin!«, rief sie vorwurfsvoll. »Und ich dachte, du bist extra deswegen heute heimgekommen!«

Er überlegte fieberhaft und sah sie hilfesuchend an. »Was ist heut' für ein Datum?«, forschte sie.

»Der 12.12.«, antwortete Martin und schlug sich mit der Hand an die Stirn. »Der Weihnachtsmarkt!«

Vivien blickte verständnislos, und ihr Freund erklärte: »Der ist seit 25 Jahren immer am 12.12., ab dem frühen Nachmittag auf unserem Marktplatz. Geschäfte und Vereine bieten Getränke und Waren an, und aus der gesamten Umgebung kommen die Besucher. Abends gibt es ein fabelhaftes Feuerwerk. Nimm deine Kamera mit, da wirst du definitiv das eine oder andere interessante Motiv finden.«

Vivien nickte kraftlos, und der Gedanke, in Annis altem Mantel herumzulaufen, behagte ihr nicht. Egal, dachte sie sich, hier kennt mich ja keiner! Sie ließ sich noch einmal Weißwein einschenken und trank das Glas in einem Zug leer.

»Es kann losgehen!«, rief sie, und Sixtus bat seinen Sohn, mit ihm zu kommen, um das Auto aus der Garage zu holen.

Martin nutzte die Gelegenheit und erkundigte sich nach der Schweinezucht. Sein Vater seufzte und erklärte: »Eine neue EU-Verordnung, na ja, eigentlich ist sie doch schon älter, aber ich hatte immer gehofft, dass sie wieder zurückgenommen wird. Die tragenden Sauen dürfen nicht mehr einzeln stehen, sondern müssen in Gruppen gehalten werden. Das ist aber nur noch ein lohnendes Geschäft für den, der kräftig investiert und die Zucht in großem Rahmen betreibt. So nebenbei geht es halt nimmer. Die Verordnungen über Hausschlachtungen sind auch dermaßen kompliziert geworden! Nachdem du dich für den Hof nicht interessierst, lohnt der teure Umbau des Stalles sowieso nicht. Dann lass' ich es eben ganz.«

Fast trotzig stieß er diesen letzten Satz hervor, und Martin sah in betroffen an: »Wieso hast du mich vorher nicht angerufen, um mit mir darüber zu sprechen?«

Sixtus lachte heiser auf: »Was hätte das geändert? Du führst dein eigenes Leben, weit weg von hier. Ich konnte mir beim besten Willen nicht vorstellen, dass du Schweinezüchter werden wolltest. Erinnerst du dich, wann du das letzte Mal bei uns warst?«

Martin presste die Lippen zusammen und schüttelte den Kopf. »Im Sommer, mein Sohn!«, behauptete Sixtus und sah seinen Buben traurig an. Dann schlug er ihm aufmunternd auf die Schulter und forderte: »Mach dir um uns keine Sorgen, ich bekomme bald Rente, wir schlagen uns durch!«

Martin sah den Vater nachdenklich an. »Durchkommen«, das klang nicht gut in seinen Ohren. Er beschloss, später noch einmal mit der Mutter zu reden, als er Sixtus sagen hörte: »Wir nehmen mein Auto und fahren gemeinsam!«

Als Martin protestieren wollte, wiegelte er ab: »Ich sag dir ehrlich, wie es ist. Ich will nicht, dass mein Sohn hier mit einem Protzwagen herumfährt. Das ist mir vor den Nachbarn peinlich. Sou a groußer Koarr'n kostet bestimmt 100 000 Euro, hast du denn so viel Geld?«

Martin schüttelte den Kopf: »Nein, das Auto ist nicht gekauft, nur geleast.«

»Also nur ausgeliehen?«, wollte Sixtus wissen.

»Ja, so in der Art!«, grummelte Martin.

»Brauchst nicht beleidigt sein«, lenkte sein Vater ein. »Ich bin stolz auf dich, vom Banklehrling zur eigenen Firma, das muss dir erst mal einer nachmachen. Aber es ist halt nicht meins, den Erfolg so nach außen zu tragen. Das passt nicht zu deiner Mutter und zu mir.« Mittlerweile standen sie bei der Garage, und Sixtus öffnete das Tor.

»Vater!«, rief Martin entsetzt.

Das kleine grüne Auto fand in der Garage nur noch knapp Platz. Rundherum stapelten sich Müll, Elektroschrott und Reifen. »Ja, ja, da muss ich bald aufräumen«, raunzte Sixtus. Während er sich zur Fahrertür des Wagens vorhangelte, ließ sein Sohn einen Blick über den Hof schweifen. Vivien hatte recht, dachte er erschrocken. Ein wenig ungepflegt wirkt das schon. Wieso ist mir das nie aufgefallen? Oder sah es im Sommer, als ich die Eltern das letzte Mal besucht habe, noch besser aus? Vorsichtig manövrierte Sixtus den Pkw auf den Hof.

»Es geht los, hol deine Freundin«, rief er.

Martin räusperte sich und raunte: »Ich will sie heiraten!«

»Soso«, murmelte sein Vater. »Und wann wolltest du uns das sagen?«

»Heute, doch der passende Moment hat sich halt bisher einfach nicht ergeben«, beschwichtigte Martin und fragte vorsichtig: »Wie findest du sie denn?«

Sixtus lachte hell auf und sagte: »Dir muss sie gefallen, nicht mir. Ich rate dir, sag es bald deiner Mutter! Du weißt, dass die das Gras wachsen hört. Sie sollte nicht zufällig d'raufkommen, sondern es von dir erfahren.«

Vivien und Anni quetschten sich auf den Rücksitz des Autos, und in gemächlichem Tempo tuckerte Sixtus in den Ort hinein und parkte den Wagen am Busbahnhof. Der Schnee knirschte unter ihren Füßen, als sie langsam zum Marktplatz schlenderten.

»Schöner als erwartet«, murmelte Vivien und schoss einige Fotos. »Stellt euch mal zusammen und schaut so glücklich, wie es nur geht«, befahl sie Martin und seinen Eltern. Anni durfte sich das Bild gleich im Kameradisplay anschauen und sagte ehrfürchtig: »Sie sind ja echt eine Künstlerin, so gut haben wir noch nie ausgesehen. Wie Filmstars!«

»Ich schicke Ihnen das Foto zu«, versprach Vivien und sah sich nach Martin um. Der stand mit einem breitschultrigen Mann an einem Glühweinstand. Als sie hinzutraten, stellte er Vivien seinem Schulfreund Christoph vor und freute sich über den bewundernden Blick, mit dem dieser Vivien bedachte.

»Wir haben so manchen Streich zusammen ausgeheckt«, lachte Christoph und der alte Mann, der den Glühwein ausschenkte, ergänzte: »Ned nur ausg'heckt, auch ausg'führt, zum Leidwesen aller. Diese zwei Freinder'l galten als der Schrecken von Thiersheim und Umgebung!«

Es sprach sich schnell herum, dass sich Martin im Ort aufhielt. Nach und nach kamen immer mehr Leute, die ihn begrüßen wollten. »Mama, kommst du bitte kurz mit mir?«, bat Martin. Verwundert folgte sie ihm, und als sie im Erdgeschoss des Rathauses standen, sagte er zu ihr: »Ich werde Vivien heiraten. Ich möchte, dass du das weißt, bevor ich sie jetzt den Verwandten und Bekannten vorstelle.«

»Hab' ich mir bereits gedacht«, raunte Anni trocken. »Warum sonst solltest du sie mit nach

Thiersheim bringen, nachdem du sonst all die Jahre immer nur von ihr erzählt hast?«

Ihr Sohn stockte einen Moment und nickte: »Na ja, so lange sind wir jetzt auch nicht zusammen. Zwei Jahre. Wir haben uns auch erst vor kurzem verlobt.«

»So richtig altmodisch? Das freut mich für dich! Wollt ihr Kinder?«

»Keine Ahnung«, sagte Martin verblüfft. »Darüber haben wir noch nicht gesprochen. Wie findest du sie denn?«

»Mei, das kann ich dir nicht sagen, ich kenn' sie ja g'rad mal drei Stunden«, wich Anni aus.

Martin musterte sie bestürzt und hakte nach: »Mama, du bist der ehrlichste Mensch der Welt, bitte sag mir offen, was du denkst!«

Anni umarmte ihren Sohn und flüstere ihm ins Ohr: »Sie ist eine Löwin, stolz, schön und eigenwillig. Falls es das ist, was du an ihr liebst, wirst du glücklich mit ihr werden. Und das wünsche ich dir, seit ich dich geboren habe. Ich wollte immer, dass du ein zufriedenes Leben führst. Wenn es dir gut geht, dann bin ich froh!«

Martin seufzte: »Du sprichst in Rätseln, Mama, komm, lass uns zurückgehen.« Wie ein Lauffeuer verbreitete sich die Nachricht von Martins reizender Freundin, die mit ihren brünetten, halblangen Haaren sofort im Zentrum der Aufmerksamkeit stand.

Die Meinigers gingen über den Markt. Unter anderem hatten der Fichtelgebirgsverein, der Kindergarten, die Landfrauen, der Anglerverein und die Freiwillige Feuerwehr ihre Buden aufgebaut. Anni und Sixtus kannten fast jeden und kauften überall eine Kleinigkeit ein. Selbstverständlich wurden sie des Öfteren auf einen Glühwein eingeladen. Anni sagte mit einem kleinen Seufzer bedauernd: »I derf ja ned, ihr wisst's schon, mein Zucker!«, und erntete verständnisvolles Kopfnicken. »Aber Sixtus, Martin und Vivien, die sollen sich's ruhig schmecken lassen. Ich übernehme die Heimfahrt!«

Vivien machte einige spöttische Bemerkungen über den Markt und wisperte Martin zu: »Trink nicht so viel, du musst heute Abend noch nach München zurückfahren.«

»Ach komm, jetzt sei kein Spielverderber«, raunte er und fuhr sarkastisch fort: »Hättest du die rote Ampel auf der Leopoldstraße nicht ignoriert, könntest du selber fahren. Aber ohne Führerschein geht das halt nicht!«

»Ja, ja, reib's mir nur unter die Nase«, seufzte Vivien. »Einen Monat noch, dann bin ich echt froh, wenn ich den Lappen wiederbekomme.« Martin sah erleichtert, dass Bürgermeister Hofer vor das Mikrofon trat, um die Veranstaltung offiziell zu eröffnen. Im Anschluss sangen die Kindergartenkinder einige Lieder, und Anni wischte sich gerührt über die Augen. »Ein Enkelkind, das stell' ich mir schön vor!«, bemerkte sie zu Vivien gewandt.

»Ja, wenn sie so friedlich singen, mag ich die kleinen Racker auch, aber sonst machen sie viel Arbeit und Schmutz!«

Anni schaute Vivien betreten an, und Martin sagte eilig. »Was nicht ist, kann ja noch werden, oder?« Vivien schüttelte unwillig den Kopf, und Martin versuchte, seine Eltern zu beschwichtigen: »Erst wird mal geheiratet und dann sehen wir weiter!«

»Ja, so ein Schlingel«, warf Sixtus betont fröhlich in die Runde, um die Stimmung zu retten. »Martin hat uns am Telefon oft von seiner bildhübschen Freundin vorgeschwärmt. Dann tut er so, als ob er sie uns endlich vorstellen will, einstweilen wollt ihr heiraten! Herzlichen Glückwunsch und willkommen in unserer Familie!«

Anni umarmte Vivien und fragte: »Gibt es schon einen Termin?«

Martin mischte sich ein: »Irgendwann im Herbst nächsten Jahres, so etwas will ja gründlich vorbereitet werden!«

Sixtus stand plötzlich mit gefüllten Schnapsgläsern vor ihnen und forderte: »Darauf müssen wir anstoßen!«

»Gute Idee«, bestätigte Anni. »Ich glaube, in diesem besonderen Fall darf ich auch mittrinken. Sie wandte sich Vivien zu: »Jetzt sagen wir aber du zueinander, gell?« Vivien nickte stumm.

»Prost!«, rief Sixtus, und sie tranken in einem Zug die Gläser leer.

»Ho, ho, ho, von d'raus' vom Walde komm ich her!«, ertönte eine Stimme, und der Nikolaus stand vor ihnen.

»Seid ihr denn auch alle recht brav gewesen das Jahr über?«, fragte er und überreichte jedem, nachdem alle laut »ja« gerufen hatten, einen Schokoladen-Nikolaus.

»Wie herrlich die Kirche angestrahlt ist«, bemerkte Anni, und Martin erklärte Vivien: »Hier hatte ich meine Konfirmation.«

Diese grinste ironisch: »Was für eine Idylle, ich bin zu Tränen gerührt.«

Sixtus und Anni schauten sich betroffen an, und Martin wisperte ihr zu: »Wieso musst du immer alles ins Lächerliche ziehen?«

Sie flüsterte zurück: »Hast du einen Heimatkoller? Seit wir hier sind, bist du so komisch. Der Münchner Martin ist mir sympathischer.«

Die Dunkelheit brach herein, und es fing an zu schneien. Funkelnde Lichter gaben dem Weihnachtsmarkt eine romantische Note, vor der Kirche wurde ein offenes Feuer entzündet. Um die Schneebar drängten sich die jungen Besucher, die trotz der schneidenden Kälte einen Cocktail genossen. »Ich wärme mich im Rathaus ein wenig auf«, verkündete Anni.

»Ich begleite dich«, sagte Sixtus und schlug vor, dass sie sich in einer halben Stunde an der Cocktailbar wiedertreffen sollten.

»Wenn du jetzt noch mehr Alkohol trinkst, schaffst du es heute nicht mehr nach München«, warnte Vivien, und Martin meinte: »Mein Gott, was wäre denn so schlimm daran, dann bleiben wir halt über Nacht.«

»Ich muss morgen um 14.00 Uhr im Hotel ›Vier Jahreszeiten‹ bei einem Fototermin sein«, erinnerte Vivien.

»Dann brechen wir eben in aller Früh auf«, bot Martin an.

»Na gut«, gab Vivien nach, »nachdem ich bereits den alten Mantel deiner Mutter trage, kann sie mir bestimmt auch noch ein altes Nachthemd leihen.«

»Oder wir schlafen nackt«, neckte sie Martin und zog sie eng an sich.

Sie kuschelte sich an ihn und flüsterte: „Es tut mir wirklich leid für dich, aber ich gehöre einfach nicht hier her.«

Martin schaute sie betroffen an: »So unwohl fühlst du dich? Das finde ich schade! Ich verstehe dich nicht, es sind doch alle sehr nett zu dir.« Sie zuckte mit den Schultern und wollte etwas entgegnen.

Da rief eine fröhliche Stimme: »Die gehen auf mich!«, Bürgermeister Hofer kam, drei Cocktailgläser balancierend, auf sie zu. »Schön, dass wir uns mal wiedersehen«, freute er sich sichtlich. »Ich heiße Richard«, sagte er zu Vivien. »Zum Wohl, lasst es euch schmecken! Gefällt es dir bei uns?«

»Ach ja, ein ganz nettes Dorf«, meinte Vivien und Richard raunte: »Sag das bloß nicht laut, wir sind eine Marktgemeinde und seit Jahrhunderten stolz auf dieses Recht.«

»Wie geht es deiner Familie?«, wollte Martin wissen, und nachdem sie sich einige Zeit über belanglose Dinge unterhalten hatten, fragte Richard: »Na, der Martin hat dich bisher gut vor uns versteckt. Seid ihr schon lange zusammen?«

»Zwei Jahre«, entgegnete Martin, und Richard grinste anerkennend. »So eine attraktive Frau, Respekt!«

Vivien, an derartige Komplimente gewöhnt, lächelte und wollte wissen: »Bist du hier geboren?«

»Ja«, bestätigte er, »und in Thiersheim aufgewachsen. Ich bin ein paar Jahre älter als dein Martin, aber wir haben eine interessante, gemeinsame Zeit im Anglerverein verbracht.«

»Oh ja«, grinste Martin. »Ich bin nicht erstaunt, dass dich die Thiersheimer zum Bürgermeister gewählt haben, deine zupackende Art passt gut zu dem Amt.«

Richard nickte: »Danke für die Blumen, Martin. Aber du weißt ja, was die Arbeitsplätze anbelangt, ist die Lage bei uns nicht rosig. Die Porzellan verarbeitenden Betriebe verkleinern ihre Produktion immer weiter oder haben sie ins Ausland verlagert. Die Jungen finden keine Arbeit und ziehen weg, und die Alten bleiben zurück.«

»Ja, das ist sicher nicht leicht«, bestätigte Martin, und der Bürgermeister raunte ihm zu, während er den Arm um seine Schulter legte: »Lieber Martin, Thema alte Menschen. Bitte sprich mit deinem Vater. Seit einiger Zeit muss ich mir Beschwerden über ihn anhören. Er lässt euer Waldstück anscheinend vollkommen verwildern, und die drei Felder scheint er auch nicht ordentlich zu bewirtschaften, von der Wiese mal ganz zu schweigen.«

»Echt?«, rief Martin verdattert.

»Konntest du natürlich nicht wissen, daher sag' ich's dir unter Freunden«, zwinkerte Richard und raunte. »Nein im Ernst, Martin, schau bitte genauer hin und rede mit deinen Leuten!«

Richards Frau Marianne gesellte sich zu ihnen, und das lenkte die Unterhaltung in eine andere Richtung. Als Anni und Sixtus dazukamen, verabschiedete sich Richard. Vivien rieb sich die Hände. »Mir wird langsam echt kalt, ich glaube, ich gehe mich aufwärmen.«

»Wir können auch auf den Hof zurückfahren«, bot Martin an, aber Sixtus wehrte ab. »Aber nein, jetzt kommt gleich das Feuerwerk. Darauf sollten wir nicht verzichten! Soll ich dir einen Glühwein holen, Vivien?«, fragte er fürsorglich.

»Gute Idee, dann trinken wir alle noch einen«, rief Martin.

»Na gut«, resignierte Vivien und begriff gleichzeitig, dass sie heute Abend nicht mehr nach München zurückkehren würden.

Nebel zog auf und tauchte den Weihnachtsmarkt und die Kirche in mystische Düsternis, die durch den hellen Schein des Feuers und der Standbeleuchtungen durchbrochen wurde. Dennoch konnte man das Feuerwerk gut verfolgen, das wenig später mit einer ersten, blauen Rakete angekündigt wurde. Die Besucher spähten nach oben, und Vivien hielt sich die Ohren zu. Wieder und wieder stiegen Feuerwerkskörper zum Himmel. Rote, weiße und grüne Blumen, goldener

Regen und vielfarbig funkelende Sterne entlockten den Zuschauern begeisterten Applaus und anerkennende Pfiffe. Zum Finale leuchtete das Firmament in dunklem Violett, und Martin seufzte: »Ich würd' jetzt gern noch an Happ'n ess'n.«

»Dann fahre ich euch heim«, bot Anni an. »Ich hab' mir's fast gedacht und a weng was vorbereitet.« Zu Vivien gewandt sagte sie: »Du bist sicher auch hungrig, nachdem du heute Mittag so wenig gegessen hast.«

Vivien schüttelte den Kopf: »Ich habe genug gegessen heute Mittag, man muss ja nicht immer Holzfällerportionen in sich hineinschaufeln. Aber nach dem pappsüßen Glühwein hätte ich trotzdem nichts gegen eine Brotzeit einzuwenden.«

»Guck mal, sogar einen Edeka-Markt gibt es im Ort«, meinte Martin und deutete auf den Laden, als sie die Straße überquerten.

Vivien bemerkte spöttisch: »Wow, was für eine bemerkenswerte Sehenswürdigkeit, da lohnt die weite Anreise.«

Er knuffte sie in die Seite und knurrte: »Tu nicht so furchtbar zickig. Selbstverständlich ist so eine Marktfiliale nicht, viele kleine Orte sind auf mobile Dienste angewiesen.«

»Darum bin ich meinem Schicksal dankbar, dass ich in München leben darf«, raunte Vivien.

»Gefällt dir denn nicht das Geringste an meinem Heimatort?«, fragte Martin betroffen, und sie lachte: »Der Weihnachtsmarkt ist reizend, und die Kirche sieht aus wie in einem Märchen, aber so kleine Orte machen mich einfach nervös, ich weiß nicht wieso.«

»Na, eine Nacht wird es gehen, oder?«, stellte Martin fest.

Vivien nickte und hakte sich bei ihm unter. »Ich bin total durchgefroren. Hoffentlich bekomme ich keine Erkältung.«

Sie kletterten ins Auto, und Anni fuhr langsam über die schwach beleuchteten, kleinen Straßen zum Hof zurück. »Komm, Vivien«, sagte sie, als sie am Haus ankamen. »Geh gleich mit mir rein, die Männer sollen den Wagen in die Garage bringen. Ich mache dir einen heißen Tee!«

»Ich will auch einen«, forderte Sixtus. »Für mich bitte mit einem Schuss Rum!«, verlangte Martin.

Anni richtete Tee, Wurst und Käse auf einer Platte an, und bald saßen sie gemeinsam am Esstisch. Vivien, die jetzt wirklich Hunger hatte, aß ein Käse- und zwei Leberwurstbrote. Martins Smartphone surrte einige Male, seine Assistentin bestätigte ihm die Terminänderungen, die er für den Vormittag des nächsten Tages angeordnet hatte.

»Es ist kalt hier drin«, verkündete Martin. »Ich leg' noch Holz nach.« Er stand auf und blickte in einen leeren Vorratskorb. »Ich geh in den Stodel und hol' Nachschub«, rief er.

»Ich komme mit«, sagte Vivien. Gemeinsam gingen sie nach draußen, und Martin bemerkte enttäuscht: »Ich habe deine abschätzenden Blicke in der Wohnstube durchaus registriert. Mir ist die Lust vergangen, dir den restlichen Hof zu zeigen.«

»Jetzt sei doch nicht gleich beleidigt, es ist halt alles ungewohnt für mich«, meinte sie.

»Nein, lass mal, das macht doch keinen Sinn«, beharrte er.

»Dann eben nicht!«, schnappte Vivien beleidigt und stapfte ins Haus zurück.

Als Martin die Tür zum Holzstadel öffnete und das Chaos realisierte, murmelte er: »Gott sei dank, dass Vivien das nicht sieht!« Wie in der Garage, herrschte auch hier ein heilloses Durcheinander, für das er keine Erklärung fand. Das passte einfach nicht zu seinen Eltern, die immer auf Ordnung, Struktur und Sauberkeit geachtet hatten. Mühsam bahnte er sich den Weg zum Brennholz, lud den Korb voll und trat in die Stube.

»Ich sagte eben zu Vivien, dass ihr bei dem starken Schneefall doch besser hier übernachtet, oder?«, meinte Anni.

»Ja, Mama wir bleiben bis morgen, vor allem habe ich zu viel getrunken, um noch nach München zu fahren.«

Anni strahlte: »Ihr könnt im Zimmer von Oma schlafen, vorsichtshalber hab' ich gestern die Betten frisch bezogen!« Zu Vivien gewandt sagte sie: »Morgen ist auch der Fabrikverkauf der Porzellanfirmen wieder geöffnet. Da kann man ganz günstig schöne Sachen kaufen.«

Vivien schüttelte ihre Mähne und sagte schnippisch: »So etwas habe ich nicht nötig. Ich leiste mir alles, was ich will, zum regulären Preis.«

Beschämt presste Martins Mutter die Lippen aufeinander und antwortete leise: »Ich meine es nur gut.«

»Aber ja, natürlich«, stammelte Vivien, als sie sah, was sie mit ihren unbedachten Worten angerichtet hatte. Sie gähnte hinter vorgehaltener Hand. »Ich ziehe mich jetzt besser zurück, ich bin heute Morgen sehr früh aufgestanden.«

»Komm«, bot Martin an. »Ich bringe dich nach oben und zeige dir alles.« Sie standen auf, Vivien wünschte eine gute Nacht, und Anni sagte ihr, dass im Badezimmer einige Nachthemden für sie bereitlägen. Sie sollte sich einfach eins aussuchen. Handtücher und Zahnbürsten würde sie auf der Fensterbank finden. Auf dem Weg in den ersten Stock erklärte Martin: »Meine Oma verbrachte jedes Jahr einige Wochen hier bei Mama und Papa. Ihre letzten beiden Lebensjahre konnte sie das Bett kaum mehr verlassen, und meine Eltern holten sie hierher und pflegten sie, bis sie starb. Papa stammt ursprünglich aus dem Chiemgau, verliebte sich in Mama und ist nach der Hochzeit zu ihr nach Thiersheim gezogen, um den elterlichen Betrieb weiterzuführen. Eine romantische Geschichte, die sie dir bestimmt gerne beim Frühstück erzählen werden.«

Vivien prallte zurück, als sie den Raum betraten. »Das ist ja hier wie in einem Museum«, flüsterte sie.

»Schreinerarbeit«, sagte Martin stolz, und Vivien setzte sich vorsichtig auf das alte, wuchtige Holzbrett, auf dem sich schwere Federbetten türmten. Es knarzte schrecklich, und jetzt erst bemerkte sie die eisige Kälte des Zimmers.

Sie hörten Anni von unten rufen: »In den Betten liegen elektrische Heizdecken, schaltet sie ein, damit ihr heute Nacht nicht friert.

»Danke«, rief Martin zurück und sagte zu Vivien: »Ich setze mich noch ein wenig zu meinen Eltern, schlaf gut! Die übernächste Tür führt zum Badezimmer.«

Als Martin in die Stube zurückkam und sich auf die gemütliche Eckbank setzte, fragte seine Mutter: »Viviens Eltern wohnen sicher recht elegant?«

Martin meinte lächelnd: »Schönheit liegt immer im Auge des Betrachters, Mama. Papa würde sicherlich sagen, sie leben protzig. Das Wohnzimmer ihrer 7-Zimmer-Villa in einem Nobelviertel von München ist mindestens 50 Quadratmeter groß.«

»Hat Vivien denn Geschwister?«, wollte Sixtus wissen.

Martin schüttelte den Kopf: »Nein, sie ist ein Einzelkind, so wie ich!«

»Na, zu so einer vornehmen Gesellschaft passen wir wohl eher nicht«, brachte Sixtus bitter hervor. Lädst du uns denn überhaupt zu deiner Hochzeit ein?«

»Geh, Papa, was redest du denn für einen Unsinn? Ohne euch würde ich doch niemals heiraten. Natürlich müsst ihr kommen.«

»Ich fürchte, mir fehlt die passende Kleidung«, sorgte sich Anni. Martin schloss sie liebevoll in den Arm. »Ich kenne einige Modeschöpfer in München, die dir mit Freuden ein elegantes Kleid für diesen Tag zur Verfügung stellen.«

Er überlegte kurz: »Wenn ihr keine Tiere mehr versorgen müsst, besucht mich doch bald. In meiner Wohnung gibt es ein geräumiges Gästezimmer.«

»Ich denke darüber nach«, sagte Sixtus. Als er in das strahlende Gesicht seiner Frau blickte, erkundigte er sich: »Würde dich das glücklich machen, Annerl?«

Sie nickte, und er rief: »Gut, dann fahren wir eben nach München!« Anni fiel erst Sixtus und anschließend Martin um den Hals und freute sich: »Da wollte ich schon lange mal wieder hin!«

Ächzend erhob sich Vivien am anderen Morgen aus dem alten Bett. »Die reinste Folter«, stöhnte sie. »Ich spüre jeden einzelnen Knochen in meinem geschundenen Körper.«

Martin, der sehr gut geschlafen hatte, rollte ob dieser enormen Theatralik mit den Augen, doch sie fuhr fort: »Guck mal wie romantisch, Eisblumen am Fenster, so etwas habe ich seit meiner Kindheit nicht mehr gesehen!«

Wortlos sprang Martin auf und huschte ins Bad. »Ganz schön frostig«, murmelte er und wollte eine heiße Dusche nehmen. Nachdem kein warmes Wasser kam, zog er sich schnell an und ging in die Küche. »Guten Morgen, Mama«, sagte er und gab ihr einen Kuss. »Wieso gibt es denn nur kaltes Wasser im Bad?«

»Ach, der Boiler spinnt immer mal wieder«, erklärte Anni. »Nächste Woche schaut sich der Jocki das Gerät an. Kaffee oder Tee? Was mag Vivien?«

»Egal«, hörten sie eine weibliche Stimme. Fröstelnd erschien Vivien in der Tür und bestätigte: »Ich trinke alles, Hauptsache es ist heiß.«

Bald standen große Tassen mit frischem Milchkaffee auf dem Tisch, zu dem es Marmeladen- und Honigbrote gab. »Martin deutete gestern an, dass euer Kennenlernen romantisch verlief, wollt ihr mir davon erzählen?«, bat Vivien.

»Ja, warum nicht, wo du jetzt zu unserer Familie gehörst!«, sagte Sixtus, der soeben vom Schneeräumen wieder in die Stube trat.

Anni lachte und erklärte: »Sixtus erzählt diese Geschichte viel besser als ich.«

Er setzte sich, sie schob ihm eine Tasse Kaffee hin, und mit versonnenem Blick begann er zu sprechen: »Der Chiemgauer Bauernverband hatte eine Busreise nach München zum bayerischen Landtag organisiert. Ich habe mein Erspartes zusammengekratzt und bin mitgefahren. Für mich war das die erste Übernachtung außerhalb meines Elternhauses. Wir sind für eine Nacht in einem einfachen Hotel untergekommen, das wir nach einer Stadtrundfahrt bezogen hatten. Ich bin dann am Abend alleine losgegangen, um mir ein bisschen Großstadtluft um die Nase wehen zu lassen. An einem Imbisswagen wollte ich mir ein halbes Hendl kaufen, doch ein junges Fräulein schnappte mir die letzte Portion weg.«

Anni lächelte und fuhr fort: »Ich habe sein enttäuschtes Gesicht gesehen und …«

»Dann hat sie mir angeboten, das Hendl mit mir zu teilen«, strahlte Sixtus. »Sie hat mir auf den allerersten Blick gefallen, und ich habe die Gelegenheit beim Schopf gepackt und gesagt, dass ich ihr Angebot gerne annehmen würde, aber nur, wenn ich sie hinterher zu einem Bier einladen dürfte!«

Anni nickte: »Normalerweise hätte ich mich auf sowas nicht eingelassen, doch irgendetwas Besonderes ging von dem jungen Mann aus, und so habe ich zugestimmt.«

»Was hatte dich denn von Thiersheim nach München verschlagen?«, erkundigte sich Vivien.

»Ich habe meine Tante besucht«, erklärte Anni. »Das hätte auch eine Woche früher oder später sein können, aber das Schicksal wollte es, dass ich mich genau zu diesem Zeitpunkt dort aufhalten würde, um den Mann meines Lebens zu treffen!«

Zärtlich streichelte Sixtus über ihre Wange und flüsterte gerührt: »Das hast du jetzt schön gesagt, mein Annerl!«

Anni fuhr fort: »Wir sind in eine Bar gegangen und haben geredet, bis das Lokal zugemacht hat.«

Sixtus nickte und ergänzte: »Dann haben wir uns auf eine Parkbank gesetzt, und als die Sonne aufging, wusste ich, dass wir für immer zusammengehören würden. Ich habe gefühlt, dass sie mit ihrer positiven Lebenseinstellung, ihrer

Freundlichkeit und Güte mein Leben reich und schön machen würde.«

Anni nickte: »Ich mochte deinen Humor und ...«, sie fuhr mit einem Finger zart über sein Kinn, »dieses kleine Grübchen. Du warst an allem so interessiert, konntest gut zuhören, und mir imponierte deine Bescheidenheit, Ruhe und Höflichkeit. So einen Mann hatte ich mir ersehnt. Und wie ihr seht, habe ich mich damals richtig entschieden!«, rief sie.

Sixtus schloss sie in seine Arme und bestätigte: »Ja, trotz mancher Lebensstürme, wir gehören für immer zusammen.«

Martin schaute auf die Uhr und mahnte zum Aufbruch. Anni packte ihm den Rest vom Kronfleisch, Schweinebraten und einen Laib Brot ein. Vivien bestand darauf, dass er es, des Geruchs wegen, im Kofferraum deponierte. Sie verabschiedeten sich, und Martin lenkte den Wagen über schmale schneebedeckte Straßen auf die Autobahn.

Sie hingen beide ihren Gedanken nach. Mein Vater behauptete immer: »Die Liebe geht, das Geld bleibt«, dachte Vivien. Aber wenn ich mir ansehe, wie liebevoll Martins Eltern miteinander umgehen, bin ich mir da nicht mehr so sicher. Martin sinnierte darüber, was er auf die Frage, was er an Vivien besonders schätze, antworten würde. Sie sprachen wenig, und als Martin seine Freundin vor ihrer Wohnung absetzte, meinte sie: »Danke fürs Bringen, ich muss mich beeilen, du weißt, mein Termin ist bereits um 14.00 Uhr.«

»Wann sehen wir uns wieder?«, fragte Martin.

Sie zuckte mit den Schultern: »Lass uns telefonieren, tschüss«, drehte ihm dann den Rücken zu und ging eilig zu ihrer Haustür.

»Zicke!«, knurrte Martin, gab Gas und fuhr mit quietschenden Reifen los.

Als Martin in seiner Wohnung ankam, duschte er und tauschte seine Cordhose und den dicken Wollpullover mit dem dunklen Designeranzug. Auf dem Weg ins Büro fasste er den festen Vorsatz, bald allein nach Thiersheim zu fahren, um mit seinen Eltern ein ernsthaftes Gespräch über die Zukunft des Hofes zu führen.

Weihnachten und Neujahr verbrachte er mit Vivien in der Karibik. Ein wenig vermisste Martin die gemütliche Atmosphäre, die während dieser Zeit seine Mutter im Elternhaus immer schuf. Doch er wusste, dass aufgrund ihrer beiden übervollen Terminkalender diese drei Wochen die einzige Möglichkeit darstellten, gemeinsam Urlaub zu machen.

Als sie im Januar ins winterlich-kalte Münchner zurückkehrten, hatte sie der Alltag sofort wieder fest im Griff. Obwohl Martin das schlechte Gewissen plagte, beschränkte sich der Kontakt zu seinen Eltern erneut nur auf gelegentliche Telefonate.

***

Stolz blickte Martin zu Vivien, die soeben ein frisch getrautes Brautpaar vor dem Münchner Liebfrauendom fotografierte, deren Hochzeit er über viele Wochen hinweg geplant hatte. Der Weihnachtsurlaub hatte die Distanz, die nach ihrem Aufenthalt in Thiersheim entstanden war, wieder in ein vertrautes Miteinander verwandelt.

»Schauen Sie so, wie sie im Moment sind – glücklich!«, rief Vivien der Braut zu, was sofort ein strahlendes Lächeln auf das Gesicht der Frau zauberte. Vivien wirkte gelöst und entspannt, sodass Martin die Gunst der Stunde nutzte und sie fragte: »Ich würde dir gern Thiersheim im Frühling zeigen. Was hältst du davon, wenn wir die Ostertage bei meinen Eltern verbringen?«

»Nichts«, wollte Vivien entsetzt rufen, doch sie beherrschte sich und antwortete ruhig: »Martin, ich fand deine Eltern sympathisch, aber ich möchte nicht noch einmal in dem kalten, ungemütlichen Omazimmer schlafen.«

»Der Frühling ist da!«, rief Martin. »Es ist bereits angenehm warm. Ach komm schon, Vivien, ich wünsche mir, dass du meine Heimat auch ohne Schnee erlebst.«

Vivien überlegte und stimmte zu: »Gut, wenn es dir so wichtig ist, dann bin ich mit zwei Übernachtungen einverstanden, aber mehr nicht!«

Martin gab Vivien einen Kuss und lobte: »Du bist die Beste! Jetzt lass uns zum Hotel gehen. Ich muss überprüfen, ob bei der Hochzeitsgesellschaft alles reibungslos läuft, und du sollst doch einen Film drehen, oder?«

Sie nickte und meinte: »Bitte Martin, schwöre mir, dass es auf unserer Hochzeitsfeier keine lächerlichen Spielchen gibt!«

Er grinste und foppte sie: »Ehrlich? Kein Champagnertrinken aus dem Brautschuh? Spaghettiessen mit verbundenen Händen? Strumpfbandversteigerung?« Sie schüttelte energisch den Kopf, und er tat geknickt: »Schade!« Dann gab er ihr einen Kuss und verkündete: »Nach Ostern fange ich mit der Planung für unsere Feierlichkeiten an, versprochen!«

»Siehst du, keine Traktoren heute, die uns aufhalten«, neckte Martin Vivien, als sie auf der Landstraße in Richtung Thiersheim fuhren.

»Das wäre ja auch noch schöner«, lachte Vivien. »Ich bin nicht gläubig, aber selbst ich weiß, dass man am Karfreitag keinesfalls auf Feld und Flur herumwerkelt. Sind hier nicht auch irgendwo die Luisenburg-Festspiele?«

»Ja«, sagte Martin überrascht. »Ich wusste gar nicht, dass du dich dafür interessierst.«

»Hab' es zufällig gelesen«, meine Vivien. »Ein Felsenlabyrinth, benannt nach der preußischen Königin Luise, und eine der ältesten Naturbühnen Deutschlands, das klingt doch spannend.«

Martin nickte: »Ist es auch, als Jugendlicher durfte ich die Eltern mal begleiten. Hat mir gut gefallen! Jetzt werden von Mai bis August verschiedene Theaterstücke gezeigt.«

»Ist das weit weg von hier?«, wollte Vivien wissen.

»Nein, 20 Minuten mit dem Auto. Wenn wir im Sommer noch mal herkommen, können wir gerne eine Aufführung besuchen«, bot Martin an. »Oder möchtest du lieber die Geranien an den Balkonen der Häuser bewundern?«, frotzelte er.

»Ach ja, mal sehen«, meinte Vivien ausweichend.

Kurz bevor sie Thiersheim erreichten, bog Martin auf einen kleinen Feldweg. »Das Land und die Wiesen auf der rechten Seite und der Wald dahinter gehören zum Hof meiner Eltern«, erklärte er.

»Das ist aber viel Fläche«, meinte Vivien beeindruckt, »das hätte ich nicht gedacht.«

Martin nickte: »Mit der Bewirtschaftung ist der Vater gut beschäftigt.«

»Haben deine Eltern Angestellte?«, wollte Vivien wissen.

Martin schüttelte den Kopf: »Ab und zu Erntehelfer, sonst machen sie alles allein.«

Er startete den Wagen, und bald erreichten sie die Ortseinfahrt. »Markt Thiersheim«, las Vivien. »Wie viele Einwohner leben hier?«

Martin überlegte: »Ich glaub' so um die 1900. Zu Thiersheim gehören ja noch einige kleinere Ortschaften.«

Vivien schaute aufmerksam nach rechts und links und bemerkte: »Wirklich nett hier, ach und jetzt kommt der Marktplatz, auf dem der Weihnachtsmarkt war.«

»Gut erkannt«, lobte Martin. »Für morgen Mittag habe ich die Eltern bereits zum Mittagessen in ein Thiersheimer Gasthaus eingeladen.

Sonntagmittag fahren wir über Land, da gibt es auch ein sehr gutes Lokal. Diesmal sollst du dir Speis und Trank selbst aussuchen können.«

Vivien drückte seine Hand und sagte dankbar: »Das ist lieb von dir. Danke, mein Schatz.«

Er lächelte und raunte: »Als kleiner Ausgleich dafür, dass du im Omazimmer schlafen musst!«

Martin wurde von seiner Mutter stürmisch umarmt, und auch Vivien wurde herzlich in Empfang genommen. Sixtus hatte Balu bereits weggesperrt und erkundigte sich gleich nach dem Zustand von Viviens Mantel, den der Hund im Winter verschmutzt hatte. Vivien winkte ab: »Ach, nicht so tragisch, ich wollte mir sowieso einen neuen kaufen.«

»Ich hoffe, du magst Karpfen«, fragte Anni unsicher.

»Ja, gern sogar«, versicherte Vivien, und Martin bestand darauf, ihr vor dem Mittagessen den Hof zu zeigen.

»Wir sind gleich wieder da«, sagte er.

»Lasst euch nur Zeit«, meinte Anni, »es dauert noch eine Weile, bis der Fisch fertig ist.«

Vivien, die sich fest vorgenommen hatte, kein Wort über den Erhaltungszustand der Hofgebäude zu sagen, konnte einen entsetzten Aufruf dennoch nicht unterdrücken, als sie den Schuppen betraten. Auch Martin schockierte der Anblick, es roch modrig, das Holz schien feucht zu sein. Er blickte nach oben und sah, dass das Dach großflächige Schäden aufwies. Im ehemaligen Schweinestall hätten Boden und Wände einer gründlichen Renovierung bedurft. In einer Ecke lagerte altes Gerümpel, so wie in der Garage, in der das Auto jetzt augenscheinlich keinen Platz mehr fand, da es im Hof stand. Am Wohnhaus bröckelte der Putz ab, und Martin befürchtete auch hier einen Wasserschaden. Vivien schwieg, bemerkte aber das nachdenkliche Gesicht ihres Freundes, als sie ins Haus traten. »Ich muss unbedingt alleine mit meinen Eltern sprechen«, raunte er Vivien zu. »Kannst du bitte nach dem Essen einen Spaziergang machen?«

»Selbstverständlich«, versicherte sie.

»Ich möchte mit euch reden«, forderte Martin, nachdem sich Vivien zurückgezogen hatte.

»Worüber?«, fragte Sixtus misstrauisch und sein Sohn antwortete: »Über den Zustand des Hofes. Ich habe den Eindruck, dass ihr alleine nicht mehr zurechtkommt. Wollt ihr nicht jemanden einstellen, der euch unterstützt?«

Sixtus lachte heiser auf und meinte: »Bou, die meisten Nachbarn sind noch älter als wir. Die jungen Familien, die sich wegen der günstigen Grundstückspreise wieder hier ansiedeln, beschäftigen sich mit ihrer eigenen Arbeit und wollen am Wochenende ihre Ruhe.«

»Wäre es dann nicht vielleicht sinnvoller, alles zu verkaufen?«, fragte Martin.

Bestürzt flüsterte Anni: »Das würdest du fertigbringen? Viele Generationen haben das alles aufgebaut und sich um den Erhalt bemüht. Und du willst es einfach aufgeben? Und wo sollen Papa und ich denn dann wohnen?«

»Vielleicht bei ihm in München?«, warf Sixtus sarkastisch ein. »Im Winter hat er uns doch von seinem Gästezimmer erzählt.«

Martin schüttelte unwillig den Kopf. »In Thiersheim gibt es durchaus anständige Drei-Zimmer-Wohnungen, die nicht teuer sind. Ihr könntet euch mit dem Geld aus einem Verkauf ein angenehmes Leben machen. Und die Schufterei hätte ein Ende.«

Anni schnaubte: »Haus und Grund verkauft man nicht! Das sagte schon mein Großvater! Wir mischen uns nicht in deine Lebensweise ein, also lass uns auch unseren Alltag gestalten, wie wir es für richtig halten! Und jetzt Schluss mit dem Thema.«

Vivien bemerkte den Unfrieden, der zwischen Eltern und Sohn herrschte. Als sie am Abend im Bett des Omazimmers lagen, sprach sie ihren Freund darauf an.

»Sie sind stur«, knurrte Martin ungehalten, »und wollen keine Hilfe von mir.«

Die angespannte Stimmung verstärkte sich, als Vivien bei einem Spaziergang erwähnte, dass sie niemals in so einem beschaulichen Ort leben könnte.

»So bezaubernd es hier ist, mit den Wäldern und den sanften Hügeln, ich brauche die Großstadt«, sagte sie. Anni und Sixtus wechselten einen vielsagenden Blick und bemerkten das Zögern ihres Sohnes, bevor er schließlich seiner Freundin beipflichtete und bestätigte, dass auch er nicht auf Dauer auf dem Land glücklich sein könnte.

Lange saßen Sixtus und Anni am Ende dieses Tages in der Stube und unterhielten sich mit leisen Stimmen. Schließlich legte Sixtus den Arm um seine Frau, gab ihr einen Kuss auf die Wange und flüsterte ihr ins Ohr: »Ich hab' dich lieb, du schlaues Annerl!«

»Einen Versuch ist es wert«, raunte sie und strich zärtlich über seine Hand. »Ich denk' dabei auch an dich, du sollst mir doch lange erhalten bleiben.«

Er lachte heiser auf und murmelte: »Glaub mir, wir werden zusammen alt, so wie wir es uns vor dem Pfarrer versprochen haben! Wie sollte der eine ohne den anderen denn zurechtkommen? Das ginge doch nie und nimmer!«

»Dem Papa geht es nicht gut«, seufzte Anni, als ihr Sohn und seine Freundin am nächsten Morgen zum Frühstück in die Stube traten.

»Was hat er denn?«, fragte Martin besorgt. »Soll ich einen Arzt holen oder ihn ins Krankenhaus fahren?«

Anni schüttelte den Kopf. »Sein Herz und sein Kreislauf sind manchmal ein bisserl durcheinander, das vergeht bald wieder. Er muss halt bloß liegenbleiben.« »Bist du sicher?«, wollte Martin wissen.

Anni nickte, und Martin hakte nach: »Kommt das öfter vor?«

»Na ja, so ein- oder zweimal im Monat ungefähr«, stellte Anni fest. »Ich hoffe nur, dass er sich rasch erholt, denn unser Traktor ist kaputt und die Reparatur teuer. Daher hat Papa einen zur Miete bestellt, ausgerechnet für Dienstag. Wenn ihm taumelig ist, kann er sich natürlich nicht daraufsetzen und pflügen.«

»Dann mache ich das«, bot Martin spontan an. »Ich bleibe da und helfe ihm.«

»Geh Bou, du host deine eigene Arbeit«, rief Anni. »Das geht doch ned.«

Martin bestand darauf und brachte Vivien, die ihren Aufenthalt keinesfalls über die vereinbarten zwei Nächte hinaus verlängern wollte, zum Bahnhof. »Das ist vollkommen verrückt!«, schimpfte sie. Als sie am Bahnsteig standen, wollte sie wissen: »Kann das ein Trick deiner Eltern sein, um dir das Landleben erneut schmackhaft zu machen?«

Martin lehnte diesen Gedanken entrüstet ab, gab Vivien einen Kuss und meinte: »Du siehst Gespenster. Am Mittwoch gegen Mittag bin ich wieder in München.«

»Da bin ich mir nicht ganz so sicher«, erklärte sie skeptisch, während er sie zum Abschied umarmte.

Am Montag schickte Martin seinen Mitarbeitern Peggy und Max eine Kurznachricht, informierte sie über seine Abwesenheit und teilte die Arbeiten, für die er am Dienstag verantwortlich gewesen wäre, unter ihnen auf. Um diese Zeit begann das Hauptgeschäft in der Agentur. Nach wie vor bevorzugten viele Verliebte den Mai als Hochzeitsmonat. Da galt es, parallel vieles zu organisieren, und Martin tröstete sich damit, dass ein Tag hin oder her wohl nicht so schlimm sein würde.

Am Dienstag stand er in aller Früh auf, und Sixtus ließ es sich nicht nehmen, mit ihm aufs Feld zu fahren.

Blass schaut er aus, dachte Martin besorgt. Doch sein Vater versicherte, dass er als Beifahrer durchaus dabei sein konnte. Die Sonne versteckte sich, und eisiger Wind machte den Aufenthalt im Freien zu keinem Vergnügen. Als es zu regnen anfing, bot Martin an: »Papa, soll ich dich heimfahren?«

»So weit kommt es noch«, schnaubte Sixtus. »Was meinst du, wie oft ich in meinem Leben bei so einem Wetter gearbeitet hab'?« Ja, dachte sich Martin, das kann ich mir vorstellen, doch da warst du jünger und kräftiger. Aber er schwieg, und sie erledigten am Vormittag die dringlichsten Arbeiten. Nach dem Mittagessen fuhr Martin allein in den Wald, um festzustellen, dass sich die Lage seit dem Winter verschlimmert hatte und auch hier dringender Handlungsbedarf bestand.

Nach dem Abendbrot meinte Sixtus, dass er sehr erschöpft sei und sich sofort hinlegen würde. Martin sah, wie sich die Mutter ein paar Tränen von den Wangen wischte.

»Danke für deine Hilfe«, brachte sie hervor. »Alleine hätte es der Papa nicht geschafft. Er wird halt immer langsamer.« Martin nickte besorgt und glaubte seinen Ohren nicht zu trauen, als sie schließlich traurig sagte: »Es ist wohl besser, wir verkaufen. Du hast recht, Bou. So können wir nicht weiterwursteln. Was haben wir davon, wenn einer von uns ernsthaft krank wird!«

Martin räusperte sich und raunte dann: »Mama, ich verstehe, wie schwer das für euch ist.«

Sie nahm seine Hand und blickte ihn flehend an: »Könntest du bitte dableiben und uns helfen, alles in Ordnung zu bringen, damit wir einen guten Verkaufspreis erzielen?«

Martin schluckte. »Unmöglich!«, hätte er rufen müssen – und: »Es wird sowieso schwierig werden, einen Käufer zu finden!« Aber er schwieg und schaute seine Mutter nachdenklich an. »Lass mich nur überlegen, wie ich es hinbiegen kann«, bat er, »mir wird bestimmt etwas einfallen!«

Obwohl Ostern in diesem Jahr auf einen sehr späten Zeitpunkt fiel, fing es in der Nacht an, heftig zu schneien. Als Martin am Morgen ins Bad ging, bemerkte er es zunächst nicht. Er gähnte und murmelte: »So gut habe ich schon lange nicht mehr geschlafen. Feldarbeit an frischer Luft ist anscheinend besser als jedes Fitnessstudio!« Ein Grinsen huschte über sein Gesicht, und kopfschüttelnd überlegte er, dass er begann, in Klischees zu denken.

Als er unter der Dusche stand, stellte er missmutig fest, dass das Wasser nur lauwarm aus der Leitung floss. »Was mich nicht umbringt, macht mich härter«, raunte er und stieg später gut gelaunt die Treppe hinunter. Er fand die Stube leer, und erst jetzt schaute er aus dem Fenster und sah, wie seine Eltern versuchten, die Schneemassen auf dem breiten Vorplatz wegzuräumen. Er zog die dicke Daunenweste, die an der Garderobe hing, über und lief nach draußen. »Mama!«, rief er. »Gib mir die Schaufel, das kann ich machen!«

»Wenn du meinst«, erwiderte sie dankbar. »Ich richte in der Zwischenzeit das Frühstück.« Martin und sein Vater kamen gewaltig ins Schwitzen, bis sie die Fläche und die Autos vom gröbsten Schnee befreit hatten.

»So ein Mist! Muss es jetzt tatsächlich nochmal schneien!«, schimpfte Martin, als er am liebevoll gedeckten Frühstückstisch Platz nahm. Im Radio kamen laufend Durchsagen von unpassierbaren Straßenabschnitten, die man aufgrund umgestürzter Bäume sperren musste. »Ich bleibe noch einen Tag länger«, beschloss Martin.

Als er später im Büro anrief, um Termine zu verschieben, bat Max: »Es wäre einfacher für uns, wenn wir gleich bis Ende der Woche ohne dich planen, jeden Tag alles neu auszutüfteln, macht viel mehr Mühe.«

Martin willigte ein und meinte: »Ich wollte hier sowieso nach dem Rechten sehen, dann bleibe ich in Thiersheim und erledige so viel wie möglich. Ab Montag bin ich wieder voll dabei.« Während ihm seine Mutter noch eine Tasse Kaffee einschenkte, erklärte Martin: »Ihr habt gehört, was ich soeben zu Max gesagt habe. Ich erwarte aber von euch, dass ihr mir ehrlich über den Zustand des Hofes Auskunft erteilt.« Er stockte und fügte hinzu: »Auch über den finanziellen!«

Seine Eltern wechselten einen bekümmerten Blick, und Sixtus räusperte sich und kratzte sich nachdenklich am Kinn, bevor er feststellte: »Die Zeiten sind schwierig!«

Martin schüttelte amüsiert den Kopf und wandte ein: »Papa, das weiß ich, aber meine Frage ist dadurch nicht beantwortet.«

Hilfesuchend schaute sein Vater zu seiner Mutter, die ihn mit einem leisen Seufzer ermunterte: »Sag's ihm, es hilft ja nichts.«

Betroffen raunte Martin: »So schlimm ist es?«

Sixtus nickte und erklärte: »Im Laufe der Jahre mussten wir immer neue Hypotheken aufnehmen, und jetzt hat die Bank den Geldhahn zugedreht. Wir haben keine Mittel, um den Traktor reparieren zu lassen, das marode Dach des Schuppens zu erneuern und Heizöl anzuschaffen.«

»Daher das kalte Wasser«, stellte Martin fest.

»Ja«, sagte Sixtus. »Und ganz ehrlich, ich hab' inzwischen die Kraft verloren, weiterzumachen. Du siehst ja, in welchem Zustand sich der Hof befindet.«

Martin blickte seine Eltern nachdenklich an: »Dann bleibt nur der Verkauf.« Anni wischte sich über die Augen und nickte traurig mit dem Kopf.

»Ich helfe selbstverständlich mit, alles herzurichten, dass ihr einen guten Preis erzielen könnt«, versprach Martin. »Und ich kann euch mit meinem Ersparten aushelfen.«

»Das kommt nicht infrage«, wehrte Sixtus empört ab. »Es ist nicht richtig, Geld von seinem Kind zu nehmen.«

Martin legte beschwichtigend seine Hand auf den Arm des Vaters und meinte: »Papa, das ist nur vorgestreckt und geliehen. Wenn das Anwesen verkauft ist, gibst du es mir zurück.«

Anni nickte Sixtus aufmunternd zu und flüsterte: »Wir würden unserem Buben auch helfen, dazu ist eine Familie doch da, oder? Dass man zusammensteht, wenn es hart auf hart kommt.«

»Genauso sehe ich das auch!«, bestätigte Martin. »Lasst uns jetzt überlegen, wie wir es am besten angehen!«

Am Ende der Woche plagte Martin ein gewaltiger Muskelkater, aber es war ihm gelungen, das Holz im Stadel so umzuschichten, dass es nun an einer trockenen Stelle lagerte. Er hatte Heizöl liefern lassen und freute sich über eine heiße Dusche. Auch im Omazimmer herrschte eine angenehme Temperatur. Nun galt es zu warten, bis der Schnee komplett weggeschmolzen sein würde, um mit der Sanierung der anderen Gebäude beginnen zu können.

»Ich muss unbedingt in die Firma«, kündigte Martin am Sonntagabend an. »Morgen fahre ich, aber ich komme bald zurück.« Skeptisch sahen ihn die Eltern an, doch sie verstanden, dass sie ihn nicht länger aufhalten konnten.

Innig betete Anni an diesem Abend zum lieben Gott, dass er ein Wunder geschehen lassen solle, damit Martin doch nur hierbliebe. »Wenn er jetzt geht, kommt er so schnell nicht wieder«, murmelte sie.

Über Nacht setzte Tauwetter ein. Überflutete Straßen führten zu einem gewaltigen Verkehrschaos. Während Anni dankbar eine Kerze unter dem Kruzifix anzündete, ärgerte sich ihr Sohn. »Das ist doch wie verhext, ich scheine aus Thiersheim nicht mehr wegzukommen!«

Sixtus wandte mit ernster Miene ein: »Vielleicht ist es ein Zeichen des Himmels, das du hierbleiben sollst!«

Martin runzelte unwillig die Stirn und erklärte nervös: »Ich muss nach München fahren. Ohne mich läuft der Laden nicht. Es ist unmöglich, dass ich mich zurücklehne und auf neue Aufträge warte. Von alleine flattern die leider nicht ins Haus. Dranbleiben, werben, auf mich aufmerksam machen und Kontakte pflegen, das ist die Devise. Das können meine Leute leider nicht leisten.«

Er stand auf und verabschiedete sich mit den Worten: »Ich fahre jetzt los, mal sehen, wie weit ich komme.« Besorgt schaute Anni zu Sixtus, doch der umarmte seinen Sohn, bedankte sich für seine Hilfe und wünschte ihm eine sichere Heimfahrt.

Als der Jaguar schließlich vom Hof preschte, legte er seinen Arm um Annis Schulter und behauptete: »Reg dich nicht auf Annerl, der ist gleich wieder da!«

»Ob wir das Richtige tun?«, fragte sie zweifelnd. »Wir meinen es gut, aber wird er in seiner Heimat wirklich glücklich werden?«

Sixtus lächelte verschmitzt und sagte: »Davon bin ich überzeugt, und wir beide kennen auch den Grund!«

Eine halbe Stunde später kehrte Martin bereits wieder zurück, und erst nach zwei Tagen konnte er Thiersheim schließlich verlassen. Auf dem Weg nach München fiel ihm auf, dass er selten so gut geschlafen hatte, wie in der letzten Zeit. »Ich muss Sport treiben und mich mehr bewegen«, beschwor er sich selbst und hoffte, dass diesem Vorsatz auch die Tat folgen würde. Er seufzte: »Na ja, aber die gute, reine Luft kann ich leider nicht mit nach München nehmen.«

Als er am Abend Vivien telefonisch über seine Rückkehr informierte, spürte er ihre Erleichterung: »Da bin ich echt froh, ich habe bereits befürchtet, dass ich alleine zum Presseempfang gehen muss!«

»Ach, stimmt ja«, murmelte Martin gedehnt. »Das hätte ich jetzt fast vergessen. Ich begleite dich, wie versprochen, aber viel werden wir uns in nächster Zeit nicht sehen! Du weißt, die zahlreichen Hochzeiten im Mai, und ich habe den Eltern meine Hilfe zugesagt.«

»Verstehe!«, meinte Vivien gequält. »Kein Problem, denn du wolltest ja auch noch mit den Planungen für unsere Vermählung anfangen.«

Martin antwortete ironisch: »Vermählung! Was für ein Wort! Wie förmlich das aus deinem Mund klingt!«

Der Mai kam, und Martin und seine Angestellten arbeiten fast rund um die Uhr, damit andere Menschen unvergessliche Feste erleben konnten. Während dieser intensiven Arbeitsphase erhielt Martin einen Anruf von seinem Vater: »Es tut mir so leid, dass ich dich stören muss, aber du wolltest dich doch um einen Dachdecker bemühen. Weißt du vielleicht, wann der genau kommen wird? Ein Teil vom Holzstadeldach ist gerade runtergekommen.«

Martin stöhnte leise auf. Das hatte er vollkommen vergessen. Schuldbewusst sagte er: »Papa, ich frage dort nochmal nach, ich melde mich wieder.« Er überlegte kurz und rief Bürgermeister Hofer in Thiersheim an. »Kennst du einen Dachdecker, der kurzfristig einen Auftrag ausführt?«, fragte er.

»Bestimmt!«, meinte Richard. »Was ist denn genau zu tun?« Martin schilderte ihm das Problem und Richard stellte fest: »Klarer Fall für eine Nachbarschaftshilfe. Ich trommle ein paar Leute zusammen, wann wirst du da sein?«

»Ist das unbedingt notwendig?«, seufzte Martin. »Ich ersticke hier in Arbeit!«

Richard meinte: »Dein Vater ist in solchen Angelegenheiten immer ein bisschen schwierig. Ich kann dir nur helfen, wenn du selber mit anwesend bist!«

»Verstehe«, wandte Martin gedehnt ein. »Dann bin ich gegen 15.00 Uhr bei den Eltern.«

Martins Angestellte murrten, als er ihnen seine erneute Abwesenheit verkündete. In einer gemeinsamen Besprechung verteilte er die Zuständigkeitsbereiche der kommenden Tage neu. »Bisher bin ich immer länger als gedacht in Thiersheim geblieben, daher erscheint es mir sinnvoll, wenn ich die Aufgaben jetzt gleich vernünftig umverteile«, erklärte er.

»Das heißt, du gehst nicht zum Presseempfang heute Abend?«, fragte Peggy süffisant.

»Nein – Mist!«, stöhnte Martin und kniff die Lippen zusammen. »Vivien reißt mir den Kopf ab, aber ich kann es nicht ändern. Ich muss sofort los!«

Martin war bereits auf der Autobahn, als er seine Freundin endlich erreichte. »Das ist nicht dein Ernst, oder?«, blaffte sie ihn an. »Thiersheim, Thiersheim, Thiersheim, langsam mag ich es nicht mehr hören. Ich habe mich auf unseren gemeinsamen Abend gefreut und finde es echt unverschämt, dass du mir so kurzfristig absagst.«

»Das verstehe ich, mein Liebling, aber das Dach des Holzstadels …«

Sie schnaubte: »Liebling! Pah! Der Grund ist mir schnurzegal. Ich bin stinksauer!« Dann beendete sie das Gespräch, ohne Martin die Chance zu geben, noch etwas zu sagen.

Mit Richard und einigen Nachbarn deckte Martin das Dach des Holzstadels notdürftig ab. Anni bedankte sich mit einer Brotzeitplatte und Bier für die rasche Hilfe.

Richard nahm Martin zur Seite und beschwerte sich: »Das Waldstück muss unbedingt ausgeholzt werden, die Touristensaison beginnt bald. Ich will, dass alles gepflegt ausschaut. Es ist in deinem eigenen Interesse. Die jungen Bäume stehen zu dunkel. Es gehört ausgelichtet, damit sie wachsen können.«

Martin verdrehte die Augen und seufzte: »Mein Vater hat mir versprochen, das zu erledigen.«

»Du überschätzt wohl seine Kräfte ein wenig«, rief Richard. »Der Wille allein nutzt leider nichts, wenn die Energie zu schwach ist, um zur Tat zu schreiten.«

»Hast ja recht«, meinte Martin. »Ich mach' es die nächsten Tage, ich verspreche es dir!«

»Prima«, freute sich Richard.

Bald verabschiedeten sich die Helfer und Sixtus tauchte wieder auf. »Wo warst du denn?«, erkundigte sich Martin.

»Weg«, blaffte er verärgert. »Ich mag keine Fremden auf meinem Hof!«

Martin schüttelte den Kopf und antwortete: »Ja Vadda, das ging jetzt aber nicht anders.«

»Hab ich gemerkt«, schnaubte er und stapfte davon.

***

»Wie lange gedenkst du noch in Thiersheim zu verweilen? Sind drei Wochen nicht genug?«, erkundigte sich Vivien. Martin schwieg, und sie fuhr fort: »Oder hast du so viel Gefallen an deiner Heimat gefunden, dass du gleich für immer dort bleibst?«

»Red' doch keinen Unsinn«, blaffte Martin. Er verschwieg, dass er sich durchaus wohlfühlte in Thiersheim. Die körperliche Arbeit, die er als Jugendlicher als furchtbare Last empfunden hatte, machte im Spaß und ließ ihn gut schlafen. Und das, obwohl er unter einer enormen Doppelbelastung stand, da es auch galt, die notwendige Organisation der Firma aufrechtzuerhalten. Er stand sehr früh auf und ging beizeiten ins Bett, und er wunderte sich immer mehr, dass er das Leben in der Großstadt, das er sich einst so unbedingt ersehnt hatte, überhaupt nicht vermisste.

»Und die Firma?«, fragte sie. »Ist es denn überhaupt möglich, alles aus der Ferne zu managen?«

»Ich stehe in engem Kontakt zu Peggy und Max«, rechtfertigte sich Martin und dachte mit schlechten Gewissen daran, dass Vivien natürlich recht hatte.

»Ich habe Sehnsucht nach dir«, wisperte sie.

»Komm her und hol mich ab«, forderte er.

»Nö, Martin«, sagte Vivien gedehnt. »Mein Bedarf an Landleben ist gedeckt, melde dich einfach, wenn du wieder in der Stadt bist!«

»Gut, dann bis Dienstag!«, versprach er.

»Da bin ich aber gespannt«, spottete Vivien und beendete das Gespräch.

Nachdenklich saß Martin auf der Bank vor dem Haus. »Vivien«, seufzte er. Es kränkte ihn, dass sie so abfällig über seine Heimat dachte und sprach. Siedend heiß fiel ihm ein, dass er für seine eigene Hochzeit im Herbst noch nicht mit der Organisation begonnen hatte. Richard brauste mit dem Rennrad vorbei und winkte ihm fröhlich lachend zu. Martin erwiderte den Gruß und nahm sich vor, bei seinem nächsten Besuch sein Fahrrad mitzubringen. In München kam er sowieso nicht dazu, es zu benutzen.

Martins Rückkehr verschob sich erneut. Eine Dachdeckerfirma hatte nun endlich einen freien

Termin und wollte kurzfristig die Arbeiten erledigen. Vivien teilte Martin per Kurzmitteilung mit, dass sie mit einer Freundin einen zweiwöchigen Urlaub auf Mallorca verbringen würde. Sie langweilte sich und hatte keine Lust mehr, dauernd auf ihn zu warten. Martin seufzte, hin und her gerissen zwischen seinem Pflichtgefühl den Eltern gegenüber und der Liebe zu Vivien. Obwohl ihm langsam Zweifel kamen, ob er sie wirklich so sehr liebte, wie er geglaubt hatte. Ganz tief in seinem Innersten musste er sich eingestehen, dass er sie nicht sonderlich vermisste. Dieser Gedanke erschreckte ihn zutiefst, denn so wollte er nicht denken und fühlen. »Das wird schon wieder, wenn ich in München bin«, grummelte er. »Mach dich nicht verrückt, solche Phasen sind in einer Beziehung bestimmt ganz normal.«

Martin tuckerte mit dem inzwischen reparierten Traktor auf das Feld, als er Richard begegnete. »Wie ich sehe, kommst du mit der Arbeit gut vorwärts«, rief der Freund ihm zu.

Martin schaltete den Motor aus und fragte: »Na, geht es wieder auf die Rennstrecke?«

»Genau«, lachte Richard. »Fahr doch mal mit, wir haben einen tollen neuen Radweg. Eine schöne, gerade asphaltierte Fläche. Das macht echt Spaß! Wenn du fit bist, kannst du auf dem Brückenradweg ›Bayern-Böhmen‹ bis nach Frankfurt oder nach Tschechien radeln. Aber ich beschränke mich auf eine Stunde, und am Schluss kehre ich immer auf ein kühles Bierchen ein. Es gibt an der Strecke einige feine Möglichkeiten. In meinem Lieblingscafé sitzt man äußerst idyllisch, mitten im Grünen und der selbstgemachte Kuchen, ein Gedicht! «

»Klingt verlockend«, lachte Martin. »Aber irgendwie hörte sich das jetzt wie ein Vortrag aus dem Tourismusbüro an.«

Richard grinste gutmütig: »Du weißt ja, wenn mich was begeistert, dann muss ich es einfach anpreisen!«

Recht hast!«, rief Martin. »Es wird wirklich Zeit, endlich mein Bike von München hierher zu transportieren, denn ich hab' tatsächlich Lust bekommen, richtig loszusprinten!«

»Tu das bald, Sport hält fit!«, riet Richard.

»Machst du Witze?«, fragte Martin. »Die Arbeit auf dem Hof fordert meinen Körper eh schon heraus.«

Grinsend wollte Richard wissen: »Du kommst am Samstagabend um zehn Uhr zum Johannisfeuer, oder? Wir müssen doch die Sonnenwende gebührlich feiern!«

Martin grinste: »An Festen herrschte früher schon kein Mangel. Jedes Wochenende gibt es die unterschiedlichsten Veranstaltungen. Aber das mit dem Feuer ist neu.«

»Jawohl«, nickte sein Freund, »und darum rechne ich damit, dass du dir das anschauen wirst!«

»Mal sehen«, wollte Martin ausweichen, doch das ließ Richard nicht zu.

»Geh, immer nur werkeln, das ist auch nicht gut, übertreib es nicht! Also, abgemacht, dass du vorbeischaust?«

Martin gab sich einen Ruck und sagte: »Ja, ich komme! Zum Abschied sozusagen, ich muss unbedingt zurück in die Stadt. Ich kann nicht immer nur alles aus der Ferne regeln. Ich weiß, dass ich mich auf meine Leute verlassen kann, trotzdem beschleicht mich langsam ein ungutes Gefühl.«

»Das versteh' ich«, stimmte Richard zu und mit dem Ruf: »Bis bald!«, schwang er sich auf seinen Drahtesel und sauste davon.

Martin begann, die Garage auszuräumen, und versuchte, seinen Vater daran zu hindern, definitiv unbrauchbare oder veraltete Sachen aufzuheben. »Wo hast du denn in so kurzer Zeit den ganzen Krempel herbekommen?«, wollte er wissen. »Flohmärkte«, grummelte Sixtus und sein Sohn lachte: »Weißt was, die brauchbaren Dinge werfen wir nicht weg. Die räume ich in den Holzstadel und beim nächsten Weihnachtsmarkt bauen wir einen Stand auf und verkaufen den Trödel.«

»Siehst du, dann hast du doch was von unserer Sparsamkeit geerbt«, rief Sixtus stolz, und Martin begann mit einem amüsierten Lächeln, die Kisten aus der Garage zu schleppen. Am Ende des Tages tat ihm das Kreuz ordentlich weh, und er schimpfte mit sich: »Weichei! Bist auch nichts mehr gewohnt. Jetzt zum Johannisfeuer? Oh je – eigentlich würde ich mich viel lieber auf die Bank vors Haus setzen!«

Dennoch sprach er bei der abendlichen Brotzeit vom Sonnwendfeuer und wollte wissen, wo es entzündet wurde. »Zu meiner Zeit gab es das noch nicht«, fügte er hinzu. »Der alte Pastor hätte so einen heidnischen Brauch bestimmt nicht erlaubt!«

Sixtus lachte und sagte: »Zur ›Hohen Warte‹ 'nauf, da fachen sie es an. Und im Juli ist das Wartfest, das von der Freiwilligen Feuerwehr Grafenreuth und dem Fichtelgebirgsverein organisiert wird.«

Martin grinste: »Wenn irgendwas schiefgeht, sind die Löschmannschaften bereits zur Stelle, sehr löblich!«

Sixtus musste lachen und meinte: »Ich find' es lobenswert, dass man die Erinnerung an die ursprüngliche Aufgabe des Turmes erhält. Du weißt ja, dass früher Tag und Nacht ein Mann Wache gehalten hat. Sobald sich Feinde näherten, gab er Feuer- oder Rauchzeichen für den nächsten Posten, und das setzte sich fort, bis die Herren von der Burg zu Kulmbach zur Hilfe herbeieilten.«

Martin seufzte: »Hab ich alles mal in der Schule gelernt.«

»Und gleich wieder vergessen!«, schmunzelte Anni.

»Wann wollen wir aufbrechen, wenn es um zehn Uhr losgeht?«, wollte Martin wissen.

Sixtus winkte ab: »Das ist was für die Jungen, die Mama und ich bleiben daheim, oder magst mitgehen, Annerl?«

Anni schüttelte den Kopf. »Nein, hast schon recht. Martin, wir setzen uns lieber auf die Bank vors Haus, aber im Juli gehen wir auf jeden Fall zum Wartfest.«

Martin polterte die Treppe herunter und fragte: »Papa, kann ich deinen Wagen nehmen?« Überrascht wollte Sixtus den Grund wissen, und sein Sohn antwortete verlegen: »Wenn ich mit meinem Jaguar ankomme, halten die Leute mich bestimmt für einen Aufschneider. Das will ich vermeiden!«

Anni grinste und bemerkte: »Und du möchtest nicht als Angeber dastehen?«

»Genau«, erwiderte Martin.

»Es freut mich«, nickte Sixtus zustimmend und sagte: »Irgendwie schaust du anders aus!«

Anni betrachtete ihn kritisch und rief: »Uih, jetzt weiß ich's! Die Stoppeln sind weg. Das macht dich viel attraktiver!« Sie strich mit ihrer Hand über seine glatte Wange, und er erklärte: »Was in München lässig wirkt, kann hier eher als ungepflegt erscheinen.«

Er verabschiedete sich, zwängte sich hinter das Lenkrad des Kleinwagens und fuhr zur »Hohen Warte«. Wie er an den vielen fremden Autokennzeichen dort feststellen konnte, lockte das Fest sowohl Thiersheimer als auch Gäste von außerhalb an. Er fand gerade noch einen Parkplatz. Die Holzscheite hatte man zu einem gewaltigen Haufen geschichtet.

Richard und Marianne winkten ihm, und als er auf die beiden zusteuerte, kamen ihm zwei junge Frauen lauthals lachend entgegen. »I glaub's ja niat«, prustete die eine, während die andere hervorstieß: »Aach a blind's Huhn find' a amoil a Kerndl!«

Martin stutzte, blieb stehen und rief: »Moni und Steffi, die wilden Schwestern!«

»Ja sowas – der Martin«, schrie Moni und stieß Steffi in die Seite: »Dein Ex-Lover ist wieder in der Gegend!«

Martin sah, wie eine leichte Röte Steffis Gesicht überzog, dann streckte sie ihm die Hand entgegen und sagte: »Grüß Gott, was machst du denn hier?«

»Wohl das gleiche wie ihr. Ich will mir das Sonnwendfeuer anschauen«, stellte Martin fest und drückte Steffis Hand.

Sie sah ihm nicht in die Augen, sondern fixierte einen Punkt auf dem Boden. »Mit dir hätt' ich niemals gerechnet«, bemerkte Moni sarkastisch. »So eine Überraschung! Seit Jahren haben wir dich nicht mehr hier gesehen!« Sie tat, als ob sie sich suchend umschaute: »Wo sind deine Frau und die Kinder?«

»Gibt es nicht!«, erklärte er kurz angebunden.

Moni wandte sich Steffi zu: »Siehst du, das hat er davon, dass er dir einst das Herz gebrochen hat. Einsam und alleine lebt er vor sich hin.«

»Die wilden Schwestern«, brachte Martin erneut zum Ausdruck, um von diesem Thema abzulenken. »Ich merke schon, das freche Mundwerk geht unverändert! Magst du mir nicht mal deinen Mann und deine Kinder vorstellen, Moni?«

Da lachte Steffi schallend, und Martin gab es einen Stich ins Herz. Dieses zauberhafte Lachen, das hatte ihn früher so fasziniert. »Gut pariert«, stieß sie prustend hervor.

»Ronny«, schrie Moni quer über die breite Fläche. »Ronny, komm bitte her zu mir!«

Ein jugendlich aussehender, breitschultiger Mann eilte herbei und fragte: »Pupperl, was ist denn?« Der ist bestimmt zwei Meter groß, dachte sich Martin. Da wirkt Moni tatsächlich wie eine Puppe neben ihm. Dennoch wunderte er sich, dass die selbstbewusste Frau einen derartigen Kosenamen akzeptierte.

»Guck Ronny, das ist der Martin, er hat Steffi vor sieben Jahren das Herz gebrochen.«

»Geh Moni«, tadelte Steffi, »lass gut sein, die alten Kamellen!«

»Was wahr ist, wird man doch sagen dürfen«, schnappte Moni.

Ronny quetschte Martins Hand und brummelte: »Na ja, g'hör'n immer zwei dazu, trotzdem schön blöd von dir, so eine fabelhafte Frau nicht festzuhalten.«

»So sehe ich das auch, mein lieber Mann!«, sagte Moni. Wobei sie das Wort »Mann« besonders betonte, um dann schnippisch fortzufahren: »Unsere Boum sind daheim, die werden von der Oma gehütet.«

»Du sprichst in der Mehrzahl?«, fragte Martin. »Wie viele Kinder hast du denn?«

»Zwei«, berichtete Moni ganz stolz, und Martin lobte: »Respekt, mit 24. Nicht schlecht!«

»He«, rief Moni: »Du hast dir sogar mein Alter gemerkt?«

»Klar, als die um drei Jahre jüngere Schwester von Steffi bist du eher immer wie eine ältere aufgetreten. Wenn ich daran denke, wie wagemutig ihr beide wart, sowas vergisst man nie.«

Moni machte eine wegwerfende Handbewegung, und Steffi sagte: »Wir haben es als selbstverständlich angesehen, vom Zehn-Meter-Brett zu springen, ein Motorrad zu fahren und bei allem mitzumachen, was unsere älteren Brüder uns vorgelebt haben.«

»Ich weiß, das hat mich damals sehr fasziniert«, rutschte es Martin heraus, und er sah ein triumphierendes Blitzen in Monis Augen. Schnell schaute er Steffi an und wollte wissen: »Und du? Hast du auch geheiratet?« Sie presste die Lippen zusammen und schüttelte den Kopf.

»Wir sehen uns später«, sagte Ronny. »Ich muss mit den anderen Männern den Holzhaufen fertig richten.«

»Er ist nicht von hier, oder?«, fragte Martin.

Moni antwortete: »Nein, ich habe ihn im Urlaub kennengelernt. Stell dir vor, wie im Film. Wir buchen unabhängig voneinander eine Busreise nach Paris. Mich hat eine Freundin begleitet, ihn sein Bruder. Wir haben im Bus nur eine Sitzreihe entfernt gesessen und sind uns schnell nähergekommen. Mir ist natürlich sofort sein Dialekt aufgefallen, und da hat sich rausgestellt, dass er aus Selb kommt. Irre, oder? Da wohnen wir nur einige Kilometer entfernt und verlieben uns auf dem Weg nach Paris.«

Martin schmunzelte: »Die Stadt der Liebe! Aber ich finde es mutig von dem Jungen, dich zu heiraten, denn du kannst ja auch ganz schön grantig werden. Und jetzt wohnt ihr in Thiersheim?«

Moni verneinte und sagte: »Du hast wohl meinen Auftritt in guter Erinnerung, als ich dir gehörig den Kopf gewaschen habe, weil du Steffi so fies behandelt hast, oder? Und nein, wir wohnen nicht hier. Wir sind extra wegen des Johannisfeuers gekommen. Ich lebe mit meiner Familie in Selb. Und du lebst glücklich immer noch in München?«

Martin nickte und musste daran denken, dass seine Entscheidung, Thiersheim zu verlassen mit dazu geführt hatte, dass es zur Trennung zwischen ihm und Steffi gekommen war. Er fragte sie: »Bist du hiergeblieben?«

»Ja«, antwortete sie: »Ich bin Dorfhelferin für ein umfangreiches Einzugsgebiet.«

»Respekt«, lobte Martin. »Das ist ja eine anspruchsvolle Aufgabe.«

Steffi nickte: »Mir macht es Spaß, ich wollte nie etwas anderes tun.«

»Und du? Ist deine Karriere bei der Bank wie geplant verlaufen? Bist du bereits ein hohes Tier?«

Martin verzog das Gesicht und sagte: »Ach, da arbeite ich gar nicht mehr, ich habe mich als Hochzeitsplaner selbstständig gemacht.«

»Echt?«, gluckten Moni und Steffi und warfen sich einen vielsagenden Blick zu. »Ausgerechnet du? Das hat dein Papa bisher verschwiegen«, meinte Steffi. »Ich habe ihn öfter mal gesehen, das hat er nicht erwähnt.«

Moni grinste und meinte: »Ich stell mir das spannend vor, so einen smarten Hochzeitsorganisator zu haben. Falls wir endlich das Geld für eine Feier zusammenhaben, dann darf ich mich an dich wenden?«

»Selbstverständlich«, strahlte Martin. »Es wäre mir eine Ehre, alte Freunde kriegen auch einen Sonderpreis!« Mit diesen Worten überreichte er Moni eine Visitenkarte, und die stellte fest: »Immer im Einsatz, oder?«

Martin seufzte: »Als Selbstständiger musst du halt immer am Ball bleiben!«

Steffi zog Moni am Ärmel. »Lass uns gehen, sonst stehen wir zu weit hinten und sehen zu wenig vom Feuer!«

»Viel Spaß«, wünschte Martin und sah den beiden Frauen nach, als sie langsam weitergingen. Steffi hinkte fast unmerklich, beinahe sah es so aus, als ob ein Fuß kürzer wäre als der andere. Er überlegte, was ihr passiert sein könnte.

Marianne und Richard kamen auf ihn zu, und er erkundigte sich nach Steffi. »Alte Liebe rostet nicht«, neckte Richard, und Marianne erklärte ihm, dass Steffi bei einem Motorradunfall schwere Verletzungen erlitten hatte und seitdem ihr Bein etwas nachzog.

»Sie hat sich kaum verändert«, sagte Martin gedankenverloren, und Richard bemerkte: »Na, deine Zukünftige ist ja ein komplett anderer Typ als Steffi.«

»Was willst du damit sagen?«, fragte Martin vorsichtig.

Richard wand sich und meinte: »Vivien hat etwas Kapriziöses an sich, obwohl sie sich auf dem Weihnachtsmarkt sichtlich bemüht hat, das zu verbergen. Vor 150 Jahren wäre sie eine Fürstin gewesen.«

Martin lachte los, klopfte Richard auf die Schulter und rief: »Sie hat den alten Mantel meiner Mama angehabt, und du hast sie trotzdem glamourös gefunden? Das ist ja großartig! Als Fotografin hat sie ja viel mit berühmten Persönlichkeiten zu tun, vielleicht färbt das auf sie ab.« Marianne schlug vor, zum Feuer zu gehen, und sie kamen gerade rechtzeitig, als der gewaltige Holzhaufen entzündet wurde. Langsam brach die Dunkelheit herein, und es entstand, trotz des Singens und Lärmens der Menschen, eine feierliche Stimmung. Martin sah sich nach Steffi um. Sie stand neben Moni und Ronny, die sich engumschlungen hielten. Steffi schien einsam und traurig zu sein, sodass er am liebsten zu ihr gelaufen wäre, um sie in seine Arme zu schließen. Er konnte den Blick nicht von ihr wenden, ein Gefühl von Liebe und Zärtlichkeit überflutete ihn und trieb ihm Tränen in die Augen. Steffi starrte ins Feuer und schaute suchend in die Runde. Als sie Martin entdeckte, lächelte sie ihm fast scheu zu und winkte ihm. Um seine Verlegenheit zu verbergen, setzte er ein breites Grinsen auf und überlegte, ob er zu ihr hinübergehen sollte. Er verwarf diesen Gedanken sehr schnell. »Das kann ich nicht machen«, murmelte er. Seine Situation war unverändert. Gut, ernsthafter als früher sah er das Leben ganz bestimmt. Sicher war er auch kompromissbereiter. Aber schon einmal war es schiefgegangen, die Beziehung aufrechtzuerhalten, als er nach München gezogen war. Jetzt arbeitete er noch intensiver und länger, oftmals 80 Stunden die Woche. Da würde sich alles noch schwieriger gestalten. Damals hatte er sich mit diversen Affären darüber hinweg zu trösten versucht, dass er Steffi verloren hatte. Erst für Vivien hatte er annähernd das Gleiche empfunden wie für Steffi. »Reiß dich zusammen«, murmelte er. »Wie kannst du überhaupt daran denken, Vivien zu verlassen! Spinnst du? Was soll das?« Er würde sie heiraten und auf keinen Fall zulassen, dass er aus nostalgischen Gemütsregungen heraus Steffis Herz erneut brach. Bestimmt hat sie einen Freund, dachte er, und sofort stieg ein brennendes Gefühl der Eifersucht in ihm auf. Die Empfindungen, die nach dem ungeplanten Wiedersehen mit Steffi in ihm tobten, überraschten und überwältigten ihn. »Richard, Marianne, Ade«, sagte er plötzlich, »ich geh heim, nett war's!«

Die beiden blickten ihn staunend an, und als er sich ein Stück von ihnen entfernt hatte, bemerkte Marianne: »Dieses unerwartete Zusammentreffen gibt ihm anscheinend ganz schön zu denken!«

Richard schüttelte den Kopf: »Geh, ihr Frauen, hört gleich immer das Gras wachsen!«

Sie lachte: »Genau, und meistens stimmt das auch, und es wächst was heran!«

Steffi sagte kein Wort, als sie nach dem Johannisfeuer zurück ins Elternhaus fuhren. »Was ist denn mit dir los?«, fragte Moni, obwohl sie eine gewisse Ahnung beschlich.

»Martin«, wisperte Steffi. »Ich hätte nicht gedacht, dass mich die Begegnung mit ihm so betroffen macht. Er hat sich kaum verändert und sieht nach wie vor gut aus.« Ein tiefer Seufzer entstieg ihrer Brust. »Wie es scheint, lebt er alleine, hast du das auch so verstanden?«

»Ja«, bestätigte Moni.

»Vielleicht könnte ich doch mit ihm glücklich werden«, raunte Steffi.

Moni drehte sich zum Rücksitz um und meinte: »Erst jetzt wird mir bewusst, dass du ihm immer noch nachtrauerst. So leid es mir für dich tut, aber eure Situation ist unverändert. Wenn du dich dazu entschließen kannst, in der Großstadt zu leben, habt ihr möglicherweise eine Chance.«

»Ich weiß«, seufzte Steffi kleinlaut.

»Oder denk über eine Wochenendehe nach«, riet ihr die Schwester. »Das machen doch viele, dass sie unter der Woche auswärts arbeiten und von Freitag- bis Sonntagabend hier bei der Familie verbringen.«

Steffi nickte: »Ob er das will?«, warf sie zweifelnd ein. »Ach Moni, wenn du seinen Blick gesehen hättest, den er mir zugeworfen hat, als wir am Feuer gestanden haben.«

»Hab' ich, Schwesterchen, und der hatte es wirklich in sich.«

Als Anni am nächsten Morgen in die Küche trat, saß Martin bereits an seinem kleinen Computer und tippte eifrig. »Was ist denn mit dir los?«, fragte sie überrascht. »Heute noch früher aufgestanden als sonst?«

»Das ist die ruhigste Zeit zum Arbeiten«, brummte ihr Sohn. »Es gibt Schwierigkeiten in der Firma.«

Sein Smartphone gab ein brummendes Geräusch von sich und Anni flachste: »Das klingt wie ein Bär!«

Martin meldete sich mit »Hallo«. Er hörte eine Weile zu und blaffte: »Peggy, es wird doch wohl nicht so schwer sein, Melanie davon zu überzeugen, dass es die natürliche Nervosität vor der Hochzeit ist und sie in einer Woche glücklich vor den Altar treten wird.« Erneut lauschte er und brachte mit einem Aufseufzer hervor: »Gut, schick mir die Telefonnummer, ich spreche selbst mit ihr.« Dann legte er auf. »Weiberzeug«, grummelte er, und Anni schimpfte: »Na, na, von mir hast du solche Ausdrück' aber ned! Ich mach später das Frühstück, ich lass dich jetzt besser arbeiten.«

»Danke Mama«, seufzte Martin erleichtert. »Du kannst dir nicht vorstellen, wie oft es vorkommt, dass Braut oder Bräutigam kurz vor der Hochzeit kalte Füße bekommen. Ein heller Ton erklang, und Martin bemerkte mit einem Blick auf sein Telefon: »Ah, da ist die Telefonnummer.« Anni nickte ihm aufmunternd zu und ging hinaus. Martin tippte einige Zahlen in das Gerät.

»Hallo Melanie, hier ist Martin, dein Hochzeitsplaner. Sag mal, Schätzchen, was ist denn los mit dir? Du hast mir doch so von deinem Traummann vorgeschwärmt, was ist passiert?« Anni blieb hinter der Tür stehen und lauschte. Wie souverän er spricht, dachte sie stolz und biss sich schuldbewusst auf die Lippen. Taten sie und Sixtus wirklich das Richtige? Melanie hatte ihrem Sohn anscheinend das Herz ausgeschüttet, da er besänftigend sagte: »Ach Melanie, 100-prozentige Sicherheit wird es nie geben. Für alle Gefühle und besonders für die Liebe gibt es keine Garantie, du kannst immer nur aus dem jetzigen Moment heraus handeln. Du hast ihn doch lieb, oder?« Nach einiger Zeit hörte sie Martin wieder sprechen: »Genau diesen Eindruck hatte ich auch, als wir uns kennengelernt haben! Ja, das kommt vor, dass man vor dem großen Schritt etwas empfindlicher ist. Peggy wird euch am Hochzeitstag begleiten, du wirst sehen, es wird eine unvergessliche, wundervolle Zeremonie und Feier werden.« Nach einiger Zeit meinte Martin: »Gern geschehen, Melanie, dafür bin ich doch da. Nein, bedauere, ich kann nicht dabei sein, ich habe familiäre Verpflichtungen. Ich wünsche euch aber natürlich einen zauberhaften Tag. Ich melde mich dann nach der Hochzeit bei dir.«

Nachdem Martin das Gespräch beendet hatte, ging Anni in die Küche zurück und fing an, das Frühstück vorzubereiten »Alles wieder gut«, stellte Martin fest. »Aber das zeigt auch, dass ich jetzt wirklich bald nach München muss. Ich konnte von hier aus einiges regeln, dennoch habe ich den Eindruck, dass ich persönlich im Büro anwesend sein sollte.«

»Das verstehe ich natürlich«, sagte Anni. »Du hast uns schon so viel geholfen, dafür bin ich dir dankbar. Wann willst du denn fahren?«

Martin überlegte. »Ich wollte heute mit Papa das untere Feld fertigmachen, dann werde ich am besten morgen aufbrechen.«

»Gut«, meinte Anni knapp und ging wieder ihren Tätigkeiten nach. Sixtus kam in die Küche, sie nahmen ihr Frühstück ein und tuckerten dann mit dem Traktor hinaus.

Sie erledigten die notwendigen Arbeiten und kehrten am Abend müde zum Hof zurück. Als sie auf das Haus zuliefen, hielt Martin inne und fragte: »Hörst du das? Da ruft doch jemand nach Hilfe!«

Sixtus lauschte und sagte: »Tatsächlich«, und beschleunigte seinen Schritt. »Wird doch der Mama nichts passiert sein?« Er rief ihren Namen, öffnete rasch die Haustür und ging hinein. Martin folgte ihm. Sie fanden die Mutter auf dem Küchenboden liegend.

»Ich bin hie'g'fall'n und komm' ned hoch«, klagte sie.

»Tut dir was weh?«, fragte Sixtus besorgt.

»Ja«, hauchte sie, und ihre Stimme zitterte, als sie stöhnte: »Der Schmerz in meiner rechten Schulter ist höllisch!«

Martin sah, dass Tränen über ihre Wangen liefen. »Kannst du aufstehen?«, wollte er wissen.

»Nein«, jammerte sie. »Niat alloins!«

Vorsichtig halfen sie Anni hoch, und sie ließ sich erschöpft und mit schmerzverzerrtem Gesicht auf einen Stuhl fallen.

»Ich rufe einen Krankenwagen«, beschloss Martin und holte sein Telefon hervor. Doch seine Mutter hielt ihn mit den Worten zurück: »Nein, erst soll der Doktor kommen, vielleicht ist es ja nicht so schlimm.«

Der Doktor war der einzige Arzt in Thiersheim. Martin wählte seine Nummer und schilderte den Vorfall und Annis Verletzung. »Er macht sich sofort auf den Weg«, versuchte Martin sie zu trösten. »Dann wird er dir bestimmt ein Schmerzmittel verabreichen.«

Sixtus warf einen Blick auf den Stuhl, der am Fenster stand. Auf dem Boden lag eine Stoffbahn. Er zeigte darauf und stellte fest: »Hatten wir nicht vereinbart, dass du wegen deines Schwindels solche Dinge mir überlässt?« Anni stöhnte mühsam: »Ja, freilich, du bist ja noch taumeliger als ich und auch nicht g'sünder. Wollt' den frisch gewaschenen Vorhang schnell aufhängen. Ich weiß gar nicht, wieso ich runterg'rutscht bin.«

Martin schüttelte verärgert den Kopf: »Das kommt davon, wenn man einen Stuhl nimmt, statt eine Leiter. Hättest auf mich gewartet, dann wäre ich für dich hochgestiegen. Aber nun ist es passiert, und du hast die Schmerzen zu ertragen.«

Anni nickte und jammerte: »Was soll bloß mit uns werden? Du musst doch in die Stadt zurück.«

Sixtus saß inzwischen besorgt neben seiner Frau und streichelte ihre Wange: »Annerl«, murmelte er zärtlich. »Denk jetzt bitte an dich!«

»Genau«, bestätigte Martin. »Das kriegen wir schon hin!«

Der Doktor kam und untersuchte Anni. Er runzelte die Stirn, schüttelte den Kopf und meinte: »Das muss auf jeden Fall geröntgt werden, ich tippe auf einen Bruch, es hilft nichts Meiningerin, du musst nach Marktredwitz ins Krankenhaus. Ich gebe dir eine Spritze, damit die Pein a bisserl weniger ist, mehr Möglichkeiten bleiben mir nicht.«

»Na, ich will ned nach Radwetz, mach mir halt einen Verband.«

Der Arzt schüttelte den Kopf und schimpfte streng: »Stur sein bringt dich jetzt nicht weiter! Mit sowas ist nicht zu spaßen.« Nachdem er den Blutdruck gemessen hatte, beschloss er als Vorsichtsmaßnahme, dass Anni mit dem Krankenwagen in die Klinik gebracht werden sollte.

Als das Auto vom Hof fuhr, hörte Martin das Empfangszeichen für eine Kurznachricht. Max schrieb ihm, dass er dringend in die Firma zurückkommen müsse. Die Planung für zwei Hochzeiten mit je über 200 Gästen wurde angefragt. »Ist ja gut«, raunte Martin verdrossen, »ich kann mich nicht in Stücke reißen!«

Martin verwarf seinen ursprünglichen Plan, Thiersheim am anderen Tag zu verlassen, als er seinen Vater verloren in der Stube stehen sah. »Hoffentlich muss die Mama nicht sterben«, flüsterte er verzweifelt und sah seinen Sohn traurig und hilflos an.

»Wo denkst du denn hin«, versuchte Martin ihn zu trösten. »Sie kriegt einen Gips oder eine Kunststoffschiene, und dann kannst du sie wieder in die Arme schließen.«

»Wir haben noch keine Nacht getrennt verbracht, seit unserer Hochzeit vor über 40 Jahren«, klagte Sixtus. »Deine Mama ist mein Ein und Alles!«

»Das weiß ich, Papa«, versicherte Martin. »Darum hat sie mich daheim auf dem Hof zur Welt gebracht, damit sie dich nicht allein lassen muss.« Sixtus nickte bedrückt und musste dann doch lächeln, als Martin fragte: »Soll ich heute bei dir schlafen?«

»Nein«, antwortete Sixtus und lächelte versonnen: »Aber ich wäre dir sehr dankbar, wenn du noch so lange bleiben könntest, bis wir wissen, was mit der Mama ist. Du weißt ja, dass ich, was Haushalt und Küche anbelangt, hilflos bin. Mein Annerl hat mich immer aus ihrem Bereich vertrieben.«

Martin nickte und sagte gutmütig: »Keine Angst, ich lass dich schon nicht verhungern.«

Im Morgengrauen stand Martin nach einer schlaflosen Nacht auf und öffnete sein Notebook. Er hatte einige Nachrichten erhalten, darunter auch eine von Peggy weitergeleitete E-Mail von Marie Perusa. Die deutschstämmige Schauspielerin hatte in Hollywood Karriere gemacht. Sie kehrte nach

Deutschland zurück, um in vier Wochen ihre glamouröse Hochzeit im Münchner Schloss Nymphenburg zu feiern. Marie warf nun alle bisherigen Planungen um und fügte eine Liste mit neuen Wünschen und Vorschlägen bei. Martin schüttelte unwillig den Kopf, doch er verstand, dass es kein Zurück gab. Falls andere Hollywoodstars Maries Einladung folgten, und ihnen die Feierlichkeiten gefielen, bekäme Martin eventuell die Chance, noch weitere extrem gut bezahlte Hochzeiten zu organisieren. »Ich muss weg, und zwar sofort«, beschloss er. Aber was sollte aus seinem Vater werden? Steffi fiel ihm ein! Sie hatte ihm doch erzählt, dass sie als Dorfhelferin arbeitete. Er recherchierte im Internet und fand heraus, dass man einen Antrag bei der Sozialversicherung für Landwirtschaft stellen musste. »Das dauert zu lange«, stöhnte er.

Beim Frühstück fragte er seinen Vater: »Wohnt Steffi eigentlich noch zu Hause?«

Überrascht antwortete dieser: »Freilich, wo sonst?«

»Ich habe sie bei der Sonnwendfeier getroffen. Sie arbeitet als Dorfhelferin. Es tut mir so leid, Papa, aber ich muss zurück nach München. Ein Hollywoodstar heiratet, und ich kann das nicht meinen Leuten überlassen. Wenn da was schiefgeht, kostet mich das richtig viel Geld. Vielleicht ist es ja möglich, dass Steffi dir hilft, bis die Mama wieder da ist.«

»Einfach so?«, fragte Sixtus überrascht. »Wer soll das denn bezahlen?«

»Ich habe bei der Sozialversicherung einen Antrag gestellt, aber das kann dauern. Solange zahle ich Steffi aus meiner eigenen Tasche, natürlich vorausgesetzt, sie hat Zeit und kann sofort hier anfangen. Sobald Mama wieder daheim ist, werdet ihr ja auch noch Hilfe brauchen.«

»Freilich«, brummte Sixtus. »Dann frag sie, ob sie kommen mag. Sie ist die Einzige, die ich länger um mich haben möchte. Sie ist eine patente Person und bildhübsch dazu. Ich konnte sie schon immer gut leiden.«

Diesmal stieg Martin in seinen Jaguar, und Sixtus schüttelte den Kopf: »Schau ihn an! Da kennt er aber die Steffi schlecht, von einem Auto lässt sich die nicht beeindrucken!«

Als Martin vor dem Gasthof, der etwas außerhalb des Ortes lag, anhielt, murmelte er: »Unverändert!« Das Haupthaus mit dem Biergarten, der Gastraum im Erdgeschoss und im ersten Stock die Wohnräume der Familie. Er lauschte, doch er hörte nicht das übliche Stimmengewirr aus dem Garten. »Heut' ist wohl Ruhetag«, grummelte er. Dann schaute er nach oben und musste grinsen. Wie oft hatte er sich an lauen Sommerabenden zu Steffis Zimmerfenster auf der Rückseite des Hauses geschlichen. Bereits während der Schulzeit hatten sie sich ineinander verliebt. Sie schrieben einander Kurznachrichten und wollten sich dennoch dabei sehen können. Steffis strenger Vater hatte anfangs für die romantischen Gefühle seiner Tochter wenig Verständnis gezeigt, und so trafen sie sich heimlich. Sie fuhren mit den Rädern zum Schwimmen an den idyllischen Burtteich und schmusten an verschwiegenen Plätzen. Wieder spürte er einen Stich im Herzen, stieg mit einem Seufzer aus dem Auto und ging auf das Haus zu.

Versteckt hinter Büschen saßen Steffis Eltern auf einer Bank, und Martin erschrak, als er seinen Namen hörte: »Ja der Martin, traust dich heute wohl, die Eingangstür zu nehmen?«

»Grüß Gott!«, rief er lachend. »Ich hab Sie nicht hier sitzen sehen, Herr Bach, sonst hätte ich es mir vielleicht doch noch überlegt!«

»Recht so! Hast den strengen Bach-Papa nicht vergessen! Aber am Ende lag ich ja wohl richtig mit meiner Meinung, dass du der Steffi nicht guttust.«

»Sie ist oben, die Tür ist auf, geh einfach rein!«, sagte Frau Bach. Zu ihrem Mann gewandt bemerkte sie: »Und du, lass die alten Geschichten ruhen!« Trotzdem schwenkte Herr Bach drohend seinen Zeigefinger. Scherzte er? Meinte er es ernst? Martin wurde unsicher, als er ihn sagen hörte: »Trotz oder gerade wegen des dicken Autos – anständig bleiben, junger Mann!«

Frau Bach knuffte ihren Gatten und sagte zu Martin: »Furchtbar, der Vadda und sein Moidl! Grad einsperren würde er sie am liebsten! Ich bin froh, dass die Moni unter der Haub'n ist. Mir langt der Stress, den er mit der Steffi verursacht!«

Martin ging die Treppe nach oben und rief Steffis Namen, um sie nicht zu erschrecken. Sie kam aus ihrem Zimmer und lästerte: »Ach Gott!

Ich habe dich vorfahren sehen mit deinem Riesenschlitten. Bist du immer noch verrückt auf die schnell'n Koarr'n?«

Martin feixte: »Ja, und stell dir vor, dein Papa hat mich so herzlich begrüßt wie eh und je!«

Sie mussten lachen. »Komm rein«, bat Steffi und öffnete ihre Zimmertür.

»Schön hast du dir's eingerichtet«, staunte Martin.

Sie fragte ironisch: »Gnädiger Herr, was verschafft mir die Ehre Eures Besuches?«

»Steffi, ich brauche deine Hilfe«, antwortete er schlicht und erklärte seine derzeitige Situation.

»Ach, die arme Mama«, rief Steffi mitleidig. »Dennoch hast du Glück im Unglück«, meinte sie. »Im Moment liegt nichts vor, und ich kann mich sofort um deinen Vater kümmern. Der Antrag ist gestellt?«

»Ja, aber bis er genehmigt ist, bezahle ich dich aus meiner eigenen Tasche.«

Empört entgegnete sie: »Soweit kommt es noch! Von Freunden nehme ich kein Geld, ich regle das für dich mit der Sozialversicherung. Soll ich gleich mitkommen und über Nacht bleiben? Dann packe ich schnell ein paar Sachen zusammen.«

»Wenn das ginge, wäre das echt prima«, freute sich Martin. Bewundernd sah er, wie sie ruhig und routiniert die kleine Reisetasche packte.

»Bin ja nicht weit weg«, meinte sie. »Ich kann jeden Tag kurz mit dem Rad heimfahren, das ist praktisch!«

Martin trug ihre Tasche, als sie an den Bachs vorbeigingen. »Brennst jetzt mit deiner Jugendliebe durch?«, foppte sie ihr Vater.

»Geh, Papa«, rief Steffi verlegen. »Was redest denn für einen Unsinn! Ich helf' beim Sixtus aus, die Anni ist im Krankenhaus.«

»Oh weh!«, bedauerte Steffis Mutter und stand auf. »Ich pack dir Essen ein, dann brauchst heut' nicht mehr kochen.«

»Gute Idee, danke Mama«, meinte Steffi.

Ihr Vater blinzelte Martin zu: »Ein fescher Mo bist wor'n! Respekt! Hat dir lang nachg'weint, mein Moidl. Ich sag dir das bloß, damit'st ihr ned nochmal das Herz brichst!«

Martin schaute Herrn Bach ernst an und erwiderte: »Das werde ich nicht, ich verspreche es!«

Während er die Dorfstraße entlang fuhr, grübelte er darüber nach, wieso er Steffi gegenüber seine bevorstehende Hochzeit nicht erwähnt hatte. Schuldbewusst stellte er fest, dass er bisher nichts für die Planung getan hatte. Das würde in diesem Jahr nichts mehr werden, und er konnte sich Viviens Reaktion gut vorstellen. Bestimmt würde sie sauer auf ihn sein. Er seufzte tief, und Steffi, die das auf seine derzeitige Situation bezog, legte ihm beruhigend die Hand auf den Arm und verkündete: »Mach dir keine Sorgen, das wird schon!«

Er blickte sie kurz an, nickte und erwiderte: »Wenn du bei den Eltern bist, kann ich beruhigt nach München fahren und mich mit vollem Elan Marie Perusas Traumhochzeit widmen.«

»Nein!«, rief Steffi so laut, dass Martin zusammenzuckte und fast das Lenkrad verriss. »Wow, das ist ja großartig. Ich finde Marie sooo toll!«, schwärmte sie. »Hast du sie in der Rolle der Kommissarin gesehen?« Martin schüttelte den Kopf und Steffi fuhr fort: »Dieser Spielfilm ist von einem ganz berühmten Regisseur. Ich komme jetzt nicht auf den Namen. Egal – sie bekam für diese Rolle sogar den Oscar.«

»Gut, dass du mir das erzählst«, sagte Martin. »Ich denke, das sollte ich mir ansehen. Da gibt es bestimmt bereits eine DVD. Um was geht es in dem Film?«

Steffi seufzte und erklärte: »Eine tragische Geschichte. Die Kommissarin verlässt die große Liebe ihres Lebens und bereut es viele Jahre. Sie treffen sich per Zufall wieder, aber der Mann ist gebunden. Er verheimlicht ihr seine Ehe, und sie werden ein Liebespaar. Als ihr wiedergefundener Freund ermordet wird, muss sie die Ermittlungen leiten und merkt dann, dass er sie belogen hatte.«

Die Geschichte klingt schön!«, meinte Martin.

»Wenn jemand stirbt und eine Frau betrogen wird?«, fragte Steffi zweifelnd.

»Nein«, grinste Martin. »Dass sich zwei, die sich aus den Augen verloren hatten, wiedertreffen.« Er streifte sie mit schnellem Blick und sah, wie sie die Lippen zusammenpresste.

»Na ja, im Film ist viel möglich«, stieß sie schließlich hervor. »Das ist nicht das richtige Leben!«

»Gibt es denn ein Happy End?«, wollte Martin wissen.

»Ja! Sein Tod war nur vorgetäuscht, um ihn in ein Zeugenschutzprogramm aufzunehmen. Seine Frau, eine Spionin, wird enttarnt, und das Liebespaar kann endlich zusammen sein.«

Martin lachte: »Wow – was für eine Story, aber ich glaube, dass es nicht nur auf der Leinwand ein Happy End geben kann.«

Steffi lächelte dünn und murmelte: »Da habe ich so meine Zweifel.«

Martin bog in den Hof ein, und bevor Steffi ausstieg, machte er ihr ein Angebot: »Wenn du magst, besorge ich dir ein Autogramm von Marie.«

»Das wäre nett«, bemerkte sie. »Aber jetzt wollen wir uns um deinen Papa kümmern.«

Sie hatte »wir« gesagt, und Martin spürte ein vertrautes Gefühl in sich aufsteigen. Seit der Schulzeit kannte er die junge Frau, und bereits damals hatte sie sein Herz erobert. Sixtus strahlte, als Steffi zur Tür hereintrat. Er umarmte sie fast schüchtern. »Ich bin froh, dass du da bist«, stieß er erleichtert hervor. »Mein Annerl kann mir keiner ersetzen, aber mit dir wird die Zeit, bis sie wiederkommt, doch ein bisserl leichter.«

»Des kriegen wir zwei schon hin!«, bestätigte Steffi. Sie stellte ihren Korb auf den Küchentisch, und während sie die Schüsseln auspackte, sagte sie: »Mit Grüßen von meiner Mama! Unsere Verpflegung für heute hab' ich mitgebracht. Und morgen darfst dir wünschen, was ich dir kochen soll.«

Sixtus schaute zwar neugierig auf die Plastikschalen, knurrte dennoch: »Hab' kein Hunger.«

»Der kommt beim Essen«, stellte Steffi resolut fest und scherzte: »Gell, Sixtus, die alten Sprüche, die wir als Kinder zu hören bekamen, die bringen wir heute bei unseren Eltern an.«

Er lächelte und nickte: »Ja, so ist der Lauf der Zeit. Jetzt heißt es wohl, den Jungen folgen!« Während Steffis Vater Martin niemals das ›Du‹ angeboten hatte, wurde sie von seinen Eltern sofort mit offenen Armen aufgenommen. Die Trennung der beiden hatten sie sehr bedauert, doch nun keimte neue Hoffnung in Sixtus auf. Wie praktisch, dass Steffi jeden Tag ins Haus kam. Aber wie brachte er jetzt Martin dazu, auch hierzubleiben? »Verflixt«, schimpfte er, und sie schauten ihn erstaunt an.«

Martin fragte: »Was ist denn?«, aber Sixtus wiegelte ab und brummelte: »Müsst' grad die Mama um einen Rat bitten.«

»Frag doch mich«, sagten Steffi und Martin gleichzeitig.

Sixtus winkte mit der Hand ab und meinte: »Nein, das kann nur die Mama lösen. Martin, fährst du mich ins Krankenhaus? Ich bin zu aufgeregt, um selber das Auto zu steuern.«

Martin seufzte tief und antwortete: »Papa, in meiner Firma geht es drunter und drüber, ich muss heute weg. Beim besten Willen, ich kann unmöglich bleiben.«

Zu Steffi gewandt sagte er: »Kannst du den Papa hinbringen?«

Sie nickte, doch das enttäuschte Gesicht von Sixtus erweckte Martins Mitleid. Als der Vater dann noch leise fragte: »Interessiert es dich denn gar nicht, wie es deiner Mama geht?«, zuckte er resigniert mit der Schulter und stöhnte: »Also gut, aber heute Abend fahre ich auf jeden Fall. Egal, was passiert!«

Auf dem Weg ins Krankenhaus bemerkte Sixtus, wie unkonzentriert Martin den Wagen lenkte. Er schien mit seinen Gedanken wirklich sehr weit weg zu sein. Sixtus kaufte einen Rosenstrauß, und sie fragten sich zur Station und zum Zimmer von Anni durch. Sacht klopfte Sixtus an die Tür und trat in den Raum ein. Zwei Betten standen nebeneinander, doch nur eines davon war belegt.

Anni winkte ihnen fröhlich zu. »Was für eine Freude!«, rief sie. »Meine Männer sind da!« Gerührt ging Martin auf die Mutter zu, die er vorsichtig umarmte. »Die schönen Rosen«, lobte Anni ihren Gatten und hielt ihn lange umfangen. »Geh, Martin, schau, ob du was findest, wo man die Blumen reinstellen kann«, bat Sixtus. Martin verstand, dass die Eltern ein wenig alleine sein wollten. Er trat auf den Flur hinaus, fand sofort ein Regal mit vielen Vasen und entschied sich, zuerst in der Cafeteria etwas zu trinken.

Sixtus hielt Annis gesunde Hand umklammert und fragte mitleidig: »Hast du starke Schmerzen, mein Annerl?« Sie schüttelte den Kopf. »Ich bekomme was dagegen, glaube ich, ich spüre nichts.«

»Da bin ich aber froh«, seufzte er erleichtert und berichtete, dass Steffi bei ihnen aushalf, Martin aber unbedingt nach München zurück wollte. »Ich brauche deinen Rat«, flehte er mit einem raschen Blick zur Tür. »Schnell, bevor er wiederkommt!«

Anni presste die Lippen aufeinander, und nach einer Weile sagte sie: »Davon haben wir immer geträumt, dass die beiden wieder zusammenfinden würden, jetzt schaut es doch gut aus.«

»Ja«, seufzte Sixtus, »aber wenn Martin wegfährt, nutzt das alles nichts.

»Halte ihn nicht mehr auf«, bat ihn Anni. »Warte ein paar Tage, damit er in München möglichst viel erledigen kann. Dann ruf ihn an, dass er heimkommen soll. Ich hab' ja Zeit nachzudenken, mir wird sicher ein Grund einfallen, mit dem wir ihn herlocken können.«

Sixtus nickte und meinte: »Ehrlich Annerl, ich habe Gewissensbisse, weil wir so schwindeln müssen. Vielleicht mischen wir uns doch zu sehr in sein Leben ein.«

Zärtlich streichelte Anni seine Wange. »Darum lieb' ich dich, weil du so ein Guter bist. Dennoch wirst sehen, er wird uns irgendwann dankbar sein, dass wir versucht haben, ihm einen anderen Weg aufzuzeigen.«

Martin betrat mit einer Vase in der Hand das Krankenzimmer, arrangierte die Rosen und meinte: »Es tut mir wirklich leid, aber ich muss heute nach München zurück.« Er erzählte von den beiden neuen Aufträgen, die er bekommen könne, und von den Schwierigkeiten bei der Prominentenhochzeit.

Verständnisvoll sagte Anni: »Komm, mach dir keine Sorgen. Papa und ich sind versorgt. Der Bruch ist kompliziert, aber die Ärzte sind zuversichtlich, dass ich nach einem Reha-Aufenthalt ganz die Alte sein werde. Also, kümmere dich jetzt um deine Angelegenheiten, du hast ja schließlich eine Verantwortung deinen Angestellten gegenüber.«

»Stimmt«, seufzte Martin und gab seiner Mutter einen Kuss auf die Wange: »Du bist die klügste und verständnisvollste Mama der Welt!«

»Na, na«, knurrte Sixtus, »und was ist mit mir?« Martin wollte etwas sagen, doch seine Eltern fingen an, herzlich zu lachen, und schließlich gelang es ihm, an ihrer Fröhlichkeit teilzuhaben und in ihr Lachen mit einzustimmen.

Sixtus langte sich an sein Kreuz, als er aus dem Jaguar stieg und ächzte: »Auf da Straße liegt der Koarr'n gut, aber fürs Aussteigen darf man höchstens 30 Jahre alt sein!«

Als sie in die Stube traten, hielt Steffi Balus Futternapf in der Hand und versuchte, den Hund dazu zu bringen, sich hinzusetzen und nicht wild an ihr hochzuspringen. »Balu sitz!«, kommandierte sie.

»Das klingt aber streng«, behauptete Martin.

Sie lachte: »Manchmal braucht es das«, und sie versuchte erneut, den Futternapf auf dem Boden abzustellen. Balu umkreiste jetzt mit lautem Gebell Martin und Steffi, und erst Sixtus gelang es, den ausgelassenen Hund schließlich zur Räson zu bringen.

Mit hängender Zunge blieb Balu schließlich sitzen, und kopfschüttelnd meinte Sixtus: »Er ist viel zu verspielt für sein Alter und wickelt uns alle um den kleinen Finger.«

Steffi stellte das Futter auf den Boden, und während sich Balu darauf stürzte, rief sie: »Wenn ihr wollt, können wir gleich essen.«

»Ich packe meine Sachen zusammen«, sagte Martin. »Dann breche ich sofort auf.«

»Hungrig fährt sich's aber bestimmt nicht gut«, merkte Sixtus an, und Steffi fragte: »Soll ich dir ein Brot zurechtmachen, für unterwegs?«

»Das Angebot nehme ich gerne an«, bedankte sich Martin.

Als er sich mit der Reisetasche in der Hand verabschiedete und sich nochmals bei Steffi für die schnelle Hilfe bedankte, bedauerte Martin fast, dass er jetzt fahren musste. Dennoch zwang er sich zu gehen. Balu sauste hinter ihm her und sprang winselnd um ihn herum, als er merkte, dass Martin ins Auto steigen wollte. Dieser streichelte ihn und murmelte: »Hätte auch morgen früh gereicht, aber wer weiß, was sonst wieder dazwischenkommt.«

Sein Vater nahm den Hund am Halsband. Martin kletterte in den Wagen und startete mit einem tiefen Seufzer. Er winkte Steffi und seinem Vater, die an der Tür standen, zu, hupte zweimal und brauste zügig durch die Hofeinfahrt.

Kurz bevor er München erreichte, meldet sich Vivien, der er eine Nachricht auf dem Anrufbeantworter hinterlassen hatte. »Ich glaube es ja nicht!«, rief sie. »Habe ich das tatsächlich richtig verstanden, du fährst in die City zurück?«

»Spar dir deine Ironie«, knurrte Martin, und Vivien gurrte: »Komm doch zu mir, meine Haut ist perfekt gebräunt, samtweich massiert von einem spanischen jungen Mann. Der Champagner ist kaltgestellt, die Dusche drehen wir auf ganz heiß, und meine neuen Dessous werden dir bestimmt gefallen.« Seine Müdigkeit verschwand. Die Aussicht auf eine erotische, sinnliche Nacht mit Vivien gefiel ihm.

»Dieses verlockende Angebot nehme ich gerne an«, rief er.

»Die Begeisterung in deiner Stimme gefällt mir«, lockte sie ihn. »Fahr ein bisschen schneller, ich kann es kaum erwarten, dich in meine Arme zu schließen.«

Martins Gedanken schweiften ab. Verwundert stellte er fest, dass kein Gefühl der Eifersucht in ihm hochstieg, wenn er daran dachte, dass ein junger attraktiver Spanier seine Freundin mit einer Massage verwöhnt hatte. Martin freute sich auf Viviens aufregenden Körper. Er stöhnte leise auf, denn sehnsuchtsvolle Lust begann sich in ihm zu regen. »Vivien«, murmelte er und drückte das Gaspedal durch.

Als er endlich einen Parkplatz gefunden hatte und an ihrer Tür klinglte, öffnete sie geschwind und zog ihn in ihre Arme. »Na, habe ich meinen erfolgreichen Vorzeigemann wieder? Ist das Experiment Landleben beendet?«, fragte sie. Martin konnte nichts erwidern, denn sie verschloss seine Lippen mit einem verführerischen Kuss. Dann nahm sie seine Hand und zog ihn ins Schlafzimmer. »Heute Nacht gehörst du mir, ich hatte solche Sehnsucht nach dir!«

Die heiße, morgendliche Dusche weckte Martins Lebensgeister, bevor er in seine Wohnung fuhr, um einen seiner Designeranzüge anzuziehen. Auf dem Beifahrersitz bemerkte er das Brot, das ihm Steffi mitgegeben hatte. »Steffi!« Sanft und zärtlich sprach er ihren Namen aus. Er entfernte das Einwickelpapier und murmelte: »Salami!« Er roch dran. »Ist noch gut«, grummelte er und biss vorsichtig hinein. »Spinnst du Meininger?«, tadelte er sich selbst lautstark. »Nach einer grandiosen Liebesnacht denkst du vollkommen sentimental an eine andere Frau?« Er machte eine wegwerfende Handbewegung. »Vergiss nicht, es sind Erinnerungen an die sogenannten guten, alten Zeiten, die dich so bewegen«, rief er sich zur Ordnung.

Im Büro angekommen, ließ er sich eilig die vorbereiteten Präsentationsmappen geben. Er fuhr zum Brautpaar Nummer eins, das eine Hochzeit mit 200 Gästen angefragt hatte, und begeisterte sie mit seinen Vorschlägen. Mit dem Auftrag in der Tasche lenkte er seinen Wagen zu einer exklusiven Wohngegend in Bogenhausen und konnte auch bei diesen Heiratswilligen mit seinen Ideen punkten. Er gönnte sich zur Belohnung ein Mittagessen und kam am frühen Nachmittag mit diesen guten Nachrichten in seine Firma zurück. Die Zeichen standen auf Sturm. Marie Perusas Hochzeit stand auf der Kippe. Peggy und Max versuchten seit Tagen sie zu erreichen, doch sie nahm ihre Gespräche nicht entgegen. Ihre Sekretärin gab lediglich Änderungswünsche durch, von denen sich viele als nicht durchführbar erwiesen.

Martin bat Max: »Bring meinen Wagen zur Tankstelle. Innen und vor allem außen gründliche Reinigung und volltanken.«

»Mach ich«, bestätigte Max.

»Bevor du gehst, versuch bitte eine Verbindung mit Marie herzustellen«, forderte er.

Wenig später meinte Max: »Sie ist nicht da, wieder nur ihre Sekretärin! Ich bin jetzt weg.«

»Okay«, meinte Martin und säuselte: »Hello my dear, how are you?« Er hörte einen Augenblick zu und sagte dann: »Ich weiß, dass du gut Deutsch sprichst, die Begrüßung war ein Scherz. Wieso hast du so schlechte Laune?« Erneut lauschte er und antworte ruhig: »Natürlich ist es schwierig für dich. Grüße Marie von mir. Wenn sie mich bis heute Abend nicht persönlich angerufen hat, werde ich die Planungen komplett stoppen. Dann soll sie sich bitte einen anderen suchen, der ihre Hochzeit organisiert.« Peggy kam ins Büro und bedachte ihn mit einem entsetzten Blick. Martin winkte ab und sagte gelassen: »Das Finanzielle ist mir vollkommen egal, entweder sie spricht mit mir, damit ich vernünftig planen kann, oder wir lassen es.«

Er beendete das Gespräch, und Peggy hauchte: »Wahnsinn! Was machst du denn, falls sie alles absagt?«

Martin grinste: »Wenn sie noch mit ihrem Bräutigam zusammen ist, wird sie anrufen, glaub' mir. Aber ich bin mir sicher, dass dem so ist, eine Trennung hätte die Weltpresse bestimmt im großen Stil verkündet.«

Peggy nickte und seufzte: »Dein Wort in Gottes Ohr!«

Zwei Stunden später rief Marie an und giftete: »Was fällt dir ein, mir zu drohen, die Hochzeitsplanung niederzulegen? Wenn du nicht fähig bist, meine Wünsche zu erfüllen, dann werde ich mir einen anderen Organisator suchen.«

Martins hätte am liebsten gesagt, dass sie das bitte tun sollte, aber seine Professionalität gewann die Oberhand, und er beteuerte: »Marie, du weißt, wie sehr ich dich schätze. Dennoch ist es nicht gut, dass ich über Wochen hinweg nur von deiner Sekretärin Änderungswünsche bekomme, ohne dass wir beide darüber sprechen. Es soll der schönste Tag in deinem Leben werden. Ich bin von ganzem Herzen bereit, alles dafür zu tun, doch ich brauche auch deine Unterstützung.«

»Verstehe«, meinte Marie gedehnt. »Sorry, aber ich hatte viel zu tun!«

»Das haben wir alle«, beschwichtigte Martin. »Mit deinem Bräutigam bist du glücklich, oder?«

Marie seufzte leise und flüsterte: »Ja, wunderbar. Dennoch will ich dir etwas anvertrauen. Kann niemand mithören? Schwöre, dass du keinem weitererzählst, was du jetzt von mir erfährst!«

»Ich schwöre«, raunte er fast feierlich, und sie gluckste: »Ich bin schwanger!«

»Gratuliere«, freute sich Martin. »Was für eine schöne Nachricht!«

»Ich bin so happy«, rief Marie. »Aber ich bin jetzt mit dieser großen Hochzeit im Schloss sehr unsicher. Im Herbst kann man meinen Zustand bestimmt bereits erkennen, und ich möchte nicht, dass die Presse über mich herfällt. Ich will unbedingt in Deutschland heiraten, das habe ich mir einfach in den Kopf gesetzt. Ich lade meine engsten Freunde und meine Familie ein, so ungefähr 30 Personen. Wenn das Baby da ist, veranstalte ich eine große Party in Hollywood. Also, ich brauche einen Ort, wo man still und friedlich, aber dennoch fulminant feiern kann.«

»Ich überlege mir etwas für dich«, sagte Martin. »Bitte gib mir eine Telefonnummer, unter der ich dich direkt erreichen kann.«

»Du bist der Beste, ich wusste es«, rief sie begeistert und fügte hinzu: »Du weißt, Geld spielt keine Rolle!«

Martin lachte: »Danke für die Erinnerung! Nein, im Ernst, ich melde mich bald bei dir.«

Eigentlich hatte Martin geplant, nach Feierabend gemütlich zu Hause zu bleiben. Er ließ sich aber von Vivien überreden, zu einer Fotoausstellung mitzugehen. Es wurde ein langer Abend, und Vivien verbrachte die Nacht bei ihm, wodurch er wieder viel zu wenig Schlaf bekam. Schlecht gelaunt machte er sich auf den Weg ins Büro und quälte sich durch den Berufsverkehr. Entsprechend missmutig reagierte er, als ihn Steffi anrief: »Martin, kommst du bitte nächste Woche nach Thiersheim? Ich muss zu einer Familie mit vier kleinen Kindern, deren Mutter sehr krank geworden ist. Ich kann deinem Vater zwar Essen bringen, aber das war's leider auch schon.«

Martin blaffte in die Freisprechanlage: »Mein Gott, Steffi, Papa ist doch kein Kleinkind und soll sich bitte nicht so anstellen, dann ist er halt mal alleine.«

Steffi schrie ärgerlich: »Sag mal, spinnst du, was hast du denn für einen Ton d'rauf. Ich sag es dir ja nur, was du daraus machst, bleibt dir überlassen.«

Martin wollte noch etwas erwidern, doch sie hatte bereits aufgelegt. »Jetzt reicht es mir langsam mit Thiersheim«, schimpfte er laut. »Als ob ich nichts anderes zu tun hätte!«

Als er im Büro ankam, taten ihm seine ruppigen Worte schon wieder leid, und er versuchte, Steffi zu erreichen. Vergeblich. »Später«, grummelte er und wandte sich seinen Aufgaben zu.

Am Nachmittag rief er dann seinen Vater an, sprach kurz mit ihm und bat ihn, Steffi ans Telefon zu holen. »Was willst du«, hörte er ihre kühle Stimme.

Martin schimpfte: »Wie kindisch ist das denn, sein Handy auszuschalten?«

Steffi drohte: »Ich leg' gleich wieder auf, wenn du nicht vernünftig mit mir sprichst.«

Martin atmete hörbar aus und teilte ihr mit, dass er am Wochenende nach Thiersheim käme und möglicherweise ein paar Tage bleiben könne. »Na also, geht doch«, sagte sie schnippisch. »Wozu denn dann erst der Aufstand?«

Peggy bekam den ganzen Tag Martins schlechte Laune zu spüren. Als am späten Nachmittag alle das Büro verlassen hatten, brühte sich Martin einen Tee auf und starrte nachdenklich aus dem Fenster. »Wo kann Marie bloß in Ruhe heiraten?«, murmelte er vor sich hin. Es war höchste Zeit, sich endlich darum zu kümmern. Erfahrungsgemäß würde es schwierig werden, selbst im Herbst noch eine vernünftige Lokalität zu finden. Seine Gedanken schweiften ab. »Herbst«, grummelte er. »Da wollten Vivien und ich vor den Altar treten. Das schaffen wir definitiv nicht mehr. Aber wo könnte Maries Vermählung nur stattfinden? Himmel gib mir ein Zeichen!« Er grinste und sagte halblaut mit einem Blick nach oben: »Typisch für die, die sonst nichts mit Gott am Hut haben, wenn die Not groß ist, dann rufen sie ihn trotzdem an. Ach Herr, bestimmt bist du oft genervt von uns Menschen. Andererseits hast du auch erschaffen. Ob du das schon mal bereut hast? Das würde mich echt interessieren.« Er schüttelte den Kopf: »Du schweifst vom Thema ab, Meininger.«

Das Telefon klingelte, und auf dem Display erschien »Mama und Papa«. Martin überlegte kurz, ob er das Gespräch überhaupt annehmen sollte, dann gab er sich einen Ruck und meldete sich knapp und unfreundlich mit »Hallo!«

»Hallo? Martin?«, erkundigte sich sein Vater vorsichtig.

»Ja, was ist denn?«, fragte Martin ungeduldig.

»Thiersheim hier, dein Papa. Stell dir vor, die verlegen die Mama nach Regensburg. Das ist so weit weg!«

»Das ist die Lösung«, schrie Martin. »Regensburg, einfach genial!«

»Ich verstehe nicht?«, stammelte sein Vater und Martin meinte: »Nein, alles gut Papa, was ist los, wieso kommt sie dort hin?«

»Irgendein Virus, daher müssen die Patienten für mindestens drei Tage auf die umliegenden Krankenhäuser verteilt werden. Und noch was, unsere Milchgrube ist eingestürzt.«

Martin stutzte. »Wie konnte das denn nur passieren?«

»Keine Ahnung«, sagte Sixtus, »aber irgendwas muss geschehen.«

»Verstehe«, meinte Martin. »Ist aber nicht eilig, oder? Nachdem heutzutage die Milch eh nicht mehr eingelagert wird. Sie war doch leer?«

»Natürlich«, bestätigte Sixtus. »Seit ich keine Kühe mehr habe, muss ich keine Milch bis zur Abholung kühlen. Außer einem Plausch auf der Milchbank passiert da nix mehr.«

»Was sagt denn Steffi dazu?«

»Sie ist schon weg«, raunte sein Vater. »Es ist verdammt einsam hier. Außerdem muss ich jetzt so weit fahren, wenn ich die Mama sehen will.«

Martin seufzte: »Ich weiß Papa, ich komme, sobald ich kann!«

»Danke!«, rief Sixtus aufrichtig.

Martin legte den Hörer auf und ließ sich in seinen Schreibtischstuhl fallen. »Regensburg«, grummelte er, »der ideale Ort für Maries Hochzeit. Peggy!«, rief er. »Mach mir eine Verbindung mit Schloss Emmeram und drück mir die Daumen, dass sie noch freie Räume haben.« Schon wenige Minuten später buchte Martin den Barocksaal für Maries Hochzeit. »Das hat doch was«, freute er sich, als er Peggy von den geänderten Plänen erzählte. »Romantisch, nur für geladene Gäste zugänglich und gut für mich zu organisieren!«

Am anderen Morgen gab es eine große Besprechung in Martins Büro. Seine Mitarbeiter warfen sich vielsagende Blicke zu, als er sie darüber in Kenntnis setzte, dass er die nächste Woche wieder in Thiersheim verbringen würde. Erst als er davon berichtete, dass er von dort aus Marie Perusas Hochzeit zu organisieren gedachte, die in Regensburg stattfinden sollte, nickten sie verständnisvoll.

Peggy gluckste: »Intimer geht es wirklich nicht mehr, dieser Ort ist sicher nicht im Blickfeld der Journalisten!«

»Ganz genau«, bestätigte Martin. »Ich habe den Barocksaal und das sogenannte ›Refektorium‹

gemietet. Der Speisesaal des ehemaligen Klosters ist äußerst eindrucksvoll. Außerdem ist eine eigene Küche dabei, da kann ich einen Sternekoch verpflichten, der exklusiv für die Hochzeitsgesellschaft das Essen ganz frisch zubereitet. Es ist absolut perfekt und wird unsere liebe Marie zu einer Prinzessin für einen Tag machen.«

»Für 30 Personen ist der Saal ziemlich groß«, gab Max zu bedenken.

»Stimmt«, warf Martin ein. »Wir müssen mit der Dekoration zaubern. Es scheint Marie sehr wichtig zu sein, dass sie diesen Tag in Ruhe verbringen kann und keine Presseleute die Veranstaltung stören. Ich weiß, dass ich mich auf eure Verschwiegenheit verlassen kann. Bitte widersteht auch diesmal der Versuchung, euren Familien oder Freunden davon zu berichten.«

Max und Peggy nickten zustimmend, und sie bekräftigte: »Es wird nichts nach außen dringen – versprochen!«

Plötzlich fiel Martin siedend heiß ein, dass er ja mit Steffi über Maries Hochzeit gesprochen hatte. Schnell schrieb er ihr eine Kurznachricht und bat sie um Verschwiegenheit.

Martin traf sich zum Mittagessen mit Vivien, die ihm freudestrahlend berichtete, dass sie für die kommende Woche eine Einladung zum Esszirkel der Sterneköche ergattert hatte. »Ein Wahnsinn«, schwärmte sie Martin vor. »Ich weiß gar nicht, wie lange ich mich schon darum bemühe, und jetzt ist es so weit, wir beide sind dabei.«

Martin senkte seinen Blick und murmelte: »Ich muss nach Thiersheim!«

Vivien schleuderte ihm ungehalten entgegen: »Das geht mir langsam gewaltig auf die Nerven mit deinem ewigen Thiersheim. Am besten du ziehst gleich wieder hin. Und wie stellst du dir das vor? Soll ich wie ein Depp alleine da auftauchen? Ich bin mir sicher, dass dort nur Paare anwesend sind.«

Martin versuchte, ihre Hand zu nehmen, doch sie entzog sie ihm. »Es ist nicht nur ein privater, sondern auch ein beruflicher Anlass«, verteidigte er sich.

»Aber natürlich«, fauchte sie. »Erzähl mir bitte keine Märchen.«

»Es ist wahr!« Er beugte sich zu ihr, sah sich um und flüstere: »Marie Perusa wird in Regensburg vor den Traualtar treten, es ist absolut geheim.«

Fassungslos starrte Vivien ihn an und begann lauthals zu lachen, sodass die Restaurantbesucher pikiert zu ihr hinschauten. Als sie sich etwas beruhigt hatte, schnaubte sie: »Erzähl mir doch keinen Unsinn! Wieso sollte sie denn in Deutschland …?«

»Aus Liebe zu ihrer Heimat?«, versuchte Martin zu erklären.«

»Ich fasse es nicht«, ächzte Vivien, »bin ich denn hier die Einzige weit und breit, die vom Heimatvirus noch nicht erfasst wurde?«

Martin erklärte flüsternd: »Sie hat sooft die gesamten Pläne geändert und will in zwei Monaten heiraten, das wird echt knapp. Ich muss persönlich nach Regensburg, um alles auf die Reihe zu bekommen!«

Vivien schüttelte den Kopf und sagte: »Na, dann heiratet wenigstens Marie im Herbst.«

Schuldbewusst antwortete Martin: »Es ist unglücklich gelaufen, ich weiß, aber wir können doch auch nächstes Jahr heiraten.«

»Mal sehen«, meinte Vivien schnippisch und nahm ihre Tasche. »Ich muss weg und ein paar Telefonate führen, um einen adäquaten Begleiter für den Sternekoch-Event zu finden. Tschau, mach's gut.«

Am Samstag hatte Martin Mühe, sein teures Rennrad auf dem Jaguar sicher zu befestigen. »Das sieht saublöd aus«, murmelte er. Doch da musste er durch. Er packte seine Reisetasche, nahm eine Flasche Champagner mit und fuhr ins Fichtelgebirge. Erfreut schloss ihn sein Vater in die Arme, bewunderte sein Rad und meinte: »Das schaut ja unbenutzt aus!«

»Gut beobachtet – ist es auch«, lachte Martin. »Aber hier wird es hoffentlich öfter zum Einsatz kommen, ich habe fest vor, gemeinsam mit Richard einige Runden zu drehen.«

Steffi begegnete ihm eher kühl. Als er am Abend anbot, den Champagner zu öffnen, blaffte sie ihn an: »Muss nicht sein, Sekt oder Prosecco schmecken mir genauso.«

Martin lächelte und meinte: »Ich trinke das auch nicht jeden Tag. Ich wollte mich damit für deine Hilfsbereitschaft bedanken. Ab Montag bist du doch nicht mehr hier.«

Steffi nickte: »Ja, stimmt, aber ich komme am Abend und bringe das Mittagessen für den kommenden Tag. Außer du willst das Kochen selbst übernehmen.«

Martin schüttelte den Kopf. »Ich muss nächste Woche einiges für meinen Job organisieren, da wäre ich für geliefertes Essen sehr dankbar.«

Steffi fragte: »Das heißt, ich koche für zwei hungrige Männer? Kannst du denn die Mahlzeiten dann für euch beide aufwärmen?«

Martin nickte: »Ja, natürlich, das ist ja kein Problem.« Er hatte währenddessen die Flasche geöffnet und schenkte ein.

Sie prosteten sich zu, und Sixtus warf mit unsicherer Stimme ein: »Ich will auf die Mama trinken, dass sie bald heimkommt.« Betroffen sahen sich Steffi und Martin an und wechselten eilig das Gesprächsthema, um Sixtus von seiner Traurigkeit abzulenken.

Am Vormittag des nächsten Tages fuhr Martin mit seinem Vater ins Regensburger Krankenhaus. Seine Mutter freute sich, ihn zu sehen, und sie erfuhren, dass sie bald in die Reha kommen und es mindestens noch vier Wochen dauern würde, bis sie nach Hause käme.

Am anderen Tag stand Steffi bei Sixtus vor der Tür und berichtete, dass inzwischen Verwandte eingetroffen wären, die sich um die Kinder der erkrankten Mutter kümmerten, und sie erneut bei ihm bleiben könne. Martin stellte fest, dass er sich darüber freute.

Eines Abends fragte er: »Hast du Lust, wollen wir nach Marktredwitz fahren und irgendwo was trinken gehen?«

Steffis Herz machte einen freudigen Sprung und doch zögerte sie. Sie dachte an Monis Worte. Ihre Schwester hatte ihr geraten: »Falls sich die Gelegenheit ergibt, unterhalte dich mit ihm. Es ist so viel Zeit vergangen. Wenn er dir immer noch gefällt, dann musst du einfach schauen, ob er sich verändert hat.«

Martin runzelte die Stirn, lächelte und sagte ironisch: »Oder magst mit einem alten Freund gar nicht mehr zusammen sein?« Das konnte man zweideutig verstehen, und verlegen wandte sie sich ab, angstvoll darauf bedacht, dass sie ihr Gesichtsausdruck nicht verriet. Sie hörte Martin sagen: »Ich möchte lediglich etwas mit dir trinken, und wenn es nicht allzu unmoralisch erscheint, würde ich dich sogar einladen.«

Eine leichte Röte überzog Steffis Gesicht und sie zischte: »Frech wie eh und je! Mach dich bloß nicht lustig über mich!«

»Jetzt sei nicht kindisch und komm!«, forderte Martin.

Steffi griff nach ihrer Jacke und rief: »Aber ich zahl' mein Getränk selbst!«

Martin rollte mit den Augen und seufzte: »Einverstanden!«

Gemeinsam gingen sie in den Hof. Sixtus saß auf der Bank vor dem Haus. Martin zögerte und überlegte, ob er ihn auffordern sollte, mitzukommen. Doch sein Papa kam ihm zuvor. »Habt's recht ihr zwei«, rief er. »Ist ein lauer Sommerabend. Setzt ihr euch draußen hin.« Martin nickte und Sixtus fuhr fort. »Ich bleib' ein bisserl auf der Bank sitzen, und dann geh ich noch eine Runde mit dem Balu.«

»Wir fahren nach Radwetz«, verkündete Martin. Sixtus wünschte ihnen viel Spaß, und bald lenkte Martin seinen Wagen die Landstraße entlang.

»Hast du eine Idee, wo wir hingehen könnten?«, erkundigte er sich.

Steffi nickte: »Ja, da hat ein ganz neues Café eröffnet, da sitzt man recht nett, und man kann selbstgemachten Schmuck kaufen. Ich mag das gerne.«

Wie entspannt, dachte sich Martin, als sie sich setzten. In München hätte man bei so schönem Wetter keinen freien Platz mehr gefunden. Er kommentierte auch nicht die im Vergleich zur Großstadt günstigen Getränkepreise, sondern fragte Steffi: »Trinkst du immer noch so gerne Weinschorle?«

»Das hast du dir gemerkt?«, stellte sie erstaunt fest. Martin nickte, und sie sagte: »Ja, das ist mein Lieblingsgetränk.«

»Und deins? Champagner?«, neckte sie ihn.

Er schüttelte den Kopf. »Immer noch ein kühles Weißbier!«

»Zwei Dinge, die gleich geblieben sind! Erstaunlich«, bemerkte Steffi lächelnd.

»Ich möchte dir nicht zu nahe treten«, warf Martin ein. »Aber was ist denn eigentlich mit deinem Bein passiert?« Sie sah ihn erschrocken an. »Entschuldige«, beeilte er sich zu sagen. »Wenn du nicht darüber reden magst …«

»Doch, schon gut«, sagte sie leise. »Du weißt ja, dass Moni und ich ziemlich angstfrei alles ausprobiert haben, was uns das Leben so anbot. Na ja, und nachdem das mit uns zu Ende war, habe ich Ecki kennengelernt, einen leidenschaftlichen Motorradfahrer. Auf einem unserer Ausflüge sind wir verunglückt. Ein Autofahrer hat uns gerammt und …«, sie schluckte und schaute auf den Boden, »Ecki ist noch an der Unfallstelle gestorben. Ich wurde schwer verletzt.«

»Davon wusste ich ja gar nichts, mein Vater hat mir gegenüber nie etwas davon erwähnt«, rief Martin entsetzt.

»Ja, es wissen nur eine Handvoll Leute. Es ist auf Rügen passiert. Ecki kam nicht aus unserer Gegend.«

Martin legte mitfühlend seine Hand auf die ihre und flüsterte: »Mich stört das überhaupt nicht mit deinem Bein. Ich bin glücklich, dass du noch lebst.« Später, als sie sich zuprosteten und in die Augen schauten, gab das Steffi einen Stich ins Herz. Und auch Martin schien seltsam befangen.

Bevor sich größere Verlegenheit breitmachen konnte, trat plötzlich ein Mann an ihren Tisch, beugte sich zu Steffi herab, umarmte sie und rief erfreut: »Guten Abend, Steffi! Das freut mich aber, dich zu sehen.«

Verdutzt sah Martin die beiden an, und Steffi wollte wissen: »Kennst ihn nicht mehr? Schau doch genau hin, das ist der Paul!«

Super, dachte sich Martin. Ausgerechnet hier muss der auftauchen. Der nervte mich schon in der Schule ohne Ende. »Du hast dich sehr verändert«, versuchte er freundlich zu sagen.

Ungefragt ließ sich Paul auf den freien Stuhl an ihrem Tisch fallen und schrie der Bedienung zu: »Schatzl , bring mir a Broudworschd und a Bier! Also, dass ich diech ausgr'echned heit driff, sua Zufall ist des«, stellte Paul fest und nestelte eine Zeitschrift aus seiner Tasche. »Etza suoch ich des glei amol assa«, sagte er zu Steffi gewandt. »Du bist mit euner Berühmtheit unterwegs. Dou is a Foddo drin, vo ihm!« Er zeigte mit dem Finger auf Martin, der ihn erstaunt musterte. Es kam gelegentlich vor, dass Martin bei einer gelungenen Prominentenhochzeit namentlich als Planer erwähnt wurde, doch Bilder von ihm erschienen selten. Paul hatte gefunden, was er gesucht hatte. Er breitete die Seite vor Steffi aus, strich sie glatt und rief triumphierend, während er mit seinem Finger auf das Blatt tippte: »Eitzat schau!«

Martin beugte sich über den Tisch und sah tatsächlich sein Konterfei. Bevor er sich noch wundern konnte, entdeckte er entsetzt den Kommentar unter dem Bild: »Die Schöne und der Hochzeitsplaner – Liebesaus?« Martin riss die Illustrierte an sich und starrte fassungslos auf die Aufnahme, die Vivien mit einem ihm unbekannten Mann zeigte. Die Augen geschlossen, küsste sich das Paar innig auf den Mund. Die Bildunterschrift lautete: *Münchens reizvolle Fotografin der Stars und ein bekannter Chefredakteur kamen sich beim Dinner der Sterneköche sehr nahe.* In süffisanter Weise zog der Schreiber des Artikels über die Abwesenheit Martins her: *Während Hochzeitsplaner Martin Meininger vermutlich einem Brautpaar einen unvergesslichen Abend bereitete, turtelte seine Freundin Vivien Langwang mit einem anderen Mann. Hat sich das Traumpaar der Münchner Society etwa heimlich getrennt?*

»Dreckfinken«, schäumte Martin. »Das Wort Privatsphäre ist ein Fremdwort für die!«

»Oh weh«, stöhnte Paul laut. »Das wollt' ich eitzat ned!«

Martin schleuderte das Heft quer über den Tisch. Steffi griff danach, und Martin bemerkte, dass ihre Hände leicht zitterten, ebenso wie ihre Stimme, als sie hervorbrachte: »Sie ist bildschön, deine Freundin.«

Paul mischte sich ein. »Bist du wirklich a Berühmtheit?«

»Nein«, knurrte Martin, »das schreiben die nur so. Das ist nicht wahr!«

Paul schüttelte seinen Kopf: »Erschütternd, wie schlecht die Welt ist, oder?« Martin nickte, und Paul begann unaufgefordert, von seiner Karriere als Arzneimittelvertreter zu erzählen. Nachdem er seine Bratwurst verzehrt und das Bier getrunken hatte, packte er seine Illustrierte ein und verabschiedete sich.

Zunächst saßen sich Martin und Steffi schweigend gegenüber, dann brach es aus ihr heraus: »Deine Freundin hast du beim Sonnwendfeuer nicht erwähnt. Ich kann mich genau erinnern, dass du erzählt hast, dass du niemand hättest.«

Martin senkte seinen Blick. Steffis traurige Augen trafen ihn mitten ins Herz. Ich bin so ein riesiger Idiot, dachte er und versuchte, sich zu verteidigen. »›Gibt es nicht‹, sagte ich, als mich Moni gefragt hat, aber das bezog sich doch darauf, ob ich eine Ehefrau und Kinder habe oder nicht«, erklärte er.

»Was für eine Spitzfindigkeit«, zürnte Steffi. »Man kann es dennoch auch unehrlich nennen, so wie du früher eben auch warst«, stieß sie bitter hervor. »Obwohl du damals seit Wochen gewusst hast, dass du nach München gehen würdest, hast du es mir erst drei Tage vorher gesagt. Es war gelogen, als du von einer kurzfristigen Entscheidung gesprochen hast und mich so zwingen wolltest, sofort mitzukommen. Und wieso verleugnest du jetzt deine Freundin? Hast dir gedacht, ich mach' ein bisserl mit der naiven Steffi rum, weil ich dann sowieso wieder in die Stadt abhaue?« Sie sprang auf. »Das ist widerlich«, fauchte sie wütend.

»Ich will es dir erklären, das ist ein Missverständnis!«, stöhnte Martin betroffen.

Steffi wühlte in ihrer Handtasche und warf ein paar Münzen auf den Tisch. Sie beugte sich zu Martin und zischte ihm zu: »Was kann man da bitte falsch verstehen? Mit mir machst du solche Spielchen nicht. Ein für alle Mal, lass mich in Ruhe!«

Martin stand auf und bot an: »Komm, ich fahr' dich nach Hause.«

Steffi warf einen Blick zur anderen Straßenseite und sah, dass Paul gerade ins Auto stieg. »Paul warte«, rief sie winkend und rannte zu ihm hin. Sie stieg in seinen Wagen, und sie fuhren gemeinsam weg.

Martin schaute ihr verdutzt nach, bezahlte die Rechnung und raste missgestimmt in Richtung Thiersheim. Unterwegs hielt er an einem Waldweg an und versuchte, Vivien zu erreichen. Als sie sich meldete, vernahm Martin im Hintergrund laute Musik. Bevor er sprechen konnte, rief Vivien: »Warte mal, ich geh' auf die Terrasse, bei mir steigt gerade eine Party.« Fassungslos schüttelte Martin den Kopf und bemühte sich, die Wut zu bezähmen, die gerade in ihm aufstieg. »Jetzt können wir reden«, hörte er Vivien nach einer Weile sagen.

»Sag mal, spinnst du vollkommen?«, blaffte Martin.

»Was? Wie bist du denn drauf?«, zischte Vivien zurück.

Martin konnte sich nicht mehr beherrschen und brüllte: »Glaubst du, es ist besonders toll, wenn man aus der Zeitung erfährt, dass die eigene Freundin in aller Öffentlichkeit einen anderen Mann küsst?«

»Ach das«, nuschelte Vivien. »Mein Gott Martin, du müsstest doch wissen, wie viel Unsinn veröffentlicht wird. Alles vollkommen harmlos. Ein Kuss, aus einer Laune heraus, ein Spaß.«

Martin schnaubte: »Ein Spaß? Komisch, dass ich darüber gar nicht lachen kann! Ich bin sehr enttäuscht, und du solltest lieber gleich zugeben, wenn da mehr ist mit dem Kerl. Hast du die Nacht mit ihm verbracht?«

Er hörte Viviens kehliges Glucksen: »Du bist ja eifersüchtig! Wie süß!«

»Lenk nicht ab«, knurrte Martin und Vivien wisperte: »Mein Schatz, ich hab' doch dich, was soll ich mit einem anderen Mann? Obwohl du in letzter Zeit ein mir unerklärliches Faible fürs Landleben entwickelt hast und mich sehr viel alleine lässt. Das weckt bei anderen Männern selbstverständlich Begehrlichkeiten, wenn ich so oft solo auf Events auftauche. Bitte beruhige dich, es ist nichts passiert außer diesem flüchtigen Kuss. Genau in dem Moment hat irgendein Idiot auf den Auslöser gedrückt. Ich entschuldige mich bei dir, ich hätte besser nachdenken sollen und achtgeben, ob gerade jemand seine Kamera im Anschlag hat.«

Martin entspannte sich und fragte: »Und wieso ist eine Party bei dir? Habe ich irgendeinen Anlass vergessen?«

Vivien lachte fröhlich: »Nein, hat sich spontan beim Fotoshooting ergeben. Nur ein paar Models und ihr Designer.« Martin atmete erleichtert auf und Vivien gurrte: »Wann sehe ich dich?«

»Ich komme am nächsten Sonntag zu dir, fest versprochen!«, versicherte er.

Mit kindlicher Stimme fragte sie: »Bist du wieder gut mit mir?«

»Ja, bin ich. Aber mach nie mehr so einen Blödsinn!«

»Ich schwöre«, piepste sie und wünschte ihm eine gute Nacht und schöne Träume von ihrem baldigen Wiedersehen.

Als Martin in den Hof seines Elternhauses einbog, lag alles im Dunkeln. Erleichtert darüber, dass er Sixtus keine Fragen beantworten musste, ging er unverzüglich zu Bett. Als Martin am Morgen in die Küche kam, knurrte sein Vater ungeduldig: »Na endlich, ich will frühstücken!«

Martin fragte vorwurfsvoll: »Ist Steffi noch nicht da? Kannst du dir nicht einmal ein Brot schmieren?«

Er schüttelte den Kopf und meinte listig: »Wenn ich keinen Kaffee hab', was soll ich da mit einem Broad?«

Martin seufzte und stellte fest: »Du bist sehr von der Mama verwöhnt worden!«

Sixtus nickte: »Ich habe es immer hochgeschätzt, dass sie nie an unserer Arbeitsteilung rüttelte. Bei euch jungen Leuten ist das anders, das weiß ich. Wenn ich sehe, wie gut du dich in der Küche zurechtfindest.«

Martin beschwichtigte ihn: »Ja, aber ich lebe schon lange allein, da bleibt mir nichts anderes übrig, als mir selbst zu helfen.«

Martins Telefon piepste, und Sixtus schimpfte: »Diese moderne Sach', hat ma ned amol beim Frühstück seine Ruh'!«

Martin schaute auf die Kurznachricht und verkündete, dass das Mittagessen für den heutigen Tag im Kühlschrank stünde und Steffi gegen 18.00 Uhr die Mahlzeit für den kommenden Tag vorbeibrächte. »Das gute Moidl«, lobte Sixtus.

Martin verschwieg ihm, dass sie noch hinzugefügt hatte, dass sie Martin auf keinen Fall treffen wollte. Sollte er weiterhin Essen haben wollen, wäre er besser nicht anwesend, wenn sie käme. »Ich denke, es ist besser, ich verziehe mich, wenn sie herkommt«, sagte Martin.

»Was ist denn los? Womit hast du sie verärgert?«, fragte Sixtus.

Martin senkte seinen Blick und seufzte. »Ach, Papa, wie soll ich dir das erklären?«

»Also stimmt es!«, schimpfte Sixtus. »Na, jetzt hock' ich blöd da!« Martin beeilte sich zu sagen, dass er noch ein wenig bleiben und Steffi bestimmt zurückkehren würde, sobald er wieder in München wäre. »So ein Theater«, jammerte sein Vater. »Erzähl mir, was los ist zwischen euch beiden.« Martin erklärte es ihm, und Sixtus bemerkte trocken: »Dir ist wahrlich nicht zu helfen!«

Währenddessen telefonierte Steffi mit Moni, die versuchte, ihre weinende Schwester zu trösten. »Ja so ein Bläidl«, schimpfte Moni.

»Ich habe ihm eine SMS geschrieben, dass er mich in Ruhe lassen soll«, schluchzte Steffi.

»Ich verstehe trotzdem nicht, wieso er dir dann beim Johannisfeuer solche Blicke zugeworfen hat«, wunderte sich Moni.

»Es ist aussichtslos!«, klagte Steffi. »Selbst wenn er frei wäre. Du hättest das Foto sehen sollen, seine Freundin Vivien ist so sexy und attraktiv. An die reiche ich doch niemals ran.«

»Warte mal«, befahl Moni. »Ich schaue mir den Artikel im Internet an.« Nach einiger Zeit rief sie: »Ich sage das nicht, weil ich deine Schwester bin, aber du bist genauso hübsch, ach was – viel schöner! Weißt du warum?«

»Nö«, schniefte Steffi, die sich langsam wieder beruhigte.

»Erstmal sind deine blonden Haare echt und ihr Brünett ist garantiert gefärbt. Du hast eine natürliche Schönheit und ein liebes Wesen. Wenn du jetzt noch auf deine Schwester hören, dir endlich einen vernünftigen, flotten Haarschnitt gönnen und auch mal etwas Schminke benutzen würdest, könntest du dich zu 100 Prozent besser fühlen.«

»Was habe ich denn davon?«, klagte Steffi.

»Mehr Selbstwertgefühl«, rief Moni. »Irgendwann merkt Martin, was ihm entgeht.«

Steffi seufzte: »Ich nehme einer anderen Frau nicht den Mann weg.«

»Das verlangt doch keiner«, sagte Moni. »Dennoch solltest du dir etwas Gutes tun, ich will nicht, dass du leidest.«

»Hast recht, Schwesterherz«, bestätigte Steffi. »Es geht schon wieder besser, danke fürs Zuhören und Trösten, du bist die Beste!«

In den nächsten Tagen reparierte Martin die eingestürzte Milchgrube, arbeitete im Wald und sortierte die Kartons, die immer noch im Holzstadel standen. Während Martin die körperlich anstrengenden Arbeiten anpackte, kümmerte sich sein Vater um die Gänse, die sonst im Zuständigkeitsbereich der Mutter lagen, und um Balu. Sixtus wartete derzeit gespannt darauf, dass der Gänsenachwuchs endlich aus den Eiern schlüpfen würde. Manche Küken brauchten oft besondere Betreuung, doch er hatte alles Notwendige vorbereitet. Eines Morgens rief er nach Martin und sagte begeistert: »Schau dir das an!«

»Sieben kleine Gänseküken drängten sich um ihre Mutter, nur eines schien sie nicht zu akzeptieren. Es lag etwas weiter weg und zitterte erbärmlich. Vorsichtig nahm es Sixtus, legte es zur Gans, doch sie schubste es weg. »Na, na«, mahnte Sixtus. »Was soll das denn?« Er hob das Mini-Gänschen hoch und sah, dass sein Fuß eine Verwachsung hatte. »Na komm«, sagte er sanft, »jetzt bin ich deine Mama.« Es kam immer mal vor, dass ein schwaches oder krankes Junges von seiner Mutter nicht angenommen wurde. Mühevoll zog man es dann von Hand auf, um es einige Wochen später in die Gänse-Gemeinschaft zu integrieren. »Ich nenn' dich Ingo«, murmelte Sixtus und trug das Küken ins Haus, um es unter eine Wärmelampe zu legen und mit einer Pipette zu füttern. Balu schnupperte an dem neuen Hausgenossen und wandte sich dann mit empörtem Blick ab. Er fand diesen Mitbewohner überhaupt nicht sympathisch.

Martin trieb die Planungen für Maries Hochzeit voran. Ungeduldig wartete er auf ein Lebenszeichen von ihr, das erst zwei Tage später kam. Sie äußerte sich begeistert über Regensburg. »Was für eine glänzende Idee! Einfach himmlisch, auch ohne den ganzen Presserummel in einem Schloss heiraten zu können. Kann man dort übernachten?«

»Nein«, bedauerte Martin. »Aber ich habe ein sehr schönes Hotel gefunden.«

»Prima!«, freute sich Marie. »Und ich will einen richtigen Priester, keinen Schauspieler!«

Martin gelang es gerade noch, ein lautes Auflachen zu unterdrücken: »Meine Liebe, wo denkst du hin? Selbstverständlich wird das ein Pfarrer sein.«

»Oder vielleicht sogar ein Bischof?«, fragte Marie hoffnungsvoll.

»Das wohl eher nicht«, versuchte Martin, ihre Erwartung zu dämpfen. »Aber wenn du von einem Bischof sprichst, gehe ich richtig in der Annahme, dass du eine katholische Trauung willst? Welcher Konfession gehört denn Robin an?«

»Huch«, rief Marie überrascht, »keine Ahnung. Ist das wichtig?«

»Ja, das befürchte ich«, bestätigte ihr Martin.

»Bleib mal kurz dran, ich frage ihn«, zwitscherte sie fröhlich. Es dauerte eine Weile, bis er Maries Stimme vernahm: »Er sagt, er ist Regisseur und sonst gar nichts.«

Martin lachte: »Na, Humor hat er auf jeden Fall. Keine Angst, ich kriege das mit dem kirchlichen Segen dann schon hin.«

»Weißt du, Robin hält sich ja bei der Planung völlig raus. Er meinte, wenn ich glücklich bin, wäre er es auch.« Martin musste sich beherrschen, um nicht loszuprusten. Den Ausspruch kannte er zu Genüge – es schien der Lieblingssatz eines planungsunwilligen Bräutigams zu sein. Meistens verhandelte Martin mit den Frauen. Leider mischten sich die Männer unangenehm wichtigtuerisch ein, sobald es um die Kosten für die Feierlichkeiten und sein Honorar ging. »Weißt du, Martin«, hörte er Marie sagen. »Ich möchte einen Fotografen bei meiner Hochzeit dabeihaben, um mich mit schönen Bildern an diesen Tag erinnern zu können. Das offizielle Hochzeitsbild werde ich meistbietend verkaufen und den Erlös einer caritativen Organisation spenden. Was hältst du davon?«

»Großartige Idee«, lobte Martin. »Falls du nicht deinen eigenen Fotografen mitbringen willst, meine Freundin Vivien macht exzellente Aufnahmen. Bisher waren die Brautpaare von ihren Bildern alle begeistert. Auf meiner Internetseite habe ich einige Fotos eingestellt.«

»Das brauche ich nicht anschauen, ich weiß, dass du zuverlässig bist«, sagte Marie und fragte unsicher: »Wenn sie deine Freundin ist, kann man ihr doch bestimmt vertrauen, oder?«

»Selbstverständlich«, bestätigte Martin selbstsicher. »Ich fahre morgen zu ihr und werde mit ihr darüber sprechen.«

»Ich bin schon schrecklich aufgeregt!«, beteuerte Marie freudig. »Mein sagenhaft schönes

Brautkleid habe ich mir nochmal etwas ändern und an meine veränderte Figur anpassen lassen. Ein leichter, schneeweißer Seidenstoff, sehr elegant im Empire-Stil, figurumschmeichelnd.« Sie nannte Martin den Namen des Designers, und er bat sie darum, ihm ein Foto des Kleides zu schicken, damit er die Blumendekoration darauf abstimmen konnte. Sie besprachen noch einige Details und beendeten dann ihr Telefonat.

Bevor Martin Thiersheim verließ, versuchte er Steffi zu erreichen, vergeblich. Er hinterließ ihr eine Kurzmitteilung und bat sie, zu seinem Vater zu kommen, da er nach München zurück musste. »Okay!«, schrieb sie knapp.

Martin machte sich auf den Weg zu Vivien. Als er an ihrer Wohnungstür auf die Klingel drückte, öffnete sie die Tür blitzschnell und umarmte ihn stürmisch. »Ich habe auf dich gewartet«, schnurrte sie und zog ihn sogleich Richtung Schlafzimmer. Während sie Martins Hemd aufknöpfte und gurrte: »Nur auf diese Art kann man sich richtig versöhnen«, sah er aus dem Augenwinkel heraus eine Flasche Champagner in einem Kühler bereitstehen.

»Soll ich die Pulle aufmachen?«, fragte er.

»Nachher«, wisperte sie und zog ihn aufs Bett.

***

Erst Mitte September kam Martin erneut nach Thiersheim, um anschließend nach Regensburg zu fahren. Die letzten Vorbereitungen für Maries Hochzeit mussten getroffen werden. Seine Mutter strahlte über das ganze Gesicht und zeigte ihm, wie gut es ihr inzwischen ging. »Alles voll beweglich«, versicherte sie. »Hab' dir gleich einen Kuchen gebacken!«

»Ach, du bist die Beste«, lobte er, erleichtert darüber, dass sie ihm keine Vorwürfe machte, dass er sich so lange nicht mehr zu Hause hatte blicken lassen. Sixtus saß schweigend mit düsterem Gesicht dabei, und Martin befürchtete, dass er bald seine Vorhaltungen zu ertragen hatte. Doch das ausgleichende Wesen der Mutter bewirkte, dass Sixtus am Abend wieder begann, mit Martin zu sprechen.

Bevor sie ins Bett gingen, sagte Sixtus: »Ich bitte dich nicht gern darum, aber morgen muss ich im Wald Hackschnitzel machen, die Fabrik hat angefragt und würde einen guten Preis zahlen. Ich bin mir nicht sicher, ob ich's alleine schaff'.«

»Papa, natürlich komme ich mit und helfe dir«, rief Martin.

Am anderen Tag erledigten Sixtus und Martin zügig die Arbeit und kehrten am frühen Nachmittag zum Hof zurück. Richard stand mit seinem Rad vor der Tür und lachte, als er Martin in Arbeitsmontur vom Traktor klettern sah: »Hast du noch Kraft für eine kurze Radl-Runde?«

Martin überlegte und nickte: »Ja klar, ich zieh mich nur schnell um, dann geht's schon los!«

Es tut gut, durch die freie Natur zu strampeln, ungehindert von Autos und ohne den Gestank der Abgase, dachte sich Martin, als er versuchte, sich Richards Tempo anzupassen. Als sie an einer Wiese vorbeikamen, winkte ihnen Herr Bach, Martin hielt an und stieg vom Rad.

Steffis Vater schimpfte: »Martin, mein Moidl will mir nicht sagen, was zwischen euch vorgefallen ist, aber seitdem sie dich getroffen hat, ist sie in sich gekehrt und traurig. Ich könnte dir den Hals umdrehen!«

Martin schaute ihn betroffen an und raunte: »Was soll ich denn tun? Sie weigert sich, mit mir zu reden.«

»Recht hat sie!«, rief ihr Vater erbost. »Du bist doch eh bald wieder weg von hier, oder?«

Martin nickte. »Selbstverständlich, künftig werde ich weniger in Thiersheim sein.«

Herr Bach seufzte erleichtert: »Na Gott sei dank!«

Am anderen Tag bezog Martin in Regensburg sein Hotelzimmer. Er fuhr zum Schloss, überwachte die Dekoration des Raumes und das Eindecken der Tische. Er holte das Brautpaar samt Gästeschar vom Flughafen ab und brachte sie ins Hotel. Am Abend reisten Max, Peggy und Vivien an, und am nächsten Morgen schlüpfte Martin in seinen edlen Anzug. Er verspürte, wie immer an solchen Tagen, ein leichtes Lampenfieber, aber das gehörte für ihn dazu, schärfte es doch seine Aufmerksamkeit. Er ging mit Peggy und Max nochmals den Ablaufplan durch und verabschiedete sich von Vivien mit einem zarten Kuss: »Bis später! Wir sehen uns bei der Trauung.«

»Wie immer, ich bin bereit«, gluckste Vivien.

Um halb acht betrat Martin den Frühstücksraum des Nobelhotels und traf auf Robin, der mit gutem Appetit eine riesige Portion Cornflakes verspeiste. Er berichtete davon, dass er und Marie gut geschlafen hätten: »Ich konnte sie nicht dazu bewegen, ein kleines Frühstück zu nehmen. Sie hat nur eine Tasse Kaffee getrunken. Die Visagistin ist jetzt bei ihr, und sie haben mich weggeschickt, damit ich keinen Blick auf das Brautkleid erhasche. Was für ein fürchterlicher Rummel. Aber was tun wir nicht alles, um unsere Frauen glücklich zu sehen?«

Martin nickte amüsiert und stellte sachlich fest: »Sie muss etwas essen. Es gibt nichts Schlimmeres, als wenn eine Braut vor dem Altar umkippt. Er ging zum Frühstücksbuffet, holte ein Stück Brot, bestrich es hauchdünn mit Butter und Marmelade und sagte zu Robin: »Ich bin gleich wieder da.«

Als er an Maries Zimmertür klopfte, hörte er wildes Geschrei: »Draußen bleiben, was ist los?«

»Ich bin's, Martin«, rief er, und die Tür öffnete sich einen Spalt weit. Er sah Marie im Bademantel vor einem gewaltigen Schminkspiegel sitzen. Sie winkte ihm, und er trat ein. Er hielt ihr das Brot hin und befahl: »Marie, das musst du unbedingt essen, sonst wird dir übel! Außerdem hat dein Baby bestimmt auch Hunger!«

Marie lachte, strich sanft über ihren Bauch und sagte zärtlich: »Ich kann es immer noch nicht glauben!« Den anderen Frauen, die sich in ihrem Zimmer versammelt hatten, rief sie zu: »Mein Hochzeitsplaner! Er denkt an alles!« Dann nahm sie das Brot vom Teller, biss vorsichtig hinein und stellte fest: »Hmm, Erdbeermarmelade! Köstlich.« Während sie fröhlich kaute, erklärte ihr Martin noch einmal den Ablauf des Vormittages.

Marie und Robin wurden mit getrennten Wagen zum Schloss gebracht. Als Marie vorsichtig aus dem Auto stieg, eilte Vivien herbei, um die ersten Bilder einzufangen. Sie hatte eine Mini-Videokamera in der Hand, und der Fotoapparat baumelte an ihrem Hals. »Das wird deinen Bräutigam umhauen«, rief sie begeistert. »Du siehst großartig aus!« Die Braut trug ein langes, weißes Kleid im Empire-Stil, das ihren kleinen Schwangerschaftsbauch gut verdeckte. In ihrem hochgesteckten, blonden Haar steckte ein Diadem, an dem man einen feinen Tüllschleier befestigt hatte, der bis zum Boden reichte. Der Brautstrauß, den Marie nervös umklammerte, bestand aus gelben Rosen und Sonnenblumen, die eine Floristin zu einem kleinen Kunstwerk gebunden hatte.

Marie lachte glücklich, und Martin sagte zu Vivien: »Dein roter Anzug ist auch sehr elegant!«

Vivien lächelte: »Die Farbe habe ich absichtlich gewählt, damit du immer sehen kannst, wo ich mich aufhalte.«

Robin wartete bereits in der kleinen Kapelle und schaute gerührt auf seine bildschöne Frau, die langsam auf ihn zuschritt. Ein Streichquartett sorgte für die musikalische Umrahmung. Das Paar hatte sich den Hochzeitsmarsch aus Richard Wagners Oper »Lohengrin« gewünscht. Nach der feierlichen Zeremonie und dem Empfang des Segens gingen Robin und Marie zuerst in den Park. Vivien machte sehr viele Bilder. Dann bat sie alle Gäste, mit dem Brautpaar für ein Gruppenbild zu posieren. Im Anschluss begab sich die Gesellschaft in das herrlich ausgestattete Refektorium und stieß mit Champagner auf das junge Glück an. Der opulente Blumenschmuck und die prächtigen, mit antikem Porzellan gedeckten Esstische, sorgten für bewundernde Ausrufe.

Das Streichquartett begann, erneut zu spielen. Martin rief die Gesellschaft in den Barocksaal zu Tisch. Ein exquisites Fünf-Gänge-Menü wurde serviert, mit sorgfältig auf das Essen abgestimmten Weinen. Nachdem die Tafel aufgehoben wurde, stand Robin auf und sagte zu Marie: »Komm!« Er gab den Musikern ein Zeichen und führte seine Frau auf die Tanzfläche.

Engumschlungen und weltvergessen wiegten sie sich im Takt der Musik, und Peggy seufzte: »Och, ich möchte auch endlich heiraten!«

Martin riet: »Dann musst du dir erst mal einen Freund suchen.«

Sie schüttelte den Kopf: »Ach Chef, vor lauter Arbeit komm' ich doch gar nicht dazu!«

Er grinste gutmütig: »Peggy und Max, ich danke euch, prima gemacht. Bisher läuft alles sensationell!«

»Und was ist mit mir?«, hörten sie Viviens Stimme.

Martin drehte sich um und beteuerte: »Das gilt natürlich auch für dich! Alles bestens mein Herz! Bitte habt immer wieder ein Auge auf die Gäste, den Sicherheitsdienst und das Servicepersonal. Die Anwesenden mussten zwar Smartphones, Handys und Kameras abgeben, dennoch bleibt die Versuchung groß, ein Foto zu machen.«

Max nickte zustimmend und sagte: »Auf die Jungs von der Security ist Verlass, mit denen arbeiten wir seit vielen Jahren zusammen. Alle anderen habe ich Verträge unterschreiben lassen, die dermaßen hohe Geldstrafen vorsehen, falls ein Foto den Weg in die Presse findet, dass derjenige komplett und für immer ruiniert wäre. Den größten Unsicherheitsfaktor stellen die 32 Gäste dar. Nachdem es die allerengsten Freunde und Verwandten sind, sehe ich da allerdings auch eher eine geringe Gefahr.«

»Stimmt«, nickte Martin. »Aber du kennst mich, lieber übervorsichtig sein, als hinterher Ärger zu riskieren.«

Peggy seufzte tief: »Ich hatte gehofft, dass Brad Pitt käme, doch leider scheint er nicht zu Maries engsten Vertrauten zu zählen.«

Martin grinste und sagte: »Da fallen mir jetzt leider keine tröstenden Worte ein.«

Später klopfte Martin an ein Glas. Als sich ihm alle Blicke aufmerksam zuwandten, kündigte er an: »Und nun, meine Damen und Herren, die Hochzeitstorte!« Das gigantische, dreistöckige Kunstwerk wurde in den Raum getragen und mit Ah- und Oh-Rufen empfangen. Über weißem Marzipan floss eine Blumenranke aus roten und gelben Marzipanrosen. Auf der obersten Torte erkannte man ein sorgsam moduliertes Brautpaar. Der Mann hielt eine Filmrolle in der Hand und die Braut eine Oscar-Statue. Die Anwesenden applaudierten, und Martin freute sich, dass er zusammen mit dem Konditor die richtige Wahl getroffen hatte. Die Eheleute traten heran, nahmen gemeinsam ein Messer und wollten das Kunstwerk anschneiden. Da gab es ein knackendes Geräusch, und der Tisch begann, sich an der einen Seite abzusenken. Erschrocken wich das Brautpaar zurück, während sich die Tortenplatte in Bewegung setzte und zu Boden zu fallen drohte. Beherzt sprang Martin herbei, und in letzter Minute gelang es ihm, das Unglück zu verhindern.

»Martin!«, schrie Marie entsetzt, als sie sah, dass er mit seinem Oberkörper die Etagere abstützte und mit seinen Händen festhielt. Einige Köche stürzten vor und schoben einen Rollwagen zu Martin. Gemeinsam gelang es ihnen, die angestoßene Torte dort abzusetzen. Nach einer Schrecksekunde applaudierten die Gäste. Das Brautpaar nahm es mit Humor und schnitt aus der unversehrten Seite ein Stück heraus. Nachdem sie sich gegenseitig liebevoll gefüttert hatten, wurden die essbaren Reste verteilt.

Martin konnte nicht darüber lachen. So einen Zwischenfall hatte er noch nie erlebt. Er nahm daher erleichtert zur Kenntnis, dass das Ganze der guten Stimmung, die bisher vorgeherrscht hatte, keinen Abbruch tat. Dennoch hasste er derartige Pannen. Auf dem Sakko seines Anzuges und seinem Hemd machten sich dicke Marzipan- und Sahneflecken breit, aber Martin hatte wie immer Ersatzkleidung dabei und ging kurz weg, um sich umzuziehen.

»Ich platze gleich«, stöhnte Marie wenig später und lehnte sich zurück. »Es schmeckte so lecker, doch nun ist es genug.«

»Unser Baby muss kräftig wachsen«, raunte ihr Robin ins Ohr.

Sie schüttelte den Kopf, winkte Vivien heran, die mit der Videokamera filmte und sagte: »Damit es für alle Zeit dokumentiert ist: Mir ist es egal, ob es ein Boy oder ein Girl wird.« Sie überlegte einen Moment und schob nach: »Andererseits kann man ein Mädchen natürlich viel hübscher anziehen!«

Robin lachte, baute sich nah vor der Kamera auf und rief: »Leute, das wird einiges kosten, wenn Mama und Töchterchen einkaufen gehen!«

»Keine Angst, Daddy«, gurrte Marie. »Auch einen Jungen kleide ich dir topmodisch und teuer ein!«

Ein Mann mit einer schwarzen Augenmaske, einem dunklen Hut und einem entsprechenden Umhang betrat den Raum. Martin bat um Ruhe und kündigte einen international bekannten Zauberkünstler an. Er holte ein Kaninchen aus dem Hut und machte einen Kartentrick, doch alles andere funktionierte nicht so richtig, und das Publikum begann zu murren. Da riss der Mann den Hut und die Maske weg, packte Brautstrauß und Marie und rannte mit ihr aus dem Raum.

»Brad Pitt«, hauchte Peggy und kam leicht ins Straucheln.

»Der beste Freund des Bräutigams«, erklärte Max, »und der Überraschungsgast!«

»Ihr habt das gewusst, das ist gemein«, beklagte sich Peggy.

Martin grinste: »Wir wollten dich nicht aufregen, doch los, geh und hilf Robin, die Entführte zu finden.« Bald gelang das, und als das Brautpaar zurück in den Barocksaal kam, wurde ein leichtes Abendessen serviert. Später gab es noch einige, von den Gästen vorbereitete Showeinlagen, und gegen Mitternacht endete das sehr gelungene Fest.

Als sie sich verabschiedeten, wurde vereinbart, dass Martin sie am Mittag des nächsten Tages abholen sollte, um sie zum Flughafen zu begleiten, wo Robins Privatjet wartete. »Flitterwochen in Venedig«, kündigte Marie an.

»Hoffentlich bleiben wir dort so ungestört wie in Regensburg«, seufzte sie. »Ich habe das sehr genossen, ganz privat zu sein.«

Martin grinste: »In Venedig ist die Gefahr größer, von Paparazzi aufgespürt zu werden.«

Vivien sagte sehnsuchtsvoll: »Nach Venedig, da möchte ich gerne mal wieder hin. Ich habe beim letzten Besuch im Luxushotel direkt am Canale Grande gewohnt.«

»Wir auch!«, riefen Marie und Robin wie aus einem Mund. »Wir schicken euch eine Ansichtskarte«, versprach Marie. Sie stiegen in die Limousine, die sie zu ihrer Unterkunft brachte. Der Fahrdienst für die Hochzeitsgesellschaft sorgte dafür, dass alle zuverlässig in ihr Hotel kamen.

Dann standen die Planer plötzlich allein im Raum. Peggy ließ sich auf einen Stuhl sinken: »Uff, ich bin k.o. – diese hohen Schuhe bringen mich um!« Sie streifte sie von ihren Füßen, seufzte: »Endlich!«, und kramte aus ihrer Handtasche eine Autogrammkarte von Brad Pitt hervor. Wie eine Trophäe hielt sie das kostbare Stück triumphierend in die Höhe. »Mit Widmung – schaut euch das an!«

Max lockerte seine Smokingfliege und Martin schlug vor: »Wir sollten auch ins Bett gehen!« Alle nickten zustimmend, und Martin sinnierte: »Ehrlich, manchmal frage ich mich, ob es nicht doch schöner ist, in einer kleinen Stadt oder auf dem Land zu leben.«

»Die liebe Güte«, stöhnte Vivien und rieb sich ihre schmerzenden Beine. Ich ruf' mir ein Taxi und geh' ins Bett, bevor es hier noch mehr sentimentale Bekenntnisse gibt.«

»Was ist das?«, murmelte Martin. Er hatte tief und fest geschlafen und tastete desorientiert auf dem Nachttisch herum. »Verdammt nochmal«, fluchte er. »Wer ruft mich so früh an?« Unwillig und mit belegter Stimme meldete er sich unwirsch: »Hallo!«

»Hab' ich dich geweckt? Hier spricht Max.«

»Ja«, knurrte Martin. »Wie spät ist es?«

»Fast neun Uhr«, erwiderte Max.

»Und, was gibt es so Wichtiges?«, wollte Martin wissen.

»Eine Katastrophe«, flüsterte Max.

»Rede lauter«, befahl Martin barsch, »ich kann dich nicht verstehen.«

»Ich sagte eine Katastrophe. In einer überregionalen Zeitung sind Bilder von der Hochzeit abgebildet«, schrie Max ins Telefon.

»Von welcher Hochzeit?«, fragte Martin dämlich. Max schwieg, und es dauerte einen Moment, bis Martin diese Nachricht nun realisierte. Er brüllte: »Marie? Das ist unmöglich!«

»Doch«, bestätigte Max vorsichtig. »Ziel der Hochzeitsreise, Hotelname in Venedig, alles schön veröffentlicht. Aber am schlimmsten ist die Schlagzeile: ›Marie Perusa – Hochzeit wegen Schwangerschaft?‹«

»Ich fasse es nicht«, sagte Martin tonlos. Er sah sich im Zimmer um, und erst jetzt fiel ihm Viviens Abwesenheit auf. »Ich ruf' dich gleich zurück«, schrie er ins Telefon, sprang aus dem Bett und rannte barfuß ins Bad. Eilig zog er sich an und hastete in den Frühstücksraum. Dort traf er Peggy und fragte: »Wo ist Vivien? Hast du sie gesehen?«

Peggy schüttelte den Kopf. »Nein, ich bin seit sieben Uhr hier, um die Gäste zu betreuen, wie du es wolltest. Wenn sie nicht bei dir ist, muss sie bereits abgereist sein. Wieso, was ist denn?«

»Später«, blaffte Martin hektisch, und rief Max an. »Vivien ist weg«, informierte er ihn. »Ich versuche sie zu erreichen, mein Gott, wie wird sie sich ärgern, wo sie sich doch den ganzen Tag so viel Mühe gegeben hat.«

Max räusperte sich und fragte vorsichtig und langsam: »Bitte versteh' mich nicht falsch, ich will dir nicht zu nahe treten, aber kann es nicht sein, dass sie die Fotos ...«

Weiter kam er nicht, denn Martin brüllte: »Bist du von Sinnen? Vivien? Niemals! Das muss einer von den Angestellten gewesen sein! Vivien hat auch einige Videos gedreht, vielleicht kann man darauf erkennen, dass jemand fotografiert hat.«

»Martin, das Ziel der Hochzeitsreise wussten doch nur wir und Vivien.«

Martin ging nicht darauf ein, sondern fragte: »Marie und Robin, wissen sie bereits davon?«

»Nein, sie schlafen noch«, meinte Max. »Aber es wäre sinnvoll, wenn sie es von uns erfahren würden, oder was denkst du?«

»Ja«, stöhnte Martin. »Mir graut davor, ich rufe jetzt Vivien an, mach mich fertig und fahre dann in die Unterkunft der beiden. Bitte begib dich gleich dorthin und sieh zu, dass vor uns niemand mit ihnen spricht.«

»Ich gebe mein Bestes«, versprach Max. Martin ließ sich auf einen Stuhl sinken.

Peggy schaute ihn verständnislos an und fragte: »Was ist denn los?« Während Martin hektisch auf seinem Telefon herumdrückte, erzählte er Peggy von den veröffentlichen Bildern. Den Verdacht, den Max gegen Vivien geäußert hatte, verschwieg er, obwohl zu seiner Überraschung auch Peggy in diese Richtung dachte. Martin erreichte seine Freundin nicht. Er hinterließ ihr eine Nachricht und bat sie dringend um einen Rückruf.

»Keine Zeit für ein Frühstück, ich muss so schnell wie möglich zu Marie und Robin«, rief er Peggy zu, die ihm einen Becher Kaffee hingestellt hatte. Martin trank nur einen kleinen Schluck und machte sich dann auf dem Weg zu seinem Wagen.

Er preschte mit seinem Jaguar durch Regensburg und sah den hektisch winkenden Max an der Eingangstür des Nobelhotels stehen. »Sie sind im Frühstücksraum«, sagte er, als Max aus dem Auto stieg. »Hast du Vivien erreicht?«

»Nein!«, knurrte Martin kurz angebunden. »Nur die Mailbox. Komm, lass uns reingehen.«

»Guten Morgen«, rief Marie fröhlich, als sie Martin und Max näherkommen sah.

»Ihr seid aber früh auf«, meinte Martin, während ihn Marie rechts und links auf die Wange küsste. Robin, der gerade am Frühstücksbuffet stand, winkte ihnen zu.

»Mein Mann und ich haben ausgezeichnet geschlafen«, stellte Marie fest.

Es waren keine anderen Gäste im Raum und Martin sagte vorsichtig: »Ich bringe schlechte Nachrichten.«

»Was ist denn passiert?«, fragte Robin, der einen Teller mit einer riesigen Portion Eier und Speck auf den Tisch platzierte.

»Ich weiß nicht, wie es geschehen konnte, aber es sind Bilder von eurer Hochzeit in der Zeitung und im Internet.«

Robin sprang auf, nahm Maries Hand und sagte: »Dann lass uns sofort nach oben gehen und packen, bevor die Paparazzi hier eintreffen.« Er warf Martin und Max einen bösen Blick zu und befahl: »Kommt mit!« Die Kellnerin bat er, das Frühstück aufs Zimmer zu bringen. Auf dem Weg in den zweiten Stock sahen sie aus dem Fenster. Ein Übertragungswagen des örtlichen Fernsehsenders fuhr gerade vor. »Die Jagd ist eröffnet«, stellte Robin sarkastisch fest. Als Martin zu einem Erklärungsversuch ansetzte, sagte er: »Lass sofort die Limousine vorfahren, die uns zum Flughafen bringt. Wir müssen hier weg.«

»Fliegt nicht nach Venedig«, bat Martin. »Davon weiß die Presse auch.«

Robin schlug mit der Faust wütend auf den kleinen Tisch, sodass die Kaffeetassen wackelten und klirrten. »Zeig mir den Zeitungsartikel!«, forderte er Martin auf. Er suchte die Seite im Internet. Robin las aufmerksam und sagte liebevoll zu Marie: »Pack schnell, Darling, wir finden ein anderes, besseres und genauso romantisches Ziel für unsere Flitterwochen.« Zu Martin gewandt raunte er mit leiser, eiskalter Stimme: »Du hast die Vertrauenswürdigkeit deiner Freundin wohl falsch eingeschätzt. Nun gut, du kennst unseren Vertrag.«

Martin protestierte: »Ich kann mir nicht vorstellen, dass Vivien etwas damit zu tun hat!«

»Wer sonst?«, wunderte sich Robin. »Was sagt sie denn dazu?«

»Ich konnte noch nicht mit ihr sprechen«, stieß Martin hervor.

»Die Limousine wird gleich da sein«, vermeldete Max. »Der Chauffeur wartet dann am Hinterausgang.«

»Ich begleite euch schnell zum Flughafen«, bot Martin an.

Doch Marie winkte ab: »Lass gut sein, halte uns lieber die Presseleute vom Leib.«

»Es tut mir alles so unendlich leid«, stammelte Martin.

»Fertig«, verkündete Marie, die einfach alle Sachen wahllos in die Koffer geworfen hatte.

Max und Martin trugen das Gepäck zum Auto. Marie und Robin stiegen ein und fuhren ohne ein Abschiedswort davon.

Als Martin zu seinem Jaguar ging, wurde er von Journalisten und Fotografen umringt. Er ließ sie in dem Glauben, dass die frisch Vermählten noch im Haus wären, und machte sich mit Peggy und Max eilig auf den Weg zu seinem Elternhaus.

Während seine Mutter für alle Kaffee kochte, gelang es Martin weiterhin nicht, Vivien zu erreichen. Beunruhigt und besorgt fragte Max, was denn Robin mit dem Hinweis auf den Vertrag gemeint hätte. »Geheimhaltungsklausel«, knurrte Martin. »Das braucht euch nicht zu kümmern.« So selbstsicher, wie er auftrat, fühlte er sich bei weitem nicht. Doch das konnte er nicht eingestehen. Genauso wie er sich weigerte, daran zu glauben, dass Vivien die Fotos verkauft hatte. Die Frau, die er liebte und zu heiraten gedachte, würde ihm so etwas nicht antun. Aber wieso meldete sie sich nicht? Besorgt überlegte er, ob ihr etwas passiert sein könnte. Hatte man sie überfallen und ihr die Bilder gestohlen? »Ich fahre zu Vivien nach München«, sagte er zu Max und Peggy. »Hoffentlich ist alles in Ordnung mit ihr. Bleibt ihr bitte hier, ich melde mich, sobald ich mit ihr gesprochen habe.«

»Soll ich nicht besser mitkommen, für den Fall, dass …«, fragte Max und vollendete den Satz nicht, da ihm einfiel, dass Martin ja an Viviens Unschuld glaubte.

»Dass sie mich verraten hat?«, flüsterte Martin. Max nickte, und Martin blaffte: »Ich bin maßlos enttäuscht von dir.« Zu Anni gewandt, sagte er: »Mama, ich muss jetzt weg, aber Max, über diese ungeheuerliche Anschuldigung werden wir uns noch unterhalten, mein Freund!« Wütend stürzte er aus dem Haus, stieg in sein Auto und fuhr mit quietschenden Reifen vom Hof. Besorgt sah Anni ihm aus dem Fenster nach, und Peggy fragte: »Trauen Sie Vivien denn so einen Verrat zu?«

Anni zuckte mit den Schultern und sagte zu den beiden: »Wenn er mein Chef wäre, würde ich ihm hinterherfahren.«

Martin erschrak, als er das Autobahnende in München erreichte. »Vollbeschäftigung für meinen Schutzengel«, knurrte er. Erst jetzt fiel ihm auf, wie gedankenverloren er die Strecke zurückgelegt hatte. Wenig später bog er in die Straße zu Viviens Wohnhaus ein und suchte einen Parkplatz. Als er aus dem Wagen steigen wollte, traten ein Mann und eine Frau aus der Eingangstür des Hauses. »Vivien«, knurrte Martin und duckte sich hinter das Steuer seines Autos. »Und wer ist der Kerl?«, murmelte er. Er kam ihm bekannt vor. Wo hatte er ihn nur schon gesehen? Während sie sich umarmten und anscheinend voneinander verabschiedeten, fiel es ihm ein und er flüsterte fassungslos: »Der Typ in der Illustrierten. Das Foto, auf dem die beiden sich geküsst haben!« Noch einmal schaute er prüfend auf den Mann. Es gab keinen Zweifel. Eine weitere Erkenntnis drang in sein Bewusstsein. »Der Chefredakteur«, stammelte er. Vivien kam alleine den Gehweg entlang, und als sie an Martins Wagen vorbeigehen wollte, stieg er aus.

»Martin«, rief seine Freundin erschrocken und sah sich nach ihrem Begleiter um. Martin folgte ihrem Blick, aber außer ihnen befand sich niemand mehr auf der Straße. Schweigend musterte er sie, und sie zischte: »Mach jetzt bloß keine Szene auf offener Straße. Lass mich vorbei, ich bin spät dran.«

Martin gab den Weg nicht frei. Er hätte sie gerne wütend angeschrien, aber in ihm stieg eine abgrundtiefe Traurigkeit auf, sodass er nur heiser flüstern konnte: »Wie viel?« Vivien wollte sich an ihm vorbeidrängen, doch er hielt sie an den Oberarmen eisern umklammert und raunte: »Wie viel hat er dir bezahlt?« Sie senkte den Blick, und er fuhr sarkastisch fort: »Oder ist er so fantastisch im Bett, dass du ihm die Fotos umsonst überlassen hast?«

»Lass mich sofort los, sonst schreie ich«, zischte Vivien.

Jetzt brüllte Martin sie an, dass sie zusammenzuckte: »Ich habe ein Recht auf eine Antwort! Also, für welche Summe hast du unsere gemeinsame Zukunft aufgegeben?«

Vivien wollte sich von ihm losreißen und begann, auf ihn einzuschlagen. Sie kreischte: »Nimm deine Hände weg, du Ignorant. Zwischen uns hat es doch schon lange nicht mehr gepasst.«

»Ach ja! Und anstatt mit mir darüber zu reden, betrügst du mich mit einem anderen und ruinierst nebenbei auch noch meinen guten Ruf als Hochzeitsplaner?«, tobte Martin. Inzwischen außer sich vor Zorn hielt er sie weiterhin in seinem festen Griff. Er senkte die Stimme und drohte: »Das wird dir teuer zu stehen kommen, meine Liebe! Diesen Vertragsbruch bringe ich vor Gericht!«

Vivien lächelte spöttisch und raunte: »Vor lauter Begeisterung über diesen tollen Auftrag hast du vergessen, einen schriftlichen Vertrag mit mir zu schließen. Alles mündlich vereinbart, ohne Zeugen. Im Zweifelsfall steht Aussage gegen Aussage.«

Ein Streifenwagen näherte sich mit Blaulicht und stoppte. Zwei Männer rannten auf Martin und Vivien zu. »Lassen Sie die Frau los, Hände nach oben«, brüllte einer der Uniformierten.

Martin, geschockt über Viviens Niedertracht und das plötzliche Auftauchen der Polizisten, tat, was man von ihm verlangte. »Ist ihnen etwas passiert?«, fragte einer der Beamten Vivien. Sie schüttelte den Kopf. »Wir wurden von Nachbarn alarmiert«, meinte der Mann.

»Mein Freund und ich haben uns gerade getrennt«, zischte Vivien.

»Beziehungsstreit«, hörte Martin einen der Beamten in sein Funkgerät rufen. Der Polizist, der Martin festgehalten hatte, löste seinen Griff und fragte Vivien: »Wollen Sie Anzeige erstatten?«

»Das überlege ich mir noch«, meinte Vivien und ging auf ihr Auto zu. Bevor sie einstieg, drehte sie sich noch einmal um und rief Martin zu: »50 000 Euro!« Er stand starr auf dem Gehweg und schaute ihr nach, als sie wegfuhr.

Peggy und Max liefen auf ihn zu: »Was ist denn hier los?«, fragte Max entsetzt. Während sich Martin über das plötzliche Auftauchen seiner Angestellten wunderte, verlangte der Polizist nach Martins Personalausweis.

Nachdem er ein Formular ausgefüllt hatte, tippte der Mann an seine Mütze und verkündete: »Wir rücken ab.«

Martins kalkweißes Gesicht ließ Peggy und Max erahnen, dass sich ihr Verdacht bestätigt hatte. Schweigend standen sie da, bis ihr Chef plötzlich hervorstieß: »Mir ist schlecht!« Besorgt bugsierte ihn Max auf den Beifahrersitz des Jaguars. Peggy brachte ihm eine kleine Wasserflasche und bat ihn, langsam zu trinken.

»Ich glaube, er steht unter Schock«, wisperte sie, und Max nickte zustimmend. Nach einer Weile räusperte sich Martin und krächzte: »Ihr hattet recht, Vivien hat die Bilder verkauft, für 50 000 Euro.« Erschüttert sah Peggy Tränen in seinen Augen schimmern, als er flüsterte: »Ich vermute, sie hatte das von Anfang an geplant, der Chefredakteur scheint ihr neuer Liebhaber zu sein.« Er seufzte tief und straffte seine Schultern. Seine Stimme klang bitter, als er sagte: »Es tut mir leid, aber ich fürchte, ihr müsst euch einen anderen Job suchen. Mein Ruf ist ruiniert.«

»Vielleicht ist es gar nicht so schlimm«, versuchte Max zu trösten.

»Doch«, raunte Martin. »Ich hatte mit Vivien keinen schriftlichen Vertrag geschlossen. Das haben wir bisher nie gemacht.« Leise fügte er hinzu: »Ich dachte, ich könnte ihr vertrauen. Dafür habe ich mit Marie und Robin einen Kontrakt abgeschlossen, der sich in einem solchen Fall für mich sehr nachteilig auswirken wird. Nehmt euch für heute frei, ich fahre nach Thiersheim zurück.«

»Ich halte das für keine gute Idee, jetzt selbst zu fahren«, wandte Max ein und setzte sich ans Steuer von Martins Jaguar. »Es ist besser, ich bringe dich nach Thiersheim.«

»Ich folge mit unserem Auto«, sagte Peggy. »Wenn wir dich heimgebracht haben, sehen wir weiter.«

Kopfschüttelnd lauschten Martins Eltern seinem Bericht von Viviens Verrat und warfen sich vielsagende Blicke zu. »Keine Ahnung, wie es weitergehen soll«, seufzte Martin und erhob sich vom Küchentisch. »Gute Nacht, ich muss jetzt ein wenig alleine sein.«

Als er das Zimmer verlassen hatte, stöhnte Anni: »Der Arme! Das ist alles ganz furchtbar.«

»Ja«, bestätigte Sixtus. »Was für ein verflixter Tag. Ich habe heute von der Bank ein Schreiben bekommen, indem sie mir mitteilen, dass sie den Hypothekenkredit gekündigt haben. Wir sollen alles sofort zurückzahlen.«

»Nein, nicht auch das noch!«, rief Anni überrascht.

Sixtus fuhr fort: »Darüber kann ich mit Martin jetzt nicht reden, der hat gerade genug eigene Probleme.«

Anni nickte zustimmend und sagte schließlich: »Aber ist dir aufgefallen, dass Martin schon lange nicht mehr vom Verkauf des Anwesens gesprochen hat?«

»Stimmt«, freute sich Sixtus, »wenigstens ein Lichtblick. Komm Annerl, lass uns zu Bett gehen, morgen ist auch noch ein Tag, und irgendwie geht es immer weiter!«

Martin erwachte sehr früh mit pochenden Kopfschmerzen, die sich verschlimmerten, als er wiederum neue Bilder von Marie und Robin im Internet entdeckte. Er holte sich einen Kaffee, nahm eine Schmerztablette und schaute verunsichert und kritisch zu Richard, der soeben ins Haus trat.

»Kumm, fahr ma a Rund'n mit'm Fahrradl«, forderte er Martin auf.

»Echt?«, fragte der unsicher.

»Wieso ned?«, wollte Richard erstaunt wissen.

»Nachdem, was passiert ist!«, sagte Martin mit erstickter Stimme.

»Was ist denn los?«, fragte Richard gewarnt.

»Von dieser großen Hochzeit, die ich gerade streng geheim organisiert habe, sind Bilder in allen großen Zeitungen und im Internet aufgetaucht, das Brautpaar ist furchtbar wütend und droht mit Klagen! Und am schlimmsten ist, dass mich meine eigene Freundin verraten und hintergangen hat. Sie hat die Fotos gemacht und diese zusammen mit weiteren Informationen an die Zeitung verkauft!«, antwortete Martin deprimiert.

Richard setzte sich, wandte sich Martin zu und sagte: »Du kannst doch aber nichts dafür! Es ist doch selbstverständlich, dass man seiner Freundin vertraut. Wie hättest du ahnen sollen, was sie plant?«

Martin starrte vor sich hin und murmelte: »Ich hätte mich besser absichern müssen. Weißt du, die geschäftlichen, finanziellen Verluste, das ist die eine Seite, aber dass sie mich eiskalt abserviert hat und mich mit einem anderen Mann betrügt, das tut richtig weh. Das ist äußerst bitter!«

»Also auf, lieber Freund«, rief Richard. »Du brauchst Bewegung, das hilft immer!«

Tatsächlich ging es Martin ein wenig besser, als sie durchs Grüne sausten. Richard gab ordentlich Tempo vor, und Martin musste sich konzentrieren, um nicht den Anschluss zu verlieren. Am Ende des Radausfluges bedankte er sich bei Richard, dass er ihn von seinen trüben Gedanken abgelenkt hatte.

Derart gestärkt wagte er es, in seiner Firma anzurufen. Max druckste etwas herum und sagte kleinlaut: »Es gibt einige Absagen von bereits gebuchten Hochzeitsplanungen.« Obwohl Martin damit gerechnet hatte, traf ihn diese Nachricht dennoch sehr. »Wir können aber auf Einhaltung der Vereinbarungen pochen«, erklärte Max.

»Nein«, meinte Martin resigniert. »Lass nur, das macht doch keinen Sinn. Storniere die Verträge von denen, die darauf bestehen.«

Max schluckte und fragte leise: »Und was wird aus mir und Peggy?«

»Ich denke, bis Ende Oktober kann ich euer Gehalt zahlen«, sagte Martin ehrlich. »Versucht besser, rechtzeitig andere Jobs zu finden, ansonsten müsst ihr euch bedauerlicherweise arbeitssuchend melden.« Max schwieg und Martin fügte hinzu: »Es tut mir wahnsinnig leid!«

»Schon gut«, antwortete Max. »Ich halte dich weiter auf dem Laufenden.«

»Danke«, murmelte Martin und beendete das Gespräch.

Am Nachmittag fuhr er mit dem Traktor in den Wald. Er lehnte sich gegen einen Baum und genoss die Stille. Tief atmete er die würzige Luft ein und raunte verbittert: »Ja, Martin, da stehst du und schaust einer unsicheren Zukunft entgegen. Noch vor wenigen Wochen lag es außerhalb meiner Vorstellungskraft, dass ich jemals wieder ins Holz gehen würde.« Als er begann, die heruntergebrochenen Äste aufzusammeln, spürte er, wie durch die körperliche Anstrengung langsam seine Energie zurückkehrte, die auch seinen Gemütszustand beeinflusste. »Was habe ich Vivien denn getan?«, schrie er plötzlich laut. »Wie ist es möglich, dass ich mich in einem Menschen so geirrt habe?«, stöhnte er. Er konzentrierte sich auf seine Arbeit, und als er nach einer Stunde eine Pause einlegte, sagte er mit einem Blick auf die Bäume. »Wie lange steht ihr schon hier? Was ist in dieser Zeit entstanden und vergangen? Nein, ich gebe nicht auf. Mir wird bestimmt eine Lösung einfallen. Das Leben geht weiter, der Schmerz wird nachlassen, und irgendwann ist alles wieder gut.«

Kurz vor Sonnenuntergang erreichte er den Hof seiner Eltern. Hungrig löffelte er die Kartoffelsuppe und nahm wortkarg an der abendlichen Brotzeit teil. Eisern widerstand er der Versuchung sein Telefon einzuschalten. Statdessen zog er sich recht bald ins Omazimmer zurück. Er legte sich in dem dunklen Raum angezogen aufs Bett und sinnierte, wie mühsam seine Vorfahren um ihre Existenz hatten kämpfen müssen. Wenn er an die Geschichten dachte, die ihm sein Vater über die Großeltern und Urgroßeltern erzählt hatte, kamen ihm seine Sorgen gleich viel kleiner vor. »Ich muss meinen Kopf frei bekommen«, murmelte er. »Meine Gedanken gehen wild durcheinander, das bringt mich nicht weiter. Vivien!«, seufzte er. Sein Zorn wurde von einer tiefen Trauer abgelöst. »Habe ich sie denn tatsächlich geliebt?«, flüsterte er. »So wie einst Steffi? Oder habe ich mich nur von der Zuneigung der bekannten Fotografin geschmeichelt gefühlt? Hatte sie es von Anfang an auf so eine Chance angelegt, an Exklusivfotos zu kommen, für die sie eine enorme Geldsumme kassieren könnte?« Unmerklich schüttelte er den Kopf. Das wollte er nicht glauben, denn es schmerzte zu sehr. Er schloss die Augen und lauschte auf die nächtlichen Geräusche, die durch das offene Fenster zu ihm drangen. Bis auf einige Tierlaute war es still. Wenig später übermannte ihn der Schlaf.

»Wieso ist es so kühl?«, überlegte Martin laut, stand auf und tappte durch das Zimmer. Er zuckte erschrocken zusammen. Zwei Augen starrten ihn an. Vorsichtig tastete er sich zur Nachttischlampe. Im dämmrigen Licht sah er Balu auf dem Sessel liegen. »Was machst du denn bei mir?«, wunderte er sich. »Wuff«, machte das Tier, und Martin streichelte sanft über sein Fell. »Der beste Freund des Menschen«, bemerkte er gerührt. Balu begann mit seiner Zunge an seiner Hand zu lecken. »Wuff«, kam es erneut von Balu. »Komm in die Küche«, lockte Martin und ging zur Tür. »Auch wenn es mitten in der Nacht ist, du hast dir ein Leckerli verdient!« Er holte Balus Lieblingssticks aus dem Küchenunterschrank, entfernte die Verpackung und befahl: »Sitz!« Sofort tat Balu, wie ihm befohlen und bedachte

Martin mit seinem treuherzigen Blick. Martin reichte ihm sein Leckerli, das der Hund vorsichtig mit der Schnauze aufnahm. Dann ging Martin in die Hocke und streichelte Ingo. Das Gänseküken protestierte fiepend gegen die nächtliche Störung.

Martin lachte, und als er sich erheben wollte, sah er aus dem Augenwinkel heraus einen Briefumschlag unter dem Esstisch liegen. Er hob ihn auf und merkte, dass ihn schon jemand geöffnet hatte. Groß prangte ein Banklogo neben der Briefmarke. Er drehte ihn unschlüssig in den Händen. »An die Eltern adressiert«, murmelte er. Er überlegte eine Weile, dann zog er das Schriftstück vorsichtig, aber entschlossen heraus. Nachdem er es gelesen hatte, faltete er es sorgfältig zusammen und schob es zurück in das Kuvert. »Kredit gekündigt, sofort fällig«, grummelte er. »Na, diese Woche kommt es ja wirklich knüppeldick. Noch ein Problem, das es zu lösen gilt.«

»Wuff«, warf Balu tröstend ein, und Martin strich über den Hunderücken und sagte: »Morgen gibt es wieder etwas, jetzt gehen wir ins Bett!« Balu folgte ihm und sprang gleich auf den Sessel. Martin legte sich hin und versuchte, einzuschlafen. Doch der Gedanke an den Bankbrief ließ ihn nicht los. Da bemerkte er plötzlich sanfte Pfoten unter seiner Bettdecke. Er blieb ruhig liegen und spürte, wie Balu es sich zu seinen Füßen bequem machte. Dieser Beweis der Zuneigung tat Martin unendlich gut. Er beruhigte sich und beschloss, das Grübeln einzustellen. »Mitten in der Nacht kann ich gar nichts tun«, grummelte er. »Morgen pack' ich's an, aber nun will ich schlafen.«

»Wuff«, drang es in Martins Unterbewusstsein. »Wuff!« Martin öffnete die Augen. Balu saß vor dem Bett und starrte ihn an. Er lachte und sagte: »Na, du bist mir ja einer! Die Sonne ist noch nicht richtig aufgegangen.«

»Wuff!« Das hörte sich an, wie eine freudige Bestätigung. Sofort sprang Balu zur Tür, sauste hinaus, kam wieder zurück und lief wieder durch die Tür. »Verstehe«, rief Martin gutmütig. »Du hast Hunger!« Erneut ging er in die Küche, wo er auf seinen Vater traf, der sich eilig bemühte, den Brief zu verstecken.

Während Martin eine Futterbüchse öffnete, fragte Sixtus amüsiert: »Du traust dir was! Weißt schon, dass dich in den Futterrhythmus der Mama einmischt?«

Martin zuckte mit der Schulter und meinte: »Ist ja nur eine Ausnahme, weil er gestern versucht hat, mich zu trösten.« Er drehte sich zu seinem Vater um und stellte ruhig fest: »Ich habe zufällig den Brief von der Bank unter dem Tisch gefunden.«

»Nicht gut«, entfuhr es Sixtus, und Martin sagte: »Obwohl an euch adressiert, konnte ich nicht umhin, ihn zu lesen. Keine guten Nachrichten, oder?«

»Stimmt«, seufzte Sixtus, »ich wollte dich nicht damit belasten, du hast genug eigene Sorgen.«

»Aber sag mal, die Bank ist gar nicht in Thiersheim, sondern ziemlich weit weg. Wieso das?«

»Geht doch in Thiersheim niemand was an, wenn ich Geld brauche«, knurrte Sixtus.

Martin nickte und rief: »Ich muss den Kopf freibekommen, das wird mir am besten in der freien Natur gelingen. Und grün soll eine beruhigende Wirkung auf die Nerven haben. Nachdem ich ein paar Runden geradelt bin, bekomme ich hoffentlich einen Geistesblitz.«

»Ich wünsche es dir und uns«, lächelte Sixtus. »Aber tu mir den Gefallen und frühstücke erst mit mir, nicht dass du mir umfällst.«

Martin grinste: »Verstehe, die Mama ist nicht da, und ich soll dir was herrichten, oder?«

Sixtus schaute schuldbewusst und nickte: »Ertappt! Sie ist heute ganz früh mit einigen Frauen in den Wald, sie wollen Brombeeren pflücken.«

»Echt?«, staunte Martin. »Gibt es sowas noch? Wilde Brombeeren?«

»In unserer Gegend schon!«, sagte sein Vater, und Stolz schwang in seiner Stimme mit.

Martin nahm eine schnelle Dusche. Er zog sich an und bat seinen Vater, mit ihm zur Bank zu fahren, um zu sehen, ob sie wegen des Kredits noch einmal verhandeln würden. Sie wurden unterkühlt empfangen, und Martin bot im Gespräch mit dem Berater schließlich an, für seine Eltern zu bürgen. »Was machen Sie beruflich«, wollte der Bankangestellte wissen.

»Ich bin selbstständig«, knurrte Martin.

»Als was?«, fragte der Mann beflissen.

»Hochzeitsplanungen, kleine Firma mit zwei Angestellten«, erklärte Martin.

Eine Pause entstand, dann sagte der Banker mit gedehnter Stimme: »Ah, Sie sind das!« Aufgrund der Art und Weise, wie er das ausdrückte, verstand Martin sofort, dass keine Chance auf eine Bürgschaft bestand. »Na ja«, meinte der Mann. »Die früheren Bilanzen, die sie mir sicher vorlegen werden, sind bestimmt in Ordnung. Aber man weiß nicht, was die Zukunft bringt!«

»Verstehe«, raunte Martin und bat seinen Vater aufzustehen. »Das ist erledigt hier, komm, wir müssen nach einer alternativen Lösung suchen.«

Der Berater wand sich und stammelte etwas von: »Verantwortung für die anderen Kunden«, und Martin sagte mit einem sarkastischen Lächeln. »Bemühen Sie sich nicht, Sie bekommen ihr Geld!«

In Thiersheim schwang er sich aufs Rad und genoss die morgendliche Kühle und die klare Luft, die er tief einatmete. Er wunderte sich, dass er so ruhig und gelassen blieb. »Der Wald und die Natur scheinen tatsächlich gut fürs Nervenkostüm zu sein«, murmelte er. Kräftig trat er in die Pedale und fing bald zu schwitzen an. Er verlangsamte sein Tempo und setzte sich vor einem Gasthaus, das noch geschlossen hatte, auf eine Bank. Er schaute sich um und raunte bewundernd: »Was man aus einer Scheune alles machen kann.« Nachdem er sich etwas ausgeruht hatte und aufs Rad steigen wollte, hielt er plötzlich inne: »Das ist es!«, schrie er begeistert »Das ist die Idee!« Ein Eichhörnchen flitzte erschrocken den Baum hoch, und eine Amsel schimpfte empört, ob dieser frühmorgendlichen, menschlichen Störung. Hurtig radelte er los, während sein Plan konkrete Formen annahm. »Das muss ich mir notieren«, grummelte er und strampelte zum Hof seiner Eltern zurück. Schnell ging er ins Omazimmer und holte sein Notebook. Er klappte es auf, ignorierte den Hinweis auf eingegangene E-Mail-Nachrichten und schrieb zusammen, was er sich vorher überlegt hatte. Nachdem er eine Tabelle erstellt hatte, und auch die finanzielle Basis stimmte, beschloss er, Max anzurufen.

»Gibt es Neuigkeiten?«, fragte er vorsichtig.

»Leider«, stöhnte Max. »Marie hat eine Rolle in einem Film nicht bekommen, weil vorzeitig bekannt wurde, dass sie schwanger ist. Sie ist stocksauer und überlegt, dich zu verklagen. Sie hat über ihre Assistentin ausrichten lassen, dass du ihr keine Rechnung schicken brauchst, weil sie die nicht bezahlen wird. Im Moment gibt es keinerlei neue Anfragen für Hochzeitsplanungen, aber einige Aufträge, die wir noch haben, sind auch nicht abgesagt worden.«

»Die kleinen Fische«, stöhnte Martin. »Da springt zu wenig raus. Ich komme morgen nach München und möchte mir dir und Peggy über meine weiteren Pläne sprechen. Seid bitte um 13.00 Uhr im Büro.«

»In Ordnung«, bestätigte Max.

Martin seufzte auf. »Ich versuche, Marie telefonisch zu erreichen.«

»Hoffentlich gelingt es dir«, rief Max. »Mich wollte sie nicht anhören.«

Fröhlich pfeifend betrat Martin die Küche, und Sixtus fragte: »Muss ich mir jetzt ernsthaft Sorgen machen?«

Sein Sohn schüttelte den Kopf und gab seiner Mutter, die mit Kochtöpfen hantierte, einen Kuss. »Ich möchte mit euch darüber reden, wie es weitergehen könnte.« Anni setzte sich auf die Eckbank. Aufmerksam und erwartungsvoll sahen ihn die Eltern an. »Meine Eigentumswohnung in München hat derart an Wert gewonnen, dass ich sie mit gewaltigem Gewinn weiterverkaufen kann und nach Ablösung meiner Verbindlichkeiten noch Geld übrig ist, um euren Kredit zurückzuzahlen. Von meinen Ersparnissen baue ich den Stadel um und biete ihn als Raum für Feierlichkeiten aller Art an. Bevorzugt für Hochzeiten.« Er hielt inne und bemerkte den skeptischen Blick, den seine Mutter dem Vater zuwarf. »Mit der richtigen Werbung, bei der mich der Richard sicher unterstützt, könnte man Thiersheim zu einem Hochzeitsparadies machen.« Seine Eltern schwiegen immer noch, und Martin fuhr fort: »Es ist auch denkbar, dass im Stadel Trachtenveranstaltungen oder Misswahlen stattfinden. Faschingsbälle! Kleinkunstbühne! Bauerntheater! Es gibt so viele Möglichkeiten!«

Sixtus rieb sich mit der Hand nachdenklich über das Kinn und sagte: »Bei uns im zugigen Stodel? Martin, du bist ein Träumer! Wer soll denn hierherkommen? Nein, das ist kein guter Plan.«

»Also mir gefällt die Idee gut!« mischte sich Anni ein.

»Selbstverständlich«, rief Sixtus. »Weil du deinen Sohn dann wieder daheim hättest. Aber das ist das nächste Problem, Martin. Du wolltest doch unbedingt in München wohnen! Plötzlich willst du alles dort aufgeben? Einfach so, von einem Tag auf den anderen? Da hege ich starke Zweifel, ob das gut geht. Überleg dir das gründlich.«

Anni nickte und sagte leise: »Der Papa hat recht. Glaubst du wirklich, dass du dich hier wohlfühlen könntest? Was machst du, wenn alles umgebaut ist und dein Plan nicht funktioniert? Ich rechne dir hoch an, dass du uns helfen willst, dennoch musst du auch darauf achten, dass du dabei glücklich wirst.«

»Ich habe es mir bereits gründlich überlegt«, wandte Martin ein. »Es stimmt, dass ich immer aus Thiersheim weg wollte. Aber das war damals. Inzwischen kann ich mir gut vorstellen, hier zu leben. Leise fügte er hinzu: Ich verstehe es selbst nicht so ganz, aber ich fühle mich sehr wohl hier.«

»Hängt das vielleicht damit zusammen, dass du Vivien vollkommen aus dem Weg gehen willst?«, fragte Sixtus.

»Ja«, sagte Martin schlicht. Sie schwiegen und plötzlich wackelte ein kleines, weißes Fellknäuel durch die Küche und pickte unbeholfen auf Martins Schuh herum. Er nahm das Küken hoch und lachte: »Damit hängt es auch zusammen! Wo sonst wird man von einem Gänseküken adoptiert? Hmm, Ingo – komm nur und kuschle dich in meine Hand.«

»Wo willst du denn wohnen?«, fragte seine Mutter.

»Zunächst bei euch im Haus, falls euch das nicht stört. Ich habe mir schon überlegt, wie ich das Omazimmer umgestalten könnte.«

Wieder sahen sich die Eltern an, und Anni sagte zu Sixtus: »Was glaubst du, Papa, wenn uns der Bou schon das Geld für den Kredit gibt und hier umbaut, sollten wir ihm nicht gleich den Hof überschreiben? Dann ist es sauber geregelt.«

Sixtus nickte und raunte: »Annerl, du hast immer die besten Ideen!«

Martin protestierte: »So hab' ich mir das nicht gedacht. Das müsst ihr nicht tun.«

»Wir wollen es aber!«, sagten die beiden gleichzeitig. »Und nur unter dieser Bedingung sagen wir ja zu deinen Vorschlägen«, erklärte Sixtus. »Außerdem verlange ich von dir, dass du noch einmal eine Woche gründlich über diese schwerwiegende Entscheidung nachdenkst.«

Martin zögerte einen Moment und stimmte dann zu: »Gut, damit bin ich einverstanden!«

Als Martin am anderen Tag Peggy und Max in seine Pläne einweihte, spürte er ihre Enttäuschung. »Ich hatte so gehofft, dass es doch weitergeht?«, seufzte Peggy.

»Ob du in dem kleinen Ort wirklich glücklich wirst?«, zweifelte Max.

Martin schlug vor, dass Max und Peggy bis Ende Oktober weiterarbeiten würden, dann sollte das Münchner Büro aufgelöst werden. »Ich arbeitete gern mit euch zusammen. Es tut mir auch sehr leid«, bedauerte er. »Was haltet ihr von der Idee, weiter für mich zu arbeiten, sobald ich die Sache in Thiersheim zum Laufen gebracht habe?«

Die beiden nickten zustimmend, und Max schlug vor: »Wieso willst du das Büro hier denn dann überhaupt auflösen? Ich könnte es doch für dich leiten. Klar, im Moment ist die Aufregung groß. Aber das legt sich auch wieder, und die Kunden kommen zurück, denn wir sind einfach die Besten!«

Peggy schlug vor: »Falls du in Thiersheim Hilfe brauchst, springen wir auch ein.«

Martin rief: »Auf diesen Gedanken bin ich noch gar nicht gekommen. Das ist selbstverständlich auch eine Lösung. Bitte Max, sei mir nicht böse, aber die Büroleitung würde ich lieber Peggy geben. Deine Stärke ist die Akquise von Aufträgen und die Organisation vor Ort. Peggy hat den internen Kram besser im Griff!«

Peggy nickte: »Ich wäre damit einverstanden.«

Max grinste: »Dann lasst uns loslegen!«

»Perfekt!«, bestätigte Martin. »Probieren sollten wir es auf jeden Fall. Aber bis zum Jahresende brauchen wir wieder große Aufträge, sonst ist hier unwiderruflich Schluss.«

Martin fuhr zu einem befreundeten Makler und beauftragte ihn mit dem Verkauf seiner Wohnung. »Die Möbel müssen übernommen werden«, forderte er. »Alles maßgerecht eingebaut, die kann ich unmöglich mitnehmen. Und eine weiße Ledercouch-Garnitur brauche ich auf dem

Land auch nicht mehr.« Er packte ein paar persönliche Sachen zusammen und gab dem Makler seinen zweiten Haustürschlüssel. Dann fuhr er zur Leasingfirma seines Jaguars und erfuhr von den erheblichen finanziellen Einbußen, wenn er den Wagen vorzeitig zurückgab. »Ich habe einen radikalen Ortswechsel vor und ziehe aufs Land, da hätte ich gerne ein anderes Auto«, erklärte er. Nach einiger Rechnerei zeichnete sich eine Lösung ab, und Martin fuhr mit dem Versprechen nach Thiersheim, in Kürze ein Auto der Mittelklasse abholen zu können.

»Nachdem alles so gut gelaufen ist, rufe ich jetzt Marie an«, murmelte Martin. Doch hier endete seine Glückssträhne. Marie blaffte ins Telefon, dass sie an seinen Erklärungen nicht interessiert sei und er sie in Ruhe lassen solle. Er würde in Kürze Post von ihrem Anwalt bekommen. Dann beendete sie das Gespräch. »Mist«, knurrte Martin und lenkte seinen Wagen in Richtung Heimat.

***

»Wir haben unser Ziel erreicht«, stellte Anni fest, um dann besorgt fortzufahren: »Aber auf diese Weise hätte es dennoch nicht sein müssen. Hoffentlich fühlt er sich in Thiersheim wohl, so langsam kommen mir doch Zweifel.«

Sixtus nickte zustimmend: »Die Begleiterscheinungen sind unschön. Heute Nacht fiel mir ein, wie unangenehm es ist, wenn Veranstaltungen in der Scheune und im ehemaligen Stall stattfinden. Da tummeln sich dauernd fremde Leute auf unserem Gelände rum.«

Anni legte beschwichtigend die Hand auf Sixtus Arm und meinte: »Das ist jetzt der Preis dafür, dass Martin alles übernimmt.«

»Hast ja recht«, knurrte ihr Mann. »Sobald er hier wohnt, kommt er hoffentlich wieder mit der Steffi zusammen.«

Anni lächelte verschmitzt: »Und wenn nicht, helfen wir halt a bisserl nach.«

Er lachte auf: »Wäre ja nicht da erste Mal, dass wir uns a weng einmischen!«

Innerhalb einer Woche gelang es dem Makler, einen Käufer für die Wohnung zu finden, und mit leichter Wehmut packte Martin seine Umzugskisten. Er ließ alles zum Hof der Eltern bringen und lagerte die Sachen in seinem ehemaligen Kinderzimmer, das bisher als Abstellkammer benutzt worden war, aber nun für ihn freigeräumt wurde. Ebenso fanden ein paar kleine Möbelstücke dort Platz.

Voller Elan stürzte sich Martin auf die Umbaupläne. Zu seiner Verblüffung gab es vor Ort alle Handwerksbetriebe, die er benötigte. Währenddessen schrieb Martin verschiedene Künstler, Vereine und Brauchtumsguppen an und stellte die künftigen Räumlichkeiten vor. Der Umbau ging mit Hochdruck voran, denn vor Einbruch des Winters sollten die Arbeiten abgeschlossen sein.

Martin hatte sich dem Wunsiedeler Fischereiverein angeschlossen. Oft saß er frühmorgens am Witzlebensteich oder am Braunersgrüner Weiher. Sein Angelschein, den er bereits als Jugendlicher erworben hatte, ermöglichte ihm dies. Hier fand er die nötige Kraft und Ruhe, um die Vorkommnisse der letzten Zeit zu verarbeiten.

Grinsend dachte er an das verblüffte Gesicht des Bankberaters, als er ihn aufgefordert hatte, eine genaue Abrechnung der Kreditsumme zu erstellen, damit er schnellstmöglich für einen Ausgleich sorgen konnte. Absurderweise hatte ihm der Banker dann einen Kredit angeboten: »Wenn Sie die bedeutende Summe ablösen können, steht einer erneuten Mittelaufnahme natürlich nichts mehr im Weg.«

»Was für eine eigentümliche Denkweise«, hatte sich Martin gewundert. »Eines kann ich Ihnen jedoch versichern, ich werde mir nie wieder Geld leihen und mich von einem Kreditinstitut abhängig machen.«

Immer öfter legte Martin seine Radausflüge so, dass er am Gasthof der Familie Bach vorbeikam, da er heimlich hoffte, dort zufällig auf Steffi zu treffen. Früher hatte sie abends manchmal mitgeholfen, wenn eine Bedienung ausgefallen war. Doch zu seiner großen Enttäuschung sah er sie nie, und in ihrem Zimmer brannte kein Licht. Nach drei Wochen fragte er Frau Bach vorsichtig: »Wann hilft denn die Steffi mal wieder bei Ihnen aus?«

Ihre Mutter lächelte und meinte: »Sie ist nicht gut auf dich zu sprechen, glaube ich.«

»Ich weiß«, antwortete Martin geknickt. »Ein blödes Missverständnis«, murmelte er.

»Steffi ist derzeit auf einem Lehrgang in Nürnberg«, klärte sie ihn auf. »Sie wird in einer Woche zurück sein.«

»Wie schön«, freute sich Martin. »Ich muss dringend mit ihr reden.«

»Ob sie das auch will, kann ich aber nicht beurteilen!«, meinte Frau Bach. »Das musst du schon selbst 'rausfinden!«

Vivien hatte ihn schmählich verraten, und Steffi hatte Thiersheim verlassen. »Weibsbilder«, knurrte er verstimmt und trat kräftig in die Pedale. Der Herbst hatte die Herrschaft übernommen. Die Natur verabschiedete sich mit bunter Blätterfärbung in den nahenden Winter. Gerührt stieg Martin vom Rad und sah sich um. Das Laub raschelte unter seinen Füßen, und erst jetzt realisierte er, dass er vor der Fatimakapelle stand. Die katholische Gemeinde hatte sie zur Ehre Mariens mitten in den Wald hineingebaut. Er trat in den kleinen, runden Bau ein und spürte die friedliche Stimmung, die diesen Raum beherrschte. Er setzte sich und versuchte, ein Gebet oder eine Bitte zu formulieren. Erschrocken stellte er fest, dass er sich nicht traute, sich an Gott zu wenden. Bisher hatte er immer auf der Gewinnerseite gestanden und von niemandem Hilfe gebraucht. Es erschien ihm irgendwie vermessen, in Zeiten der Bedrängnis wie dieser, plötzlich um Beistand zu flehen. Langsam sank die Sonne, und die letzten Strahlen tauchten die Kapelle in ein mystisches Licht. Erschüttert und angerührt erhob sich Martin, machte fast schüchtern ein Kreuzzeichen und trat hinaus. Er atmete tief durch und fühlte sich ruhiger und getröstet. Ungläubig schüttelte er den Kopf und fuhr noch einmal eine große Runde, bevor er zum Hof zurückkehrte.

Nach und nach traf Martin im Ort auf viele seiner Jugendfreunde. Man schwelgte in Erinnerungen, aber immer schwang auch der Vorwurf mit, dass er sich in den letzten Jahren gar zu selten hatte in Thiersheim sehen lassen. Erstaunlich viele seiner Schulkameraden lebten noch in Thiersheim oder in der Umgebung. Gleich ihm, hatten einige die Heimat verlassen, um eine Ausbildung zu machen oder zu studieren. Und in der Regel kehrten nicht alle heim. Diejenigen, die den Weg zurückfanden, wohnten in schönen, neu erbauten Häusern. Sie waren verheiratet, hatten Kinder bekommen und schätzten es sehr, hier ihren Lebensmittelpunkt zu haben. Martins Idee, den Ort in ein Paradies für Hochzeitspaare zu verwandeln, standen die meisten zwar wohlwollend, aber auch skeptisch gegenüber. Es gab einige gute Vorschläge, die er gerne aufgreifen und weiterverfolgen wollte.

Martin spürte eine wohltuende Entschleunigung in seinem Leben. Die beschauliche Ruhe des Ortes färbte auf sein Verhalten ab. Hektische Betriebsamkeit brauchte es hier nicht. Oft ging er zu Fuß durch den Ort und sah wie früher Leute, die auf der Bank vor ihrem Haus saßen. Man grüßte sich freundlich und manchmal lud man ihn auf einen Kaffee ein.

Einmal rief ihm der alte Dede zu, ob er sich auf ein Bier zu ihm setzen wollte, was Martin auch gerne tat. Hellblaue Augen musterten ihn aufmerksam, als er näher trat. »Grüß Gott, De«, stoppte Martin.

Doch der grauhaarige Mann lachte laut auf und sagte dann: »Soch ruhig De zu mir, wöi früher a! Hab' ja den Namen auch von euch bekommen! Kannst dich erinnern, wie ich euch immer hinterherg'rufen habe ›de de de de Lausboum‹?«

Martin reichte ihm die Hand. »Wenn ich darüber nachdenke, wie wir Sie geärgert haben, das tut mir heute noch leid.«

Gutmütig sagte der Alte: »Lass nur, ist doch lang vorbei.«

Martin schüttelte den Kopf: »Ihre Birnen haben einfach am besten geschmeckt, dennoch haben sie Ihnen und nicht unserer Bande gehört.«

Dede lächelte versöhnlich und stellte fest: »Nächtelang habe ich nicht geschlafen und den Baum bewacht, aber ich hab' euch nicht erwischt. Bis auf das eine Mal! Erinnerst du dich?«

Martin lachte, rieb sich sein Hinterteil und stöhnte: »Wie sollte ich das jemals vergessen?«

»Und dann das mit dem Kothigenbibersbacher Sauerbrunnen«, grummelte Dede. »Ein Meisterstück von dir und deinen Kumpanen!«

Martin senkte beschämt den Kopf. »Das hätt's ned 'braucht!«, meinte er verlegen.

Dede raunte: »Wenn ich besser nachgedacht hätte, wäre mir bestimmt klar geworden, dass da was nicht stimmen kann!«

»Das Wunder von Thiersheim!«, grinste Martin. »Weißer Schaum im Heilbrunnen!«

»Im Hochsommer!«, ergänzte Dede. »Ich kam vom Klo nimmer runter, weil ich einen großen Becher getrunken hatte. Ich hab' euch tatsächlich geglaubt, dass sich neue Heilkraft im Brunnen entwickelt hätte. Einstweilen hab' ich durch Waschmittel aufgeschäumtes Wasser getrunken. Brrr. Wie das grauslich geschmeckt hat!«

»Die Quelle gibt es noch, oder?«, erkundigte sich Martin.

Dede nickte: »Aber selbstverständlich, oft trinke ich auch ein Glas, ich finde, dass es allerlei Zipperlein heilt.«

Martin reichte Dede die Hand und sagte fast feierlich: »Hier meine offizielle Entschuldigung, die schon lange überfällig ist. Die Hänseleien tun mir aufrichtig leid, dieses Verhalten war nicht in Ordnung.«

Dede schaute ihn nachdenklich an und grinste dann: »Vergessen und verziehen!«

»Danke«, seufzte Martin erleichtert und stand auf. »So, jetzt muss ich aber heim, es gibt noch einiges zu tun.«

»Hab' schon von deinen Plänen gehört«, versicherte Dede. »Sie sind Ortsgespräch. Ich find' es gut und wünsch' dir viel Erfolg damit!«

»Erfolg«, murmelte Martin vor sich hin, als er nach Hause radelte. »Den bräuchte ich gerade ganz dringend.« Noch nie lagen Mitte November so wenige Vormerkungen für Hochzeitsplanungen vor, wie in diesem Jahr. Peggy und Max taten, was sie konnten, doch sie mussten einsehen, dass Martins Name eher für Absagen sorgte, als dass er neue Aufträge brachte.

Max kam eines Nachmittags zu ihm nach Thiersheim. Bitterkeit schwang in seiner Stimme mit, als er sagte: »Martin, wir versuchen alles, aber das Vertrauen der Auftraggeber in dich ist einfach dahin. Wie läuft es denn in Thiersheim?«

»Schlecht«, hätte Martin sagen müssen, doch er zögerte kurz und log: »Prima, die ersten Aufträge habe ich bereits!«

»Schließt du das Münchner Büro zum Jahresende, und können Peggy und ich hier mitarbeiten?«, fragte er hoffnungsfroh.

Martin schüttelte den Kopf und murmelte: »So gut geht das Geschäft auch wieder nicht.«

Es folgte betretenes Schweigen und Max sagte traurig: »Ja, dann endet unsere Zusammenarbeit jetzt, oder?«

***

»Ein Jahr ist es her«, grummelte Martin, als er am 12.12. beim alljährlichen Weihnachtsmarkt am Trödelstand seiner Eltern und am Glühweinstand der Freiwilligen Feuerwehr mithalf. Ganz früh am Morgen hatte er bei eisigen Minusgraden zusammen mit dem Vater die Bude mit altem

Trödel bestückt. »Ist das nicht zu kalt für euch?«, hatte er die Eltern besorgt gefragt.

Sie hatten ihn ausgelacht. »Geh Bou, wir sind das gewöhnt, unser Leben lang.« Martin versorgte sie trotzdem zwischendurch immer mit heißen Getränken und sah mit Freude, dass sich die Sachen gut verkauften.

Gerade hatte er die Kasse des Glühweinstandes übernommen, als er eine helle Stimme vernahm: »Einen Kinderpunsch, bitte!«

Er schaute hoch: »Steffi! Wie hübsch du aussiehst!«, entfuhr es ihm spontan, und sie grinste: »Ah, du stehst auf Frauen mit einer rot gefrorenen Nase.«

»Wir haben uns lange nicht mehr gesehen«, meinte er bedauernd, und sie nickte: »Und das in unserem kleinen Ort!«

»Du bist mir ja absichtlich aus dem Weg gegangen«, flüsterte er, als er ihr den Punsch reichte.

»Ja«, bestätigte sie. »Und das war wohl auch richtig so, wenn man die heutigen Illustrierten anschaut.«

»Wieso?«, fragte Martin verdattert.

Sie lächelte und wisperte: »Ach weißt du, lass gut sein, Martin.« Sie zog ihren Handschuh aus, kramte in ihrer Manteltasche nach Kleingeld und drückte es ihm in die Hand. Ihre Finger berührten sich, und sie zuckten gleichzeitig zurück. Martin hatte ein fast unmerkliches Vibrieren gefühlt und suchte den Augenkontakt mit der jungen Frau. Auch sie sah ihm nachdenklich in die Augen. Martin meinte darin, trotz aller nach außen gezeigten Fröhlichkeit eine tiefe Melancholie zu entdecken.

Er räusperte sich und fragte: »Ehrlich Steffi, ich weiß nicht, wovon du sprichst.«

»Ich muss weiter«, verkündete sie, und er sah sie mit eiligen Schritten weggehen.

Martin bemerkte, dass sie ihren Handschuh liegen gelassen hatte. Er griff nach ihm und steckte ihn hastig ein. Rasch lief er in den Supermarkt, blätterte durch die einschlägigen Zeitschriften und wurde tatsächlich fündig. »Liebes-Comeback für Hochzeitsplaner?«, lautete die Schlagzeile. Ein Bild zeigte ihn mit Vivien und seinen Eltern auf dem letztjährigen Weihnachtsmarkt.

»Ich glaub' es nicht!«, rief er entgeistert und las weiter: *Auf unsere Nachfrage erklärte Vivien L, dass sie eine erneute Beziehung mit dem Organisator hochkarätiger Hochzeiten, Martin M., nicht gänzlich ausschloss.*

»Ist die vollkommen verrückt geworden?«, presste Martin zornig hervor. »Nachdem was sie mir angetan hat?«

Seine Augen flogen über die Zeilen. *»Irgendwann wird seine Begeisterung für das Landleben nachlassen, und mal ehrlich, wer will schon seine Hochzeit in Thiersheim feiern? Einem kleinen Ort im Fichtelgebirge?«, gab Vivien L. einem unserer Außenreporter preis. Er traf sie bei einer Wohltätigkeitsveranstaltung und fragte sie nach ihrem Verhältnis zu Chefredakteur P. Mehr als ein Lächeln und dieses Statement bekam er von Vivien L. dazu jedoch nicht.*

Martin bezahlte die Zeitschrift und lief nachdenklich zum Weihnachtsmarkt zurück. Wieso tat Vivien so etwas? Na ja, immerhin hatte sie erwähnt, wo Thiersheim lag. »Auch nicht schlecht«, grummelte er.

Steffi hatte mit zitternden Händen den Punsch an den Stand ihrer Mutter getragen, an dem diese gehäkelte Mützen, Schals, Handschuhe und Weihnachtsplätzchen anbot. Außerdem verkaufte sie selbstgenähte Dirndlschürzen. Frau Bach schüttelte den Kopf und fragte besorgt: »Hast du ein Gespenst gesehen? Du bist ja ganz blass?«

Steffi murmelte: »Martin!«

Ihre Mutter seufzte: »Ich fürchte, du stemmst dich vergeblich gegen deine Gefühle. Du liebst ihn noch, oder?«

»Nach allem, was er mir getan hat?«, rief Steffi erbost. »Niemals!«

»Das sagt dein Verstand, dein Herz ist aber anderer Meinung«, versuchte ihr die Mutter zu erklären.

Steffi machte eine wegwerfende Handbewegung und zischte: »Der ist für mich erledigt.« Frau Bach drang nicht weiter auf Steffi ein, doch sie spürte, dass ihre Tochter immer noch an Martin hing.

Mit der Illustrierten in der Hand ging Martin an den Glühweinstand zurück und traf unterwegs auf Richard. »Ah, du hast es schon gesehen!«, stellte dieser mit Blick auf die Zeitung fest.

»Ja«, knurrte Martin. »Ich verstehe nicht, wieso mich Vivien nicht endlich in Ruhe lässt.«

»Ja, ja, die Frauen«, sinnierte Richard. »Kann es denn vielleicht sein, dass sie eine Reaktion deinerseits provozieren will? Ihr habt keinen Kontakt mehr, oder?«

»Natürlich nicht«, schnappte Martin.

»Ist es möglich, dass sie auf deinen Anruf hofft und versucht, auf diese Art und Weise mit dir in Verbindung zu treten?«

»Stimmt«, meinte Martin nachdenklich. »Du bist der Meinung, ich sollte das einfach hinnehmen und sie ignorieren?«

»Es erscheint mir sinnvoll«, bestätigte der Bürgermeister.

»Ich denke darüber nach«, sagte Martin.

»Komm doch am Sonntag zum Kaffeetrinken«, lud ihn Richard ein. »Du hast meine Kaninchenzucht noch nicht gesehen.«

»Echt jetzt?«, wunderte sich Martin. »Du machst Witze, oder?«

Richard lachte: »Nein, das ist zu meinem Hobby geworden. Ich züchte Kaninchen und habe bereits einige Preise eingeheimst.«

»Ich fass es ja nicht«, rief Martin. »Nun bin ich schon so lange wieder hier und erlebe dennoch ständig Überraschungen. Ich komme gerne, falls Marianne einverstanden ist.«

Martin beschloss zum Stand der Bachs zu gehen, um Steffi die Situation zu erklären. Steffi, gerade in ein Gespräch mit einem Kunden vertieft, bemerkte ihn nicht, aber Frau Bach sah, wie er mit eiligen Schritten auf die Bude zuging. Er hielt inne, drehte sich um und ging wieder weg. »Die

Zwei«, murmelte Frau Bach und verschwieg Steffi ihre Beobachtung.

»Es ist vernünftiger, ich lasse sie in Ruhe«, grummelte Martin. »Zum einem würde sie mir nicht glauben und zum anderen ist es wohl besser, unsere alte Geschichte nicht erneut aufzuwärmen.« Als er in seine Manteltasche langte, spürte er Steffis Handschuh. »Ein Wink des Schicksals?«, sinnierte er. Mit einem Seufzer überwand er sich, kehrte um und ging zu den Bachs. Steffi gab ihrem Kunden das Wechselgeld heraus und kniff die Lippen zusammen, als sie Martin kommen sah.

»Sei bloß still!«, rief sie ihm entgegen. »Ich will nichts hören!«

Er warf ihr den Handschuh zu und entgegnete giftig: »Hab' dir auch nichts zu sagen!« Dann wandte er sich um und stapfte davon.

Steffi arbeitete gerne als Dorfhelferin. Die abwechslungsreiche Aufgabe machte ihr Freude, und ihre fröhliche, offene Art kam bei den Familien, denen sie zu Hilfe eilte, gut an. Seit Martin in Thiersheim lebte, hatte sie sich verändert, und nicht nur ihren Eltern fiel das auf. Steffi lief immer öfter grübelnd durch die Gegend und reagierte oft ungewohnt barsch und ungeduldig, wenn es irgendwelche Schwierigkeiten gab. Als Moni mit Kind und Kegel anreiste, um die Weihnachtstage in Thiersheim zu verbringen, brachte sie ihre Schwester dazu, mit ihr nach Marktredwitz zu fahren, um noch einige Besorgungen für das Fest zu machen. Als sie an dem Café vorbeigingen, in dem sie mit Martin im Sommer gesessen hatte, spürte Steffi eine leise Wehmut und seufzte auf. Hier hatte sie mit Martin geplaudert, als Paul diese unselige Illustrierte angeschleppt hatte. Sie setzten sich in die Eisdiele im Einkaufszentrum und Moni fragte: »Schwesterherz, von Frau zu Frau, was ist los mit dir? Ich tippe auf Liebeskummer.«

Steffi verdrehte die Augen und rief: »Meine Güte, hat Mama dich vielleicht beauftragt, mit mir zu reden?«

Moni schüttelte den Kopf und meint verblüfft: »Nein, das merke ich selber, da brauche ich nicht Mamas Tipp dazu. Wir haben ja schon mal darüber gesprochen. Also, wieso bist du so unleidlich? Immer noch Martin?«

»Sei ruhig«, flehte Steffi und sagte flüsternd zu Moni: »Das ist erledigt, ich will nicht mehr.«

»Sehr bedauerlich«, meinte Moni. »Er hat sich zwar dämlich verhalten, aber er ist ein netter Kerl. Ich mochte ihn immer gern. Jetzt, wo er wieder da ist, könntest du ihm durchaus eine zweite Chance geben.«

Steffi runzelte die Stirn, schaute ihre Schwester finster an und stieß bitter hervor: »Damit er mich nochmal sitzen lässt?«

»Wenn das deine Befürchtung ist. In der Liebe gibt es keine Garantie. Falls dein Herz an ihm hängt, rate ich dir, es noch einmal zu wagen.«

Steffi überlegte eine Weile und seufzte dann leise: »Ach Moni, genau das ist es, was mich quält. Ich weiß nicht, was grausamer ist. Die Sehnsucht nach ihm, oder die Angst, von neuem verletzt zu werden.«

Mitfühlend legte die Schwester den Arm um ihre Schulter. »Weihnachten ist das Fest des Friedens und der Versöhnung. Ich glaube, der liebe Gott ist uns zu dieser gesegneten Zeit besonders nahe. Lass diese Zweifel. Wenn du Martin wiedersiehst, sag einfach spontan das, was dir in den Sinn kommt.«

Steffi rührte nachdenklich in ihrer Kaffeetasse und murmelte: »Moni, ich danke dir für deine Worte, aber ich brauch' noch eine Weile, darüber nachzudenken.«

Sie gingen in ein Bekleidungsgeschäft und kauften einen modischen Pullover für ihre Mutter. Steffi bestand darauf, für ihre Neffen Kinderbücher zu kaufen. »Der Mensch denkt und Gott lenkt«, flüsterte Moni, als sie die Buchhandlung im Einkaufszentrum betraten.

Steffi schluckte, denn Martin steuerte direkt auf sie zu. Er stutzte, grinste breit und meint schließlich: »Die wilden Schwestern beim Weihnachtseinkauf? Bekomme ich auch ein Geschenk? Wobei Socken und Krawatten habe ich bereits genug.«

Moni lächelte und konterte: »Martin im Buchladen? Auf der Suche nach einem Beziehungsratgeber?«

Er lachte laut auf und antwortete: »Da lese ich lieber einen Krimi!«

»Mit einer weiblichen Leiche?«, wollte Moni wissen.

»Blutrünstiges Wesen!«, tat Martin empört.

Steffi stand schweigend dabei und brachte schließlich hervor: »Wir müssen weiter, komm Moni.«

»Schade«, bedauerte Martin, »ich wollte euch eben auf einen Kaffee einladen.«

»Wir hatten gerade ...«, setzte Steffi an, und Moni rief dazwischen: »Gute Idee, für ein kostenloses Getränk haben wir immer Zeit! Wenn du so spendabel bist, würde ich auch ein Gläschen Prosecco nicht ablehnen!« Sie warf Steffi einen aufmunternden Blick zu, hakte ihre Schwester unter und zog sie hinter Martin her, der sich in Richtung Kasse bewegte.

»Ich geb' kurz eine Bestellung auf«, sagte er. »Bin gleich bei euch.«

Er ging weg, und Steffi zischte wütend: »Mir ist das peinlich, ich weiß nicht, was ich sagen soll.«

Moni rollte mit den Augen und schimpfte: »Wir wollten das Schicksal entscheiden lassen, und nun hat es uns hier mit deinem Ex-Lover zusammengeführt. Bleib locker, wir trinken was zusammen, reden a weng und fertig.« Steffi setzte zu einer Erwiderung an, doch Martin steuerte auf sie zu. Sie gingen in Steffis Lieblinscafe, was Steffi ob der Erinnerung an den Sommerabend noch unsicherer machte.

»Prost«, rief Martin und hob sein Glas.

»Ah«, sagte Moni genussvoll. »Prosecco schmeckt mir, egal ob Sommer oder Winter!«

Martin feixte: »Na, da halte ich mich lieber ans Weißbier, das genieße ich zu jeder Jahreszeit!«

Einsilbig beteiligte sich Steffi an der Unterhaltung. Sie konnte ihren Blick nicht von Martin wenden, schlug jedoch die Augen nieder, sobald er sie ansah. Ihr Herz raste, und immer wenn sie zu ihrem Glas griff, stellte sie erschrocken fest, dass ihre Hand leicht zitterte. »Lieber Gott, bitte lass es ihn nicht bemerken«, sandte sie leise ein Stoßgebet zum Himmel. Die Erkenntnis traf sie unvermittelt aber heftig. Sie liebte ihn, und es hatte keinen Sinn mehr, sich dagegen zu sträuben. Das Gefühl der Zuneigung, das sie für ihn empfand, überwältigte sie dermaßen stark, dass sie begriff, nicht die geringste Chance zu haben, dem zu entkommen. »Was hältst du davon Steffi?«, hörte sie ihn plötzlich fragen.

»Wie?«, entgegnete sie irritiert, da sie, gefangen in ihren eigenen Gedanken, nicht zugehört hatte.

»Moni möchte, dass wir sie in Selb besuchen und den Silvesterabend bei ihr feiern.«

»Vielleicht«, sagte Steffi gedehnt.

»Mit meinem Schwesterchen ist heute nicht viel anzufangen«, tadelte Moni.

»Wie geht es Vivien?«, fragte Steffi unvermittelt. Martin musterte sie, und sein trauriger Blick schnitt ihr ins Herz.

Er presste die Lippen aufeinander und stellte mit einem Seufzer fest: »Keine Ahnung. Weihnachten und Silvester verbringen wir ... äh ... sie immer in der Karibik.« Es klang bitter, als er hinzufügte: »Sicher nimmt sie in diesem Jahr ihren neuen Freund mit.«

Oh weh, dachte Moni besorgt, er ist noch nicht darüber hinweg. Arme Steffi. Um auf ein anderes Thema zu kommen, sagte Martin, dem das betroffene Gesicht Steffis auch aufgefallen war: »Schaut mal. Was für tollen selbstgestalteten Schmuck es hier gibt.«

»Das muss ich mir genauer ansehen«, meinte Moni und stand auf. Absichtlich langsam ging sie in dem geschmackvoll gestalteten Ladencafé herum und warf immer wieder einen unauffälligen Blick zu Martin und Steffi hin. Wie die beiden kämpfen, dachte sie mitleidig und entschloss sich, Steffi aus dieser Situation herauszuholen. Mit einer Kette in der Hand trat sie an den Tisch und verkündete: »Guckt mal, die kaufe ich mir! Ronny ist ein toller Mann, jedoch bei meinen Weihnachtsgeschenken liegt er immer echt daneben. Die lasse ich mir jetzt hübsch verpacken, und dann kann er mir das Päckchen unter dem Weihnachtsbaum überreichen.«

Martin nahm ihr das Schmuckstück aus der Hand, schaute auf den Preiszettel und meinte: »Du bist aber bescheiden!«

Moni nickte: »Er liebt mich, ist treu, ehrlich und verlässlich, das ist mir Geschenk genug.«

»Das hast du schön gesagt«, raunte Martin und gab ihr die Kette zurück.

Moni sah, dass Steffi mit den Tränen kämpfte, und sagte mit betont munterer Stimme: »Komm Schwesterherz, trink aus. Wir müssen jetzt weiter, meine Jungs werden wild, wenn ich sie zulange allein lasse. Merci für den Drink, Martin, schöne Weihnachtstage wünsche ich dir und grüße deine Eltern.«

»Danke, euch und euren Familien auch«, entgegnete er.

Moni und Steffi gingen in Richtung Kasse und dann zum Ausgang. Als sich Steffi umdrehte, sah sie, dass er ihnen nachschaute. Er lächelte unbeholfen und wedelte mit seiner Hand. Sie winkte zurück, Moni zog sie am Arm auf die Straße hinaus. »Mist«, schimpfte sie. »Der ist über diese Vivien noch nicht hinweg. So lange das nicht passiert ist, kannst du eine neue Beziehung vergessen. Das hatte ich schon mal bei einem Typ. Der verglich mich dauernd mit seiner Ex, furchtbar.«

»Ich liebe ihn und fühle mich so wehrlos«, schniefte Steffi.

Moni sah Tränen über ihre Wangen laufen und seufzte: »Man kann Liebe nicht kontrollieren, das stimmt. Das macht Angst, weil wir sonst meinen, alles selbst steuern zu können. Geduld, Schätzchen! Das wird sich entwickeln, doch jetzt ist es einfach zu früh.«

»Du hast ihn eingeladen«, klagte Steffi und Moni entgegnete: »Lass das meine Sorge sein, ich bieg das hin. Aber wenigstens haben wir die Sicherheit, dass du ihn liebst. Ist das nicht toll?« Steffi tupfte eine Träne von der Wange und seufzte: »Ach, Moni!«

»Starfotografin im Liebesglück!« So lautete die neue Schlagzeile der Illustrierten. Vivien und ihr Chefredakteur posierten fast halbnackt in der karibischen Sonne. Auf einem anderen Bild küssten sie sich zärtlich. Martin fetzte die Zeitschrift auf den Rücksitz des Autos und schlug mit der Faust wütend auf das Lenkrad. Sein Gefühlsausbruch überraschte ihn. »Starfotografin!«, rief er hämisch. »Was für ein sensationeller Aufstieg.« Er wunderte sich, wieso ihn diese Fotos bis ins Mark trafen, ja tief verletzten. Sie tauschte ihn einfach gegen einen anderen Mann aus. Kaltblütig und rücksichtslos. Schwankend zwischen Trauer, Wut und verletzter Eitelkeit fuhr er zum Hof zurück, den ihm seine Eltern inzwischen überschrieben hatten. Obwohl er gerne in Thiersheim wohnte, reiste er öfter nach Berlin, um ein wenig Großstadtluft zu schnuppern. Heute würde er nach München fahren, um mit Max und Peggy zu besprechen, wie es weitergehen sollte. Die Auftragslage besserte sich langsam, doch sobald irgendwelche blöden Fotos von Vivien erschienen, kochte die alte Geschichte mit der Promi-Hochzeit erneut hoch.

Mit bangem Gefühl kam er im Münchner Büro an, und tatsächlich hatten sie einen Auftrag verloren. »Das hat Methode«, vermutete Max. »Was hast du ihr getan? Wieso will sie dich fertigmachen? Die Berichterstattung weist sie jedes Mal als deine Exfreundin aus, das muss doch nicht sein. So kommen immer dein Name und die Firma ins Spiel.«

»Ich finde es bitter, dass sie so dreist auftritt und ihren Betrug als clevere Tat darstellt. Das ärgert mich maßlos.«

»Liebst du sie noch?«, fragte Max.

Martin seufzte tief und meinte: »Das ist das nächste, was mich fertigmacht. Ich vermisse sie, und ich fürchte, dass ich noch nicht über unsere Trennung hinweg bin.«

Max legte tröstend seine Hand auf Martins Schulter. »Du wirst sehen, je mehr Zeit vergeht, um so besser wird es.«

»Hoffentlich«, knurrte Martin. »Mir muss es jetzt langsam gelingen, das laue Geschäft in Thiersheim richtig zum Laufen zu bringen. Das Münchner Büro wirft keinen Gewinn ab, daher wollte ich dich fragen, ob du es nicht übernehmen willst. Firmiere um, dann kannst du erfolgreich sein.«

Max schaute ihn zweifelnd an: »Martin, du hast das alles mühevoll aufgebaut.«

»Ich weiß, aber mit meinem Namen weiterzumachen, ist sinnlos. Wir haben immer eng zusammengearbeitet, du weißt, wie das Geschäft funktioniert. Ich will eine geringe Ablösesumme und eine Garantie, dass du einige Hochzeitsfeiern nach Thiersheim bringst. Ich überlasse dir den Laden mit allem Drum und Dran. Ach ja, und Peggy musst du weiter beschäftigen.«

»Stadel-Weihnacht«, hatte Martin die Veranstaltung zum vierten Advent genannt. Den ehemaligen Holzstadel hatte er gründlich umgebaut. Der neue, helle Holzboden ließ alles freundlich und modern wirken. Die holzverkleideten Wände schafften eine heimelige Atmosphäre, und die

Dekoration mit Tannenzweigen und Lichterketten tat das Übrige dazu. Auf den neu angeschafften Tischen lagen alte, mit weihnachtlichen Motiven bestickte Decken. Die Stühle wirkten antik, doch ein Schreiner hatte die speziell angefertigten Sitzmöbel erst gestern geliefert. Weiche rote Sitzkissen, auf denen das Bild eines schwarzen Hirschen prangte, sorgten für eine wohlige Stimmung. In dem neu eingezogenen Zwischenboden präsentierte Martin sein »Heubett«, ein besonderes Angebot für naturliebende Brautpaare, die künftig die Möglichkeit bekommen sollten, dort ihre Hochzeitsnacht zu verbringen. Während der Vorbereitungen wuselte Ingo, der sich langsam zu einem beachtlichen Ganter entwickelte, zwischen ihren Füßen herum. Ingo hing unglaublich an Sixtus, der ihn hochgepäppelt hatte, und sah ihn wohl als seine Mama an. Der arme Sixtus hatte manchen Spott zu ertragen. Es störte ihn nicht, denn voller Stolz freute er sich, dass sich sein kleiner Gänsefreund gut entwickelt hatte.

»Hoffentlich kommt überhaupt jemand«, sagte Martin am Morgen nervös zu seiner Mutter.

Die hatte sich lachend über seine Nervosität gewundert: »Geh, Martin, die Leut' sind doch bestimmt neugierig d'rauf zu sehen, was du aus dem alten Stodel gemacht hast. Wirst dich wundern, wie viele da aufkreuzen.«

Wie immer hatte seine Mutter recht! Pünktlich um 14.00 Uhr drängten sich die ersten Besucher vor der Tür. Der nahegelegene Pferdestall stellte Ponys zur Verfügung, damit die Kinder reiten konnten. Sixtus postierte sich am Grill und brutzelte Bratwürste, und Anni wuselte im Stadel herum und schenkte Glühwein, Tee und Kaffee aus. Auf den Tischen standen Plätzchenteller. Ein Nachbar gab mit seiner Ziehharmonika Weihnachtslieder zum Besten, und alle Stunde las eine Heimatdichterin Auszüge aus ihrem Werk vor. Sogar Dede schaute vorbei, und Richard und Marianne freuten sich mit Martin über den immensen Zuspruch dieser Veranstaltung. »Was für ein gemütlicher Raum!«, lobte Marianne. »Würdest du den auch für die Durchführung der Volkshochschulkurse zur Verfügung stellen?«

»Selbstverständlich«, bestätigte Martin.

»Viel zahlen kann ich aber nicht«, gab Marianne zu bedenken.

»Wir werden uns einigen, da bin ich mir sicher«, meinte Martin.

Immer wieder spähte er zur Tür, und Marianne neckte ihn: »Vor sechs Uhr wird sie nicht kommen!« Martin schaute sie ratlos an, und sie flüsterte: »Steffi ist im Nachbarort bei einer alten Frau. Sie hat mir erzählt, dass sie am Sonntag erst spät gehen kann, weil dann die Tochter übernimmt.«

»Ach so«, sagte Martin gedehnt und linste trotzdem immer wieder zum Eingang. Als er Steffi und Moni im Einkaufscenter in Marktredwitz getroffen und ihnen eine Karte mit allen Informationen gegeben hatte, hatten sie die Einladung kommentarlos eingesteckt und sich nicht geäußert, ob sie kommen würden. Hatte Steffi in der Illustrierten das Foto entdeckt, auf dem man erkennen konnte, dass Vivien in der Karibik mit einem anderen Mann Urlaub machte? Manchmal fragte er sich, ob ihre Gefühle genauso Achterbahn fuhren, wie seine das taten.

Um acht Uhr verabschiedeten sich die Hofers, und Marianne meinte tröstend: »Ich vermute, sie musste länger arbeiten.«

»Ja«, entgegnete Martin enttäuscht und einsilbig. Richard klopfte ihm wortlos auf die Schulter und nickte ihm aufmunternd zu. Martin sperrte die Stadeltür ab und sagte zu seinen Eltern: »So, genug für heute. Danke für eure Hilfe, wir räumen morgen auf. Ich habe das Gefühl, das es jetzt vorangehen wird mit meiner Idee!«

Nach den Feiertagen kamen Anfragen von einigen Vereinen, über die er sich freute. Weniger begeistert reagierte er auf Monis Anruf, die ihm unverblümt mitteilte, dass sie es nicht für sinnvoll hielt, wenn er Silvester mit Steffi nach Selb käme. »Ich mag keine Ausreden, Martin, ich sag's dir geradeaus. Solange du gefühlsmäßig mit deiner letzten Freundin nicht abgeschlossen hast, ist es unsinnig, wenn du dich mal mit Steffi verabredest.«

Martin protestierte: »Das ist für mich wohl erledigt.«

»Das glaube ich dir nicht«, entgegnete Moni ruhig. »Und daher bitte ich dich, lass Steffi in Ruhe. Falls dir etwas an ihr liegt, überleg dir, was du willst und vor allem, ob du in der Lage bist, dich auf eine neue Beziehung einzulassen.«

»Beziehung?«, echote Martin. »Ich kenne deine Schwester so lange, da kann man doch einfach mal zusammen weggehen, ohne dass gleich was Großes passieren muss.«

»Nein«, antwortete Moni, »das geht eben nicht. Ihr ward einmal ein Liebespaar, und du hast sie sehr verletzt. Falls du sie treffen willst, musst du dir darüber klar sein, dass es nur sinnvoll ist, wenn du bereit bist, dich fest an sie zu binden.«

»Ach ja, und du weißt, dass sie daran interessiert ist, oder wie?«, schnappte Martin.

»Ja, wenn die Voraussetzungen stimmen, dann stehen die Chancen gut«, bestätigte Moni. »Aber ich schlage vor, dass du erst richtig in Thiersheim ankommst, die Sache mit Vivien verarbeitest und dich anschließend bei Steffi meldest.«

»Das hast du nicht zu bestimmen«, rief Martin erbost und Moni sagte: »Ich appelliere an deine Fairness und deinen gesunden Menschenverstand. Ein gutes neues Jahr für dich und Erfolg auf allen Ebenen wünsche ich Dir! Mach's gut.«

Ohne seine Antwort abzuwarten, hatte sie das Telefonat beendet. »Weiber«, knurrte Martin.

»Dann hätte ich im Stadel eine Silvesterparty organisieren können, wenn ihr Anruf früher gekommen wäre. Drei Tage vorher, das ist einfach zu spät.«

»Niemals!«, rief Richard, als er sich bei ihm beklagte. »Die spontanen Feiern sind die Besten! Ich helfe dir, alles vorzubereiten, Musik können wir auch vom Band hören! Der Stodel ist perfekt für eine Silvestersause.«

»Wir machen einen Fondue-Abend«, schlug Martin vor.

»Großartige Idee«, bestätigte Richard.

»Ich fahre los und kaufe Fondue-Sets«, meinte Martin.

Richard winkte ab. »Wir haben drei Stück im Keller, die wir nie brauchen, ich frage noch bei einigen Nachbarn, du wirst sehen, die sind alle froh, wenn sie die einer sinnvollen Verwendung zuführen können. Ist doch urig mit alten Töpfen! Du sorgst für Käse, Fleisch und Spiritus, ich für den Rest!«

Viele Thiersheimer kamen in guter und lustiger Stimmung ins neue Jahr. Für Martin wurde es ein trauriger Abend. In Gedanken ließ er die vergangenen 365 Tage Revue passieren. Die Einsicht, dass er das desolateste Jahr seines Lebens hinter sich hatte, traf ihn mit voller Wucht. Am liebsten hätte er sich verkrochen, doch seine Gastgeberpflicht machte ihm das unmöglich. Gegen vier Uhr morgens gingen die letzten Gäste. Bevor er den Stadel abschloss, schaute er auf sein Telefon und las die Kurznachricht: »Ein gutes neues Jahr wünschen die wilden Schwestern.« Er strich mit seinem Daumen sanft über das Display und raunte gerührt: »Für euch auch, vor allem dir, liebe Steffi.«

***

Mitte Januar fing es an zu schneien. Dicke weiße Flocken fielen vom Himmel, und binnen kürzester Zeit versanken Thiersheim und die umliegenden Orte im tiefen Schnee. Fast im Stundenrhythmus musste Martin hinausgehen und den Hof und die Straße freiräumen. Er wunderte sich, dass er sich über die weiße Pracht freute, obwohl sie ihm viel Arbeit bereitete. Wenn er zum Fichtenwald hinsah und die leicht bestäubten Baumwipfel bewunderte, wurde ihm froh ums Herz. »Bin ich glücklich?«, murmelte er nachdenklich. Allen Grund hatte er, denn erst gestern hatte er mit Marie Perusa eine außergerichtliche Einigung erzielt. In der Zwischenzeit hatte sie begriffen, dass Vivien sie betrogen hatte und Martin keine Schuld traf.

»Dennoch finde ich es unprofessionell von dir, ohne Vertrag mit ihr zu arbeiten«, warf Marie ihm vor. Zerknirscht gab ihr Martin recht. »Ich mag dich, Martin, denn du hast unsere Hochzeit zu etwas ganz Besonderem gemacht. Du sollst durch mich nicht ruiniert werden, sonst könnte ich auch nicht mehr ruhig schlafen. Daher schlage ich vor, dass ich deine Rechnung für die Hochzeitsfeier nicht an dich bezahle, sondern diese Summe an meine Stiftung für benachteiligte Kinder überweise. Dann ist die Sache für mich erledigt, und ich werde dich nicht auf Schmerzensgeld verklagen. Kannst du damit leben?«

»Ja«, ließ Martin erleichtert vernehmen und nahm Maries Angebot gerne an. »Die Kinder werden es dir danken«, erklärte sie, und Martin versicherte: »Ich bin froh, dass wir zu einer Einigung gekommen sind. Danke, Marie!«

Max und Peggy freuten sich mit Martin. Max vermeldete, dass sein Auftragsbuch für das erste Halbjahr gut gefüllt sei und dass er vereinbarungsgemäß im Sommer drei Hochzeiten nach Thiersheim bringen würde. »Es geht aufwärts«, verkündete Martin seinen Eltern die frohe Botschaft, und Anni sagte pragmatisch: »Prima, mein Sohn, dann kannst du dich jetzt endlich deinem Liebesleben zuwenden.«

Anfang Februar lag der Schnee noch meterhoch. Oft verlieh dichter Nebel der Landschaft etwas Magisches. Als Martin seinen 30. Geburtstag im Stadel feierte, baute ihm Richard eine gewaltige Schneebar auf dem Vorplatz.

»Du hättest Bildhauer werden sollen«, sagte Martin bewundernd, und sein Freund erwiderte: »Das lernst du auch, wenn du erst einmal Vater bist. Ob Sand oder Schnee, du glaubst gar nicht, was man daraus alles machen kann.«

»Ich beneide dich um dein Familienleben«, seufzte Martin.

Richard grinste aufmunternd: »Wart's nur ab, das wird schon! Hast du Steffi eingeladen?«

Martin nickte und meinte mit finsterer Miene: »Aber ich fürchte, sie wird nicht kommen!«

Doch als Steffi plötzlich vor ihm stand, konnte er nur stammeln, wie sehr er sich freue, dass sie gekommen sei. Sie gab ihm einen scheuen Kuss auf die Wange, gratulierte ihm und überreichte ihm den Geschenkgutschein einer Buchhandlung. »Hier«, sagte sie und streckte ihm ein kleines Päckchen hin. »Mit den besten Wünschen von Moni!«

Er grinste und meinte: »Ich ahne schon, was da drin ist!«

»Mach es auf!«, riet Steffi.

»Dachte ich's mir doch!«, feixte Martin, als er ein paar scheußliche, hellgraue Socken entdeckte. Es gelang ihm, einige Male mit Steffi zu tanzen. Als er sie im Arm hielt, fühlte er sich wohl und geborgen. Ich möchte sie nicht mehr loslassen, überlegte er.

Martin, der sich Zeit genommen hatte, über Monis Worte nachzudenken, konnte sich ihrer Meinung nicht anschließen. Ob es zwischen ihm und Steffi zu einer erneuten, festen Bindung kommen würde, wusste er nicht von vorneherein zu sagen. Dazu hatte er sie zu selten getroffen. Wenn das Ganze eine reelle Chance haben sollte, mussten sie sich langsam näherkommen. Er spürte deutlich, dass er die Bereitschaft mitbrachte, und hoffte von Herzen, dass es Steffi auch so ging. Es wurde ein lustiger Abend, und Martin fühlte sich in Thiersheim angekommen und in die Dorfgemeinschaft aufgenommen. Als Folgeerscheinung der gelungenen Fete buchten einige Gäste den Stadel für ihre Geburtstage und Jubiläen, und Martins Kalender füllte sich mit immer mehr Terminen.

Martin schaute regelmäßig bei Richard vorbei. Zu putzig sahen die neugeborenen Kaninchen aus, die fast täglich das Licht der Welt erblickten. Die Muttertiere legten sie in vorher zusammengescharrten Heunestern ab. Sie reagierten gereizt, wenn die beiden Männer ihre Köpfe in die Ställe streckten, um nach dem Nachwuchs zu sehen.

»Gestern hat sich Steffis Vater ein paar Tiere ausgesucht«, erzählte Marianne beiläufig.

»Zum Schlachten?«, fragte Martin entsetzt.

Richard grinste breit und erklärte: »Nein, er will eine Zucht anfangen, so wie ich. Übrigens, der Kaninchen-Zuchtverein möchte demnächst gerne im Stodel seine nächste Versammlung abhalten.«

Martins Geschäfte florierten. Der Theaterverein führte im Stadel ein Mundartstück auf, und der Abend, an dem eine Gruppe Sketche zum Besten gab, fand regen Zuspruch. Regelmäßige Fondue-Abende zogen zahlreiche Besucher an. Volksmusikdarbietungen waren lange im Voraus ausverkauft. Das Essen bezog Martin von den Wirtshäusern des Ortes, und Peggy kam das eine oder andere Mal aus München und half ihm bei der Dekoration.

Sixtus nahm das alles zähneknirschend hin. Anni hatte ihm streng verboten zu meckern, wenn die Musik laut aufgedreht wurde. »Wir wollten, dass unser Sohn hierbleibt«, beschwor sie ihn. »Jetzt vertreib ihn nicht. Außerdem ist es doch prima, dass er dir tagsüber so viel Arbeit abnimmt, oder?« Da musste Sixtus zustimmend nicken, und sein Groll ließ ein wenig nach. Nur eines gelang Martin bisher nicht – mehr heiratswillige Paare nach Thiersheim zu bringen und den Ort als »Hochzeitsparadies« zu etablieren. Obwohl er mit Richards Unterstützung kräftig Werbung machte, lief dieses Geschäft eher schleppend an. Martin wusste, dass Max und Peggy ihm wohlwollend gegenüberstanden und versuchten, Hochzeiten nach Thiersheim zu vermitteln. Er musste einfach Geduld haben, etwas das er nicht gerade im Übermaß besaß.

Die Wochen nach seinem Geburtstag hatten Martin und Steffi einen regen Austausch von SMS und E-Mail begonnen. Steffi hielt sich auf einem Hof auf, der weiter entfernt von Thiersheim lag. Sie wollte nicht, dass Martin sie besuchte, und er akzeptierte ihren Wunsch. »Es ist schwer für die Familie«, erzählt sie ihm. »Der Hof ist abgebrannt, und sie müssen von vorne anfangen. Alle Hände werden beim Hausbau gebraucht, und ich kümmere mich um die Kinder.«

»Das verstehe ich«, pflichtete ihr Martin bei. »Aber ehrlich, ich würde dich gerne wiedersehen.«

»Echt?«, sagte Steffi überrascht und ergänzte: »Ich dich natürlich auch, in zwei Wochen bin ich daheim.«

An einem milden, angenehm warmen Märzsonntag fuhr Martin zu Steffi. Sie saß auf der Bank vor dem Haus und streckte ihr Gesicht der Sonne entgegen. Verwundert bemerkte er, wie strahlend ihr Haar in den verschiedensten Blondtönen im hellen Licht schimmerte. Eine zärtliche Zuneigung stieg in ihm auf. Als sie ihn kommen sah, registrierte er ihren Impuls aufzustehen, doch sie überlegte es sich anders und blieb auf ihrem Platz.

»Grüß Gott Steffi«, rief ihr Martin entgegen. »Magst du mit mir einen Spaziergang machen?« Er bemerkte, dass sie zögerte und erklärte: »Richard hat mir vom ›Weg der Ermutigung‹ erzählt, den wollte ich mir schon lange einmal ansehen. Ich würde mich freuen, wenn du mitkommst, dieser milde und sonnige Tag will genutzt sein.«

»Du hast recht«, stimmte Steffi zu. »Ein wenig Bewegung kann mir auch nicht schaden.«

»Ich mag diesen Weg gern!«, sagte Steffi, als sie aus dem Wagen stiegen.

»Ja, Richards Geburtstagswunsch gefällt mir. Eine hervorragende Idee, statt sich Geschenke zu wünschen, seinen Lieblingswanderweg mit aufmunternden Versen und Bibelzitaten versehen zu lassen.«

»Weiß du, dass der Weg am letzten Thiersheimer Galgen vorbeiführt?«, fragte Steffi.

»Echt?«, rief Martin. »Wie gruslig.«

»Ja, man hat erst jetzt herausgefunden, dass hier die Hinrichtungsstätte lag.« Langsam passierten sie die Schilder und Steine.

»Beeindruckende Texte, mit Bedacht ausgewählt«, bemerkte Martin.

»›Wende Dein Gesicht der Sonne zu, dann fallen die Schatten hinter dich – aus Afrika‹«, las Steffi laut.

»Stimmt«, meinte Martin und sie gingen weiter zum nächsten Felsen. Martin deklamierte: »›Nur die Sache ist verloren, die man selber aufgibt – Lessing!‹«

Steffi schwieg und sah ihn nachdenklich an. Der Vers daneben zauberte ein Lächeln auf ihr Gesicht, bevor sie rezitierte: »›Nicht das, was man über uns sagt, ist wichtig, sondern das, was wir darauf antworten – Duka.‹«

»Was sagt man denn über mich?«, wollte Martin wissen.

Steffi zog eine Grimasse. »Frag besser nicht!«

Er lachte und meinte: »Sind wohl nicht alle glücklich mit meinem Stadel, oder?«

Steffi schwieg, zeigte stumm auf den Vers und lächelte vielsagend. Schweigend gingen sie nebeneinander her und kamen an den gewaltigen Felsbrocken, der an den früheren Hinrichtungsort erinnerte und »Galgenberg« genannt wurde. Steffi schüttelte sich: »Was für eine schreckliche Vorstellung, an einem Galgen zu hängen.«

»›1790 starb hier der letzte Verbrecher‹«, las Martin halblaut vor. »Diese Richtstätte lag aber ganz schön weit außerhalb des Ortes.«

»Stimmt«, pflichtete ihm Steffi bei. »Obwohl die Vollstreckung der Urteile öffentlich erfolgte, oder?«

»Ja, ein furchtbarer Gedanke. Du weißt, dass du sterben musst, und alle stehen da und gaffen dich an. Ich glaube, das kann man sich heute so gar nicht mehr vorstellen«, meinte Martin nachdenklich.

»Angeblich spukt es hier. Unter anderem hat man eine weiße Frau und einen Reiter ohne Kopf gesehen«, erschauerte Steffi. Sie schüttelte sich: »Genug jetzt, Schluss mit den alten, unheimlichen Geschichten. Mir gefällt der ›Weg der Ermutigung‹, und ich finde es begrüßenswert, dass nach dem Erinnerungsfelsen an dieser leidvollen Stätte zwei Steine mit Zitaten aus der Bibel aufgestellt worden sind.«

Zwischenzeitlich standen sie auf einer hellen Lichtung. Ein Sonnenstrahl brach durch die Wolken und tauchte die Baumgruppe in leuchtenden Schimmer. »Hier bei den Sitzbänken ist die beste Aussicht«, erklärte Steffi.

»Tatsächlich«, bestätigte Martin, als er zwischen den beiden Findlingen in die Landschaft schaute. »Fichtenwald, soweit das Auge reicht«, stellte er fast andächtig fest. »Zu allen Jahreszeiten kann man sich am Grün erfreuen. Die sanften Hügel im Hintergrund – malerisch. Ich verstehe immer mehr, welchen Erholungswert unsere Heimat für die ruhesuchenden Urlauber bereithält.«

»Und für romantische Hochzeitspaare«, neckte ihn Steffi.

»Du sagst es«, grinste er und las halblaut die Verse vor: »›Alle Eure Sorgen werft auf Ihn, denn Er sorgt für Euch – Neues Testament Petrus 5.7.‹« Ein tiefer Seufzer kam aus seiner Brust. »Wenn es nur immer so einfach wäre, oder?«

Steffi lächelte und las den anderen Spruch vor: »›Darum sage ich Euch, alles was Ihr bittet in Eurem Gebet, glaubt nur, dass Ihr es empfangt, so wird es Euch zuteil werden – Neues Testament, Markus 11.24.‹«

Stumm standen sie nebeneinander, und nach einer Weile stellte Martin fest: »Manchmal habe ich keine Ahnung, um was ich den Herrgott bitten sollte. Vielleicht weiß der himmlische Vater sowieso besser, was gut für uns ist.«

»Bist du gläubig?«, fragte Steffi erstaunt.

»In gewisser Weise ja. Obwohl meine Vorstellung einer höheren Macht sicherlich von der offiziellen Lehre abweicht«, bestätigte Martin. »Bei den kirchlichen Trauungen entstehen oft so kraftvolle Momente und von Innigkeit getragene Stimmungen. Schon manches Mal habe ich gedacht, dass Jesus tatsächlich mitten unter uns weilt und seinen besonderen Segen spendet.«

Steffi nickte: »Ich erlebe oft verzweifeltes Leid in den Familien, zu denen ich als Dorfhelferin komme. Viele Menschen finden Trost in ihrer Zuversicht, die sie auf Gott ausrichten.«

»Wenn ich einmal heirate, möchte ich auf jeden Fall den Ehesegen haben«, sinnierte Martin.

»Ich auch«, bestätigte Steffi und wehrte sich nicht, als er nach ihrer Hand griff.

»Frierst du?«, fragte er, um seine Verlegenheit zu überspielen, nachdem ihm aufgefallen war, über welches Thema sie gerade sprachen.

Sie schüttelte sich und meinte: »Ja, es wird jetzt fröstlig.«

»Dann schlage ich vor, dass wir zurückgehen und uns bei Kaffee und Kuchen aufwärmen.«

»Kuchen, um die Kälte zu vertreiben? Das habe ich ja noch nie gehört«, feixte Steffi. »Natürlich lässt das schwarze Gebräu die Körpertemperatur ansteigen, aber ohne ein süßes Teilchen schmeckt er doch nur halb so gut, oder?«

»Na, du bist mir ja einer«, schmunzelte Steffi, und in diesen wenigen Worten lag so viel Zärtlichkeit und Wohlwollen, dass es Martin fast die Tränen in die Augen trieb.

Er wandte sich eilig ab und rief: »Schau, wie der Hase über das Feld jagt! Was für ein irres Tempo der drauf hat.«

Mit Bedauern ließ Martin Steffis Hand los, als sie wieder ins Auto stiegen. Sie schaute auf den Mittelklassewagen und bemerkte: »Dieser fahrbare Untersatz passt viel besser zu dir!«

»Na dann zeige ich dir augenblicklich, wie gut auch der auf der Straße liegt«, kündigte Martin an. Sie verbrachten den Rest des Nachmittags in einem kleinen Café in Selb. Als Martin sie am Abend nach Hause brachte und sie sich voneinander verabschiedeten, freuten sie sich über das Gefühl der Verbundenheit, das langsam wieder zwischen ihnen entstand.

Ostern kam. Martin hatte Heu in der Scheune verteilt und versteckte soeben die letzten Ostereier, als Richard mit zwei Kaninchen vor ihm stand. »Den Osterhasen streicheln – das gefällt den kleinen Eiersuchern bestimmt!«

»Hervorragende Idee«, lobte Martin. »Macht es deinen preisgekrönten Tieren nichts aus, wenn die Kinderhände kommen?«

Richard lachte: »Nicht alle Kaninchen sind Preisträger, da hast du etwas falsch verstanden.

Ich habe zwei ganz besonders zutrauliche mitgebracht. Selbstverständlich werde ich den Kleinen sagen, wie sie die am besten anfassen sollen.«

»Das ist gut«, lobte Martin, und Richard sagte bewundernd: »Das Heu auf dem Boden macht was schick her, aber das wird ein hartes Stück Arbeit, das alles wieder sauber zu machen.«

»Das bleibt gleich so«, meinte Martin. »Nächste Woche ist die erste Hochzeit im Stadel, und die Vorstellung einer Landhochzeit besteht für dieses Brautpaar darin, dass sie über Heu schreiten. Außerdem wollen sie ihre Hochzeitsnacht im Heubett hier auf dem Zwischenboden verbringen.«

Richard schaute zweifelnd: »Das ist schon ein bisschen verrückt, oder?«

»Wieso?«, fragte Martin ernst. »Das Heu riecht angenehm und ist weich. Unsere Vorfahren haben auch auf Heusäcken geschlafen.«

Richard griff an seinen Rücken und stöhnte: »Unvorstellbar! Aber ich merke schon. Der Kunde ist bei dir wahrhaftig König.«

Martin nickte: »Was meine Auftraggeber wünschen, mache ich möglich, soweit es geht, egal, ob es meinem eigenen Geschmack entspricht oder nicht. Diese Feier ist enorm wichtig. Wenn das Hochzeitspaar zufrieden ist, empfehlen sie mich vielleicht weiter.«

»Stimmt!«, grinste Richard. »Und aus der Gegend, aus der diese Gäste kommen, gilt es ja als äußerst schick, in Bayern zu heiraten.«

Peggy kam aus dem hinteren Bereich des Stadels. »Wie schaust denn du aus?«, rief Martin und zupfte ihr Heureste aus dem Haar. Als er zur Tür lugte, sah er Steffi, Moni und Ronny mit ihren Jungs dort stehen. Wenn Blicke töten könnten, kam es Martin in den Sinn, als er Steffi anschaute, die beim Anblick Peggys unwillig das Gesicht verzogen hatte.

»Kommt doch rein!«, forderte er sie auf. »Ihr seid die Allerersten, das finde ich aber besonders schön. Darf ich vorstellen«, sagte Martin, »das ist Peggy, eine Kollegin, die mir bei der Dekoration hilft.«

Steffis Gesichtszüge entspannten sich, und Martin freute sich. Er sah sich durch Steffis anfänglichen Unmut darin bestätigt, dass sie noch Interesse an ihm hatte. Aber wie stand es mit ihm? Was wollte er? Jetzt blieb keine Zeit, darüber nachzudenken. Immer mehr Familien strömten in den Stadel, um ihren Sprösslingen gegen eine geringe Kostenbeteiligung das Ostereiersuchen zu ermöglichen. Durch einen erneuten Schneeeinfall konnte das in diesem Jahr nicht, wie sonst üblich, in den heimischen Gärten stattfinden. »Es ist erfreulich, junge Gesichter und Kinder um sich zu haben«, freute sich Sixtus. »Hier wohnen ja fast nur noch alte Leute.«

»Wirst sehen, Vater, das ändert sich bald«, prophezeite Martin. »Immer mehr Menschen wollen aus der Stadt raus und in der wohltuenden Landluft leben. Wo sonst kannst du so günstig Baugrund kaufen und ein Haus draufstellen wie hier bei uns? Die Autobahnausfahrt ist in unmittelbarer Nähe. Ein paar junge Familien wohnen bereits wieder in Thiersheim und den Nachbarorten, und das wird noch weiter zunehmen.«

»Na ja«, gab Sixtus zu bedenken. »Die Leut' ziehen dahin, wo die Arbeit ist, viel Möglichkeiten gibt es halt bei uns nicht.«

»In knapp drei Stunden bist du in Berlin«, meinte Markus. Sixtus blieb skeptisch, doch er empfand Hochachtung dafür, was Martin aus dem alten Holzschuppen gemacht hatte und mit welch anerkennenden Worten man im Dorf bereits über ihn sprach.

Seit Marianne die Planungen für die Volkshochschulkurse übernommen hatte, gab es einige interessante Weiterbildungsangebote vor Ort. Unter anderem auch einen Tortenbackkurs von und mit Anni. Der fand zwei- bis dreimal im Jahr statt, und die interessierten Kursteilnehmer quetschten sich in Annis Küche, um sich von ihr in die hohe Kunst der Tortenzubereitung einweihen zu lassen. Martin rieb sich erstaunt die Augen, als er eine fröhliche Frauenschar vorfand, die ihn mit einem lauten Hallo begrüßte.

»Komm schnell, Bou«, forderte ihn Sixtus auf. »So viele Weibsbilder auf einen Haufen, da machen wir uns besser dünn!«

Martin hatte Steffi unter den Frauen entdeckt, daher zögerte er und meinte schließlich: »Wenn ich nicht störe, würde ich gerne zuschauen. Es ist eine Überlegung wert, am Nachmittag im Stadel Kaffee und Kuchen anzubieten. Dann könnte ich endlich Busreise-Unternehmen dazu bringen, mit ihren Fahrgästen hier Einkehr zu halten.«

Anni lachte glücklich und meinte: »Unser Martin houd die Ideen und ich hab' die Orwart damied.« Doch jeder wusste, dass sie das stolz und froh sagte und sie es sich durchaus zutraute, einige Kuchen und Torten im Akkord hintereinander zu produzieren. Das merkten auch die Backinteressierten. Ein Teig nach dem anderen fand seinen Weg in den Ofen, während die vorbereiteten Tortenböden köstlichste Füllungen erhielten. Die Kursteilnehmerinnen staunten, wie ruck zuck das alles ging.

»Kalorienzählen dürft ihr hier aber nicht«, warf Martin zwischendurch ein.

Als Antwort erntete er kreischendes Lachen, und eine der älteren Frauen sagte: »Ach Martin, irgendwann bist du auch so weit, da zählst du eher die Jahre, die dir noch bleiben, als die Kalorien.« Wieder ertönte herzliches Gelächter und am Ende des Kurses teilte man die Backergebnisse redlich auf.

Das nächste Mal zeige ich euch eine Eigenkreation, die ich mir zum Stadtjubiläum habe einfallen lassen«, kündigte Anni an. »Die Thiersheim-Torte!«

»Was?«, fragte Martin verblüfft. »Sowas gibt es? Das wäre ja eine Sensation. Die musst du mir backen. Das wäre ein Clou für die Hochzeiten.«

Anni schüttelte den Kopf: »Ich bin kein Profi, Hochzeitstorten bestellst du besser beim Konditor im Ort. Der macht auch köstliche Pralinen.«

Die Kursteilnehmerinnen verabschiedeten sich, und Steffi sagte zu Anni: »Ich kann zum nächsten Kurs nicht kommen, gibst du mir gelegentlich das Rezept für die Thiersheim-Torte?«

»Sogar sofort – gleich zum mitnehmen«, verkündete Anni und tippte an ihre Stirn. »Alles hier gespeichert!« Sie reichte Steffi Papier und einen Kugelschreiber und diktierte: »Eine Springform mit 26 Zentimeter Durchmesser mit Backpapier auslegen. Vier Eier, 150 Gramm Zucker, ein Päckchen Vanillezucker und eine Prise Salz in eine Schüssel geben und acht Minuten schaumig schlagen. 100 Gramm Mehl, 100 Gramm Speisestärke und einen Teelöffel Backpulver darauf sieben und unterrühren. Im vorgeheizten Elektroherd bei 175 Grad, bei Umluft 150 Grad Celsius ungefähr 30 bis 40 Minuten backen.«

»Und bei einem Gasherd?«, fragte Steffi.

»Zweite Stufe«, antwortete Anni. »Den Boden musst du auskühlen lassen. Also entweder machst ihn einen Tag vorher oder ganz in der Früh an dem Tag, an dem du die Torte brauchst.«

»Verstehe«, bestätigte Steffi. »Jetzt wird es bestimmt kompliziert«, vermutete Steffi.

Anni lachte: »Nein, gar nicht. Wenn du bereit bist, kommt der nächste Teil.«

Steffi wedelte mit dem Kugelschreiber und rief: »Kann weiter gehen!«

Anni fuhr fort: »Den Boden schneidest du dreimal durch und legst einen Tortenring um den ersten Boden. Dann weichst du vier Blatt weiße Gelatine in kaltem Wasser ein. 500 Gramm Erdbeeren putzen und pürieren, 200 Milliliter Sahne mit zwei Esslöffeln Zucker steif schlagen. Die

Gelatine ausdrücken, bei milder Hitze auflösen und unter die Erdbeermasse rühren. Sahne unterheben und auf den ersten Boden geben. Den zweiten Boden darauflegen. Dann wieder drei Blatt Gelatine in kaltem Wasser einweichen. 300 Gramm Sahne mit zwei Esslöffeln Zucker steifschlagen. Die Gelatine ausdrücken, bei milder Hitze auflösen und unter 100 Milliliter Eierlikör rühren. Sahne unterheben und die Masse auf den zweiten Boden geben. Den dritten Boden darauflegen. Dann wieder drei Blatt Gelatine im kalten Wasser einweichen. Eine Packung Pistazien mahlen. 300 Gramm Sahne wieder mit zwei Esslöffeln Zucker steifschlagen. Die Gelatine wieder ausdrücken, dann bei milder Hitze auflösen und nun unter die Pistazien rühren. Sahne unterheben und die Masse auf den dritten Boden geben. Den vierten Boden darauflegen und die Torte dann kaltstellen. Den Tortenring dann entfernen. 400 Gramm Sahne steifschlagen, dieses Mal mit drei Esslöffeln Zucker und die Torte damit verzieren. Dann kannst du sie noch je nach Bedarf dekorieren. Fertig!«

»Das klingt ja richtig gut«, freute sich Steffi.

»Das ist aber nicht meine eigene Erfindung«, merkte Anni an. »Hab' ich von einer Freundin. Ich will mich ja nicht mit fremden Federn schmücken.«

»Dann viele Grüße und herzlichen Dank an die Rezeptgeberin, dass du das weitergeben durftest«, sagte Steffi. »Ich werde dir berichten, wie sie mir gelungen ist, wenn ich es ausprobiert habe«, verkündete sie und wollte sich auf den Weg nach Hause machen.

»Bleib doch noch a weng«, bettelte Martin und setzte den flehentlichsten Blick auf, den er zustande brachte.

Steffi schüttelte den Kopf und sagte: »Geht leider nicht, die Mama wartet bereits auf die Probierstückerl. Ich habe ihr fest versprochen, dass ich dann gleich heimkomme, wenn der Kurs zu Ende ist.«

Martin sah sich suchend in der Küche um. »Mama, wo sind denn deine Tort'nstickla zum prowier'n?«

Anni machte eine wegwerfende Handbewegung: »Geh, du weißt doch, ich mach' mir nichts aus dem süßen Zeug, und außerdem muss ich doch an meinen Insulinspiegel denken.«

»Och, das ist ja blöd«, jammerte Martin. »Ich schau mir hier alles an, es riecht gut, sieht fantastisch aus, und ich habe nicht die Chance, es zu probieren. Ein Skandal!«

»Komm mit zu uns«, lud ihn Steffi ein. »Papa ist heute nicht da, da kannst du dir gerne seinen Anteil einverleiben.«

»Bist ein Schatz!«, lobte Martin und fuhr mit Steffi zu den Bachs. »Es brennt ja gar kein Licht«, stellte er fest, als sie aus dem Auto stiegen.

In der Küche fanden sie einen Zettel, auf dem stand: *Steffi, ich musste zur Tante Reni, sie ist plötzlich krank geworden und braucht Hilfe. Warte nicht auf mich und iss die Torte. Es wird spät werden. Mama*

»Setz dich, ich mach' Kaffee«, sagte Steffi, als sie die Nachricht der Mutter gelesen hatte. Sie stellte zwei Teller auf den Küchentisch und befahl: »Nimm bitte die Stücke aus der Transportbox und teile sie redlich auf!«

»Jawohl – immer korrekt, Fräulein Bach!«, neckte er sie und machte sich daran, mit dem Messer, das sie ihm hingelegt hatte, die Köstlichkeiten fachgerecht aufzuteilen. Sie saßen einträchtig zusammen, beurteilten Geschmack und Konsistenz. Martin konnte nicht umhin, noch einmal auf die hohe Kalorienanzahl hinzuweisen.

»Banane-Schoko, hmm, also mir schmeckt's«, stöhnte Steffi genussvoll.

»Da hängt noch ein Frucht-Rest«, erklärte Martin und wischte vorsichtig mit seiner Serviette über Steffis Kinn. Dabei sahen sie sich tief in die Augen. Martin beugte sich langsam vor und drückte seine Lippen spontan auf Steffis Mund. Sie ließ es zu und er raunte: »Ein Bananen-Schoko-Kuss, einfach köstlich.«

»Du redest zu viel«, neckte sie ihn und schmiegte sich in seinen Arm.

»Mein Stefferl«, seufzte er liebevoll. »Es kommt mir so vor, als wäre ich nie weg gewesen. Ich glaub', ich hab' dich immer noch sehr lieb.«

Steffi schwebte wie auf Wolken und rief am nächsten Tag Moni an, um sie über die neueste Entwicklung zu informieren.

»Das freut mich aber für dich«, begeisterte sich ihre Schwester und kicherte: »Wie romantisch: beim Kuchenessen!«

»Es ist, als ob wir uns nie getrennt hätten«, schwärmte Steffi aufgeregt.

»Halt ihn fest, deinen Martin«, riet Moni und bedauerte, das Gespräch beenden zu müssen. »Im Kinderzimmer ist es plötzlich verdächtig ruhig, die Jungs stellen sicher was an«, vermutete sie. »Ich ruf dich am Abend an, wenn die Racker im Bett liegen!«

Wie leicht ging Steffi heute die Arbeit von der Hand. Selbst der griesgrämige Altbauer konnte ihre ausgezeichnete Stimmung nicht trüben. Über den Tag verteilt, trafen Nachrichten von Martin auf ihrem Handy ein, und sie las jede Kurznachricht mit Freude. »Mein Martin«, flüsterte sie leise und hoffte, dass sie ihn am Abend wiedersehen würde.

»Frühlingsgefühle«, verkündete Martin, als ihn Richard auf sein Dauergrinsen und seine unverschämt blendende Laune ansprach.

»Steffi?«, fragte Richard pragmatisch.

»Treffer!«, bestätigte Martin.

Richard schmunzelte und meinte: »Na ja, so geheim ist das nicht mehr!«

»Wie auch«, seufzte Martin. »Wo uns doch jeder im Dorf und in der Umgebung kennt.« Er zögerte und fügte hinzu: »Na ja, vor allem Steffi ist, bedingt auch durch ihren Job, sehr bekannt hier!«

»Dich hat es voll erwischt, oder?«, fragte Richard ernst. Martin nickte. »Und Vivien«, hakte der Freund nach. »Bist du tatsächlich darüber hinweg? So lange ist das noch nicht her.«

Martins nachdenklicher Gesichtsausdruck irritierte Richard. »Ganz ehrlich, Richard, ich mag Steffi unheimlich gerne, nein, ich glaube, ich liebe sie. Trotzdem habe ich ein wenig Angst, mich vollkommen auf sie einzulassen. Das klingt jetzt blöd, oder?«

Richard schüttelte den Kopf: »Es ist für mich nachvollziehbar und klingt aufrichtig. Besser so, als wenn du dir etwas vormachen würdest. Das wird schon, mein Freund, lass dir Zeit!«

Als über Nacht alles zu sprießen und zu blühen begann und der letzte Schnee wegschmolz, kam es Martin so vor, als ob auch seine Gefühlsstarre langsam auftaute. Obwohl er mit Steffi einiges unternahm und versuchte, sie so oft es ging zu sehen, konnte er die Gedanken an Vivien nicht komplett verdrängen. Bei viel zu vielen Gelegenheiten erinnerte er sich an seine Exfreundin, und wie ein dunkler Schatten stand sie seinem Glück im Weg.

Im Frühsommer radelten Steffi und Martin nach Grafenreuth. »Pause«, rief Steffi und stieg von ihrem Rad.

»Gott sei dank«, stöhnte Martin. »Ich habe bereits befürchtet, dass du nie müde wirst. Du hast ein gewaltiges Tempo drauf.« Martin breitete die Picknickdecke auf einer Wiese aus. »Bitte, meine Gnädigste«, sagte er, »nehmen sie Platz.« Sie schaute ihn verwundert an. »Du weißt, dass wir uns auf dem Boden befinden, der ehemals den Herren von Grafenreuth gehört hat. Alter fränkischer Hochadel. Ellenlanger Stammbaum. Nachweisbar bis in zwölfte Jahrhundert. Bis 1739 lebten sie auf ihrem Rittergut.«

»Ich bin beeindruckt von deinem Wissensschatz«, grinste Steffi. »Dennoch sind auch mir diese Tatsachen nicht unbekannt.«

»Schade«, tat Martin geknickt. »Bedauerlich, dass es das Gut nicht mehr gibt. Das wäre eine wahre Touristenattraktion und für romantische Hochzeiten perfekt geeignet.« Steffi schlug vor: »Das ist doch eine grandiose Geschäftsidee. Bau die Ritterburg und vermarkte sie!«

»Ja ja, zieh mich nur auf!« Lachend zog er sie auf die Decke und legte sich auf den Rücken. »Ich schau' gern den Wolken nach«, erklärte Martin. Steffi kuschelte sich an ihn und blickte in den Himmel. Nach einer Weile zeigte er nach oben und sagte: »Da, die Wolke hat die Form eines Elefanten.«

Steffi sagte skeptisch: »Also, ich sehe nichts. Wo soll denn da ein Elefant sein?«

»Schau genau hin«, versuchte er zu erklären. »Der dicke Körper und die Beine und da vorne der Rüssel.«

Steffi gluckste: »Da braucht man aber eine gute Vorstellungskraft.«

»Das stimmt«, bemerkte Martin. »Darum geht es ja beim Wolkenbeobachten! Fantasie!« Steffi ließ sich auf das Spiel ein und musste Martin recht geben. Es gab viel zu entdecken am Himmel. »Ein Engel«, rief Martin plötzlich. »Ganz deutlich!«

»Was?«, zweifelte Steffi. »Wo denn? Ich kann keinen Engel entdecken.«

»Nicht da oben, hier, gleich neben mir«, raunte Martin.

»Das hast du aber schön gesagt«, freute sich Steffi gerührt.

Er beugte sich über sie und flüsterte: »Mein Engel, manchmal glaube ich, dass dich der Himmel zu mir geschickt hat.« Er bedeckte ihr Gesicht mit zärtlichen Küssen.

Was für ein perfekter Tag dachte sich Steffi, als sie nach Hause radelten. Obwohl sie spürte, dass Martins Herz ihr noch nicht zu Hundertprozent gehörte, hatte sie an Zuversicht gewonnen, dass sich bald die tiefe, vertraute Nähe aus früheren Zeiten auch bei ihm wieder einstellen würde.

***

An einem herrlichen, warmen Hochsommertag wollte Martin mit Steffi erneut eine Radtour unternehmen, doch sie lehnte mit den Worten ab: »Tut mir leid, aber morgen will ich unbedingt in den Reitstall.«

»Ich kann es immer noch nicht fassen, dass du freiwillig auf so große Tiere kletterst«, rief Martin.«

»Mir macht das eben Spaß«, meinte Steffi. »Als ich vor vier Jahren für eine Familie auf einem Pferdehof gearbeitet habe, habe ich mich näher mit Pferden zu beschäftigen begonnen.«

»Ja, das hast du mir bereits erzählt«, erklärte Martin. »Ich bewundere dich, denn ich kann so gar nichts mit Pferden anfangen!«

Steffi lachte. »Früher hatte ich auch ein wenig Angst, doch wenn man die überwunden hat, ist es ein unbeschreibliches Freiheitsgefühl, auf dem Rücken eines Pferdes zu sitzen.«

»Echt?«, fragte Martin skeptisch, und Enttäuschung schwang in seiner Stimme mit. »Ich mag alle Viecher, aber mit Rössern kann ich mich einfach nicht anfreunden.«

»Komm mit und probier es aus«, forderte ihn Steffi auf. »Außerdem sind das erstklassig trainierte Reitpferde und keine Rösser«, schmunzelte sie. Er lehnte ab und erklärte, er würde dann mit Richard eine Radtour planen.

»Nein, ich habe jetzt kein schlechtes Gewissen«, murmelte Steffi entschlossen, als sie sich mit ihrem Auto auf den Weg machte. »Martin hätte mich zum Reitstall begleiten können. Wenn er es nicht mit den Pferden versuchen will, kann ich ihm auch nicht helfen.«

Als Steffi ankam, traf sie auf Sandra, ihre Reitbeteiligung. »Grüß dich«, rief sie ihr fröhlich entgegen. »Lancelot erwartet dich bereits.«

»Exzellent gewählter Name«, sagte eine männliche Stimme mit starkem Akzent. Die beiden Frauen hatten sich daran gewöhnt, auf Gäste zu treffen. Viele ausländische Pferdebesitzer brachten ihre erstklassigen Pferde zum Bereiten in diesen Reitstall. Die Inhaber des Hofes in dem kleinen Ort Wampen genossen in Fachkreisen einen ausgezeichneten Ruf. Der Mann fuhr fort: »Träumt ihr zwei Schönen denn vielleicht von einem edlen Ritter, der euch erst entführt und dann verführt?«

Sandra und Steffi warfen sich einen vielsagenden Blick zu. Echt dreist dachte sich Steffi. Während sie ihn mit einem abweisenden, strengen Blick musterte, fragte sie schnippisch: »Wie heißt denn Ihr Pferd? Casanova?«

Steffi wunderte sich, wieso Sandra ihr den Ellbogen in die Seite stieß, als der Mann näher an sie herantrat und amüsiert grinsend erwiderte: »Das würde zwar gut passen, aber ich habe ihn Artus genannt!«

Dieser Schönling kommt mir bekannt vor, überlegte Steffi. Wo habe ich den schon mal gesehen? Sie kam nicht darauf und antwortete spöttisch: »Sie möchten wohl wie der sagenumwobene König Artur sein, dem alle Damen zu Füßen gelegen haben?«

Er lachte laut auf, verschränkte die Arme vor der Brust, beugte sich zu Steffi und flüsterte: »Leider ist nicht überliefert, wie viel Glück er beim weiblichen Geschlecht hatte. Also, ich kann mich jedenfalls nicht beklagen. Außerdem bewundere ich schlagfertige Frauen.« Er schenkte Steffi, die sich erneut überlegte, woher sie den Mann kannte, ein äußerst charmantes Lächeln.

Sandra, die bisher stumm neben Steffi gestanden hatte, bekam einen Hustenfall, als er fragte: »Ich möchte mit Artus, äh wie sagt man in Deutsch, Bewegung machen?«

Steffi grinste und korrigierte: »Sie meinen einen Ausritt?«

Er nickte: »Ausritt, ein sehr spezielles Wort! Wollen Sie mir etwas von der Gegend zeigen? Haben Sie Lust?«

Steffi zögerte einen Moment und schaute ihn skeptisch an. Wie er den letzten Satz betont hatte! Das klang herausfordernd und ziemlich frech. Sie spürte Sandras Ellenbogen erneut in ihrer Seite und antwortete: »Ja, gut, von mir aus, ich sattle Lancelot, wir treffen uns dann draußen.«

»Es ist mir ein Vergnügen«, freute er sich und ging nach einer galanten Verbeugung und mit federnden Schritten aus dem Stall.

»Rocco Anders!«, schnappte Sandra nach Luft. »Mensch Steffi, du hast eine Verabredung mit Rocco! Ich werde wahnsinnig, das glaubt mir niemand.«

»Bist du dir sicher?«, fragte Steffi skeptisch. »Bekannt kam er mir irgendwie vor. Aber ich kann mir nicht vorstellen, dass so ein Superstar extra wegen eines Pferdes nach Thiersheim kommt.«

»Artus!«, kreischte Sandra und sprang auf der Stelle auf und ab. »Ich fasse es nicht! Das ist definitiv Rocco, für mich der größte Schmusesänger aller Zeiten. Hier bei uns auf dem Reiterhof! Mir wird gleich ganz schwindlig!« Sie legte die Hand auf ihre Stirn und tat, als ob sie in Ohnmacht fallen würde.

Steffi fing an zu lachen, bis ihr die Tränen kamen, und Luft schnappend brachte sie hervor:

»Du solltest Schauspielerin werden, das dramatische Fach beherrscht du ja bereits und wärst bestimmt der Publikumsrenner. Her mit dem Sattel, denn wenn es tatsächlich Rocco Superstar ist, will ich ihn nicht allzu lange warten lassen. Aber das wird sich jetzt gleich herausstellen. Was für ein unverhofftes Abenteuer.«

Sandra half ihr und rollte mit den Augen, als ihre Freundin die Halle verließ. »Viel Spaß! Ich beneide dich!«, rief sie hinter ihr her.

Steffi winkte und flüsterte Lancelot zu: »Auf geht's.« Sie hielt ihn am kurzen Zügel, bis sie in den Innenhof kam.

Der Mann, der eine frappierende Ähnlichkeit mit dem Schmusesänger besaß, erkundigte sich freundlich: »Können wir? Ich bin so gespannt auf Artus' Entwicklung. Er ist seit drei Monaten hier, und ich bin neugierig, wie viel Training er noch braucht. Sollen wir später auch ein bisschen Tempo machen?«

Steffi schüttelte den Kopf. »Ich weiß nicht, ich habe erst vor einigen Jahren mit dem Reitsport angefangen. Keine Ahnung, ob ich mit Ihnen mithalten kann.«

»Wir werden sehen«, sagte der Mann und machte Anstalten aufzusitzen. Er hielt inne, zog seinen Handschuh aus und streckte Steffi seine Hand entgegen. »Verzeihen Sie, wie unhöflich von mir, dass ich mich noch nicht vorgestellt habe. Jack Devon, ich komme aus Cornwall.«

»Steffi Bach aus Thiersheim«, entgegnete sie schmunzelnd. Sein Lächeln verstärkte seinen jungenhaften Charme, und Steffis Herz tat einen Sprung. Streng rief sie sich zur Ordnung. Dieser Mann schien der Doppelgänger von Rocco Anders zu sein und brach die Frauenherzen bestimmt reihenweise. Da galt es, Vorsicht walten zu lassen. Andererseits, grübelte sie, bin ich ungebunden, na ja, nicht ganz, mein Herz gehört ja Martin.

»Steffi«, hörte sie Jack rufen und zuckte zusammen. »In welchem Traumland weilen Sie gerade?« Sie lachte, schwang sich in den Sattel und ließ Lancelot im leichten Trab gehen. Jack tat es ihr nach, und sie ritten schweigend nebeneinander her. »Schön hier«, sagte Jack schließlich und deutete auf einen Turm in der Ferne. »Was ist das?«

»Gehört zur Burgruine von Thierstein, von dort aus kann man einen fantastischen Blick ins Egerland werfen. Leider ist Burg 1725 abgebrannt.«

»In Cornwall gibt es auch viele verfallene Stätten!«, warf Jack ein.

»König Artur wurde in diesem Landstrich geboren, wenn ich mich recht erinnere«, wollte Steffi wissen.

Er nickte. »Ja, in Tintagel, dort strahlen selbst die wenigen vorhandenen Überreste etwas Majestätisches aus. Ob Artur tatsächlich gelebt hat oder nicht, ist für mich unwichtig. Ich finde den Gedanken an einen guten, mächtigen, unbesiegbaren und gerechten König einfach ermutigend«, erklärte Jack. Sie trabten durch die blühende

Sommerlandschaft, und er zeigte sich begeistert von Artus. Als sie später an Putzenmühle und Leutenberg vorbei galoppierten, wusste Steffi bereits, dass der 26-jährige Jack nicht nur wegen seines Pferdes in Thiersheim weilte. Er plante, in den nächsten Tagen in der Gitarrenmanufaktur einige Instrumente auszuprobieren und anschließend zu bestellen. »Es dauert etwas, bis sie geliefert werden, ich muss mich unbedingt mit der Gitarre vertraut machen und mich einspielen, bis zur kommenden Tou ...« Er verstummte abrupt.

Wollte er da gerade Tournee sagen?, überlegte Steffi. Sie hakte nach: »Sie spielen das Instrument bestimmt perfekt, wenn Sie sich eine so teure Gitarre kaufen wollen?«

Er sagte ausweichend: »Ach ja, was heißt perfekt?« Er wechselte unverzüglich das Gesprächsthema, und als sie am Reitstall ankamen, meinte er: »Danke, für Ihre Begleitung, der Ausritt hat mir sehr gut gefallen. Darf ich Sie heute Abend zum Essen einladen?«

Steffi entdeckte Sandra, die sich an der Pferdebox zu schaffen machte und sicher schon vor Neugierde platzte. Jack bemerkte ihr Zögern und versicherte mit einem verschmitzten Lächeln: »Ich meine wirklich nur ein Abendessen. Passt es Ihnen um 19.00 Uhr? Wenn Sie erlauben, hole ich Sie ab.«

»Nicht nötig, sagen Sie mir einfach, wo ich hinkommen soll.« Er nannte ihr eine Gastwirtschaft etwas außerhalb, die Steffi kannte und deren Küche einen ausgezeichneten Ruf genoss. »Eine sehr gute Wahl«, lobte sie. »Ich werde pünktlich erscheinen!«

»Es ist mir eine Ehre und eine Freude!«, bemerkte Jack galant und verabschiedete sich mit einer formvollendeten Verbeugung.

Sandra stürzte auf Steffi zu und rief: »Ich schmelze dahin, er sieht so unverschämt gut aus. Diese Augen! Wenn er einen anschaut mit diesem leichten Silberblick, so verletzlich und so furchtbar männlich. Die lockigen Haare finde ich auch so süß. Sie sind so ein Mittelding zwischen schwarz und braun, oder? Mensch, du bist ein Glückspilz, erzähl doch endlich! Wo wart ihr? Über was habt ihr euch unterhalten? Wie ist er?«

Steffi wuchtete den Sattel zu Boden und antwortete: »Ich komme ja nicht zu Wort, du redest wie ein Wasserfall.«

»Weil ich nervös bin!«, gestand ihre Reitfreundin, während sie eine Decke über den Pferderücken legte.

»Er ist bescheiden und unglaublich nett«, fing Steffi an zu berichten.

Sandra seufzte tief und stieß hervor: »Genauso dachte ich es mir. Unverstellt, ganz normal, eben ein Mann wie du und ich.«

Steffi schmunzelte: »Ein Mann wie du und ich? Ich für meinen Teil bin eine Frau.«

»Du weißt, was ich meine!«, erklärte Sandra vorwurfsvoll. »Weiter jetzt, über was habt ihr euch unterhalten?«

»Lässt dein Interesse vielleicht nach, wenn ich dir sage, dass er nicht Rocco Anders ist?«

Sandra zog eine Schnute und grummelte enttäuscht: »Echt, behauptete er das?«

»Nein, aber er hat sich mir ganz offiziell vorgestellt. Er heißt Jack Devon.«

Ein lauter Aufschrei ließ Lancelot vor Schreck hochsteigen, und auch Steffi zuckte zusammen. »Er ist es!«, kreischte Sandra begeistert. »Das ist sein bürgerlicher Name! Ich weiß alles über ihn, weil ich ihn doch so verehre. Wie irre ist das denn? Rocco bei uns in Thiersheim, wo ihm die ganze Welt zu Füßen liegt.« Sie hielt inne und fragte irritiert: »Äh, was macht er hier, außer sein Pferd bereiten zu lassen?«

Steffi lächelte und sagte: »Er will sich in der Manufaktur eine Gitarre kaufen, ich denke, dass vielleicht bald eine Tournee ansteht.«

»Auf welchem Planeten lebst du?«, tadelte Sandra. »Im Herbst startet seine bombastische Welttournee. Die größten Hallen in den berühmtesten Städten der Welt. Unter anderem in New York, Sydney, London, Paris, Moskau und Berlin.«

»Wie praktisch für dich«, bemerkte Steffi. »Dann hast du bestimmt eine Eintrittskarte für Berlin, oder? Ist ja nicht weit weg von uns.«

Sandra schniefte: »Salz in meine Wunde! Am ersten Vorverkaufstag saß ich Stunden vor dem Computer, um über das Internet eine Karte zu ergattern. Aber ich kam nicht durch. Die Verbindung ist dauernd zusammengebrochen. Server überlastet. Als ich endlich die Webseite des Ticketbüros öffnen konnte, stand dort bloß noch, dass das Konzert von Rocco ausverkauft sei.«

»Das ist ja echt bitter«, bedauerte Steffi ihre Freundin. »So nah und doch so fern, da fallen mir jetzt keine Trostworte ein!«

»Ja, oft ist das Leben knüppelhart«, stöhnte Sandra, um dann sofort weitere Fragen zu stellen: »Wie lange bleibt er? Werdet ihr nochmal zusammen ausreiten? Ach, wie gerne würde ich mit ihm einmal eine Stunde verbringen.«

»Ich habe eine Einladung zum Abendessen«, stellte Steffi sachlich fest. »Soll ich mich erkundigen, ob er Lust hat, mit dir durch die Gegend zu traben. Ich kann unter der Woche sowieso nicht.«

»Das würdest du machen? Du bist die Beste!«, lobte Sandra.

»Klar, tue ich doch gerne«, erklärte Steffi. »Aber du solltest bedenken, nachdem er mir nicht seinen Künstlernamen genannt hat, ist es gut möglich, dass er inkognito bleiben will, um sich hier unbehelligt bewegen zu können. Sicher ist es besser, nicht gleich überall hinauszuposaunen, dass er in Thiersheim ist.«

»Verstehe«, sagte Sandra nachdenklich. »Du hast recht, er genießt es bestimmt, mal unbeobachtet zu sein.«

»Genau das meine ich«, antwortete Steffi.

»Ich schweige wie ein Grab«, erklärte Sandra feierlich.

Als Steffi am Abend das gut besuchte Lokal betrat, sah sie Jack in einer entlegenen Nische sitzen. Er erhob sich, als sie näher trat. Aus dem

Augenwinkel heraus sah sie zwei bullige Typen am Nachbartisch sitzen, die ihre Blicke misstrauisch durch den Gastraum schweifen ließen. Seine Leibwächter?, überlegte Steffi. Jack begrüßte sie und stellte sie vor die schwere Aufgabe, ihm die angebotenen Gerichte der Speisekarte zu erklären. »What is a Schäufele?«, wollte er wissen.

»Pork«, sagte Steffi. Das wusste Jack bereits, denn er erzählte, dass er ein Faible für Schweinehaxen hatte. Wie sollte sie denn bitte veranschaulichen, was ein »Schäufele« ist? Sie deutete auf ihre Rippen und versuchte, es ihm so klarzumachen. Er lachte schallend und versicherte, dass er ab und zu auch gerne Menschenfleisch essen würde, heute aber ausnahmsweise nicht.

»Sauerbraten«, las er. »Fränkische Bratwürste, Wildgulasch, Kronfleisch.« Steffi rollte mit den Augen und bat die Bedienung, eine englischsprachige Speisekarte zu bringen. Das sorgte für etwas mehr Klarheit. Jack entschied sich für einen Rehbraten, und Steffi orderte ein Schäufele mit Kloß und Sauerkraut. Als das Essen kam und Jack das gewaltige Stück Fleisch auf Steffis Teller sah, fand er das äußerst vergnüglich. Er roch am Sauerkraut und erklärte, dass seine Großeltern die Deutschen immer nur »Krauts« nannten. Jetzt wisse er warum. Steffi knuffte ihn in den Oberarm, und er nahm ihre Hand in seine und erkundigte sich: »Are you married, Fräulein?«

Steffi grinste: »Nein, ich bin nicht verheiratet, aber ich habe einen Freund.«

»Und Sie?«, fragte sie zurück.

»Engaged!«, entgegnete er.

»Ah, das heißt verlobt!«, erklärte Steffi.

»Dieses ›Sie‹ und ›Du‹ in der deutschen Sprache ist so schrecklich kompliziert. Wie viel einfacher ist doch das englische ›you‹!«, sagte Jack.

Steffi antwortete: »Wir können uns auch duzen, wenn du willst!«

»Wahnsinnig gerne«, hauchte er und schenkte ihr einen schmachtenden Blick. Irritiert bemerkte sie, dass Jack begonnen hatte, ihre Hand sanft zu streicheln. Die leicht kreisenden Bewegungen seines Daumens in ihrer Handinnenfläche ließen sie erschauern. Mit einem heftigen Ruck zog sie ihren Arm zurück. Er runzelte die Stirn, schenkte ihr einen intensiven Blick aus seinen grünen Augen und seufzte: »Sorry, honey!« Steffi drohte ihm mit dem Zeigefinger und erinnerte ihn daran, dass er verlobt sei. »Es ist dramatisch mit mir«, raunte er. »Wenn ich eine attraktive Frau an meiner Seite habe, muss ich mit ihr einen Flirt beginnen!«

Steffi schüttelte den Kopf und flüsterte in sein Ohr: »*Bad, bad boy!*«

»Er zog sie an sich heran und sprach mit gedämpfter Stimme: »Bei dir wäre ich gerne ein böser Junge, das stelle ich mir aufregend vor.« Steffi rückte mit ihrem Stuhl ein kleines Stück vom Tisch weg. Er bedachte sie mit einem amüsierten Lächeln, das alsbald in ein breites Grinsen überging. »Du bist deinem Freund immer treu?«, fragte er, und es klang verwundert.

»Immer!«, sagte Steffi mit fester Stimme. Gleichzeitig musste sie auch an Martins zögernde

Haltung denken. Sie hatten sich lediglich einige Male geküsst. Genau genommen würde sie Martin nicht betrügen, wenn sie eine Affäre mit Jack anfinge.

Sie schaute zur Zimmerdecke und führte einen inneren Monolog: Davon könntest du deinen Enkeln erzählen! Meine Nacht mit dem weltberühmten Schmusesänger. Mach es, Steffi, man ist nur einmal jung. Falls du dich ernsthaft in ihn verliebst , ja – Pech gehabt. Aber vergiss nicht, er steht kurz davor zu heiraten. Es ist eine moralisch sehr verwerfliche Tat seiner künftigen Frau gegenüber! Schäm dich – Wolltest du nicht unbedingt mit Martin zusammenkommen? Und jetzt ziehst du die Möglichkeit in Betracht, mit einem anderen Mann ins Bett zu hüpfen. Pfui, Steffi!

Sie seufzte, suchte erneut den Blickkontakt mit ihm und forderte: »Komm, lass uns gehen.« Hoffnungsfroh zahlte Jack die Rechnung, und die bulligen Typen vom Nachbartisch folgten ihnen.

»Los, steig ein«, sagte Steffi knapp, und Jack quetschte sich in ihren Kleinwagen. Zuvor rief er den beiden Männern noch etwas zu, woraufhin sie sich eilig entfernten.

Steffi startete und fuhr los. »Was für ein klarer Sternenhimmel«, freute sich Jack. »Wie bei mir zu Hause! Den siehst du nur, wenn nicht zu viel künstliches Licht erstrahlt.«

Schweigend lenkte Steffi den Wagen durch die Nacht. Als sie an Martins Hof vorbeikamen, sagte Steffi: »Hier wohnt mein Freund.« Beim Haus ihrer Eltern erklärte sie: »Dort lebe ich mit meiner Mutter und meinem Vater. Wo soll ich dich hinbringen?«

Er nannte ihr eine Adresse, und als sie vorfuhr, sah er sie mit einem durchdringenden Blick an und raunte: »Ich bin bis Mitte nächster Woche in Thiersheim, falls du es dir doch noch überlegst. Du würdest es nicht bereuen!«

Steffi schüttelte den Kopf und musste über dieses Macho-Gehabe laut lachen. Irritiert schaute er sie an. »Hast du etwas zu schreiben?«, fragte sie. Er verneinte, und Steffi kramte im Handschuhfach nach einem Zettel. Sie fand ihn und kritzelte Zahlen darauf.

»Hier«, sagte sie. »Das ist Sandras Telefonnummer. Sie ist Single und würde sich glücklich schätzen, mit dir, Artus und Lancelot einen Ausritt zu machen. Ich muss morgen arbeiten, aber sie hat Zeit.

»Ja, was denkst du denn von mir?«, rief er empört.

»Vielleicht das Richtige«, flüsterte sie und schenkte ihm zum Abschied das reizendste Lächeln, das sie zustandebrachte.

»Ein Abschiedskuss?«, bettelte er. Steffi schüttelte den Kopf, und er seufzte: »Wie soll ich nur schlafen heute Nacht?«

Als Steffi später in ihrem Bett lag, wisperte sie: »Danke lieber Gott für die Versuchung. Jetzt weiß ich genau, dass mein Platz an Martins Seite ist. Ich habe immer nur zu ihm gehört. Mach bitte, dass er endlich merkt, dass ich die Frau bin, mit der er sein Leben teilen will, damit mein

Gefühlschaos ein Ende nimmt. Danke, Gott und gute Nacht!«

***

Das Geschäft mit den Hochzeitsplanungen entwickelte sich ausgezeichnet. Martin firmierte unter: »Thiersheimer Hochzeitsg'schichten.« Von Marktredwitz bis Selb entschlossen sich immer mehr Paare, ihre Vermählungsfeierlichkeiten von Martin organisieren zu lassen. Auch überregional hatte er durch einen Zeitungsartikel Aufmerksamkeit bekommen. Die außerordentlich gelungenen Feiern setzten eine äußerst effektive Mundpropaganda in Gang. Martin wunderte sich nicht, dass sich besonders die Feste am Waldesrand unter freiem Himmel großer Beliebtheit erfreuten. Da ihm dieses Stück Land gehörte, konnte er es immer mehr seinen Bedürfnissen anpassen. Er freute sich, dass sich auch die Priester bereit erklärten, im Sommer die kirchliche Trauungszeremonie in freier Natur vorzunehmen. Dieses Wochenende würde zum ersten Mal ein entsprechender Ritus bei der romantischen Lichtung des »Wegs der Ermutigung« stattfinden. Inzwischen arbeitete er mit einem Fotografen vor Ort, der ihm super Bilder und Videos von den Hochzeitsfeierlichkeiten lieferte. Die Schneiderei von Frau Bach hatte auch neuen Aufschwung genommen, denn so manche Braut folgte Martins Empfehlung und ließ sich ein exklusives Brautkleid oder -dirndl fertigen.

Mandy und Andreas trafen am Vorabend ihrer Vermählung in Thiersheim ein und wurden von Martin in Empfang genommen. Sie kamen aus Berlin. Als Brautjungfer ihrer besten Freundin hatte Mandy eine perfekte Hochzeit erlebt, daher wollte auch sie unbedingt Martin die Organisation übertragen. »Hattet ihr eine gute Anreise?«, fragte er, als Mandy aus dem Auto stieg und sich streckte.

»Ja, alles fein«, meinte ihr Bräutigam.

»Schaut, das ist euer Reich«, kündigte Martin an, während er die Haustür aufschloss. Er hatte inzwischen eine Wohnung angemietet, die den Hochzeitspaaren als Unterkunft diente. Die freundliche, helle, moderne, aber gemütliche Einrichtung und das neu gestaltete Bad mit einem Whirlpool kamen bei den Heiratswilligen gut an. Das Highlight befand sich im Schlafzimmer. Ein rotes Himmelbett stand den dann frisch Vermählten zur Verfügung, und am Tag nach der Hochzeit wurde zum vereinbarten Termin das Frühstück vor die Haustür gestellt.

»Super«, freute sich Mandy und Andreas sagte: »Du hast bestimmt nichts dagegen, wenn wir unsere eigene Fotografin mitbringen, oder?«

»Im Prinzip nicht«, meinte Martin. »Es ist zwar sehr kurzfristig, aber ich kann meinem Fotografen bestimmt noch absagen.«

»Du hast recht, sorry«, warf Mandy ein. »Das hat sich leider erst in letzter Sekunde so ergeben. Normalerweise ist Vivien nicht einfach zu bekommen. Lediglich aufgrund guter Beziehungen hat sie sich ausnahmsweise bereit erklärt mitzukommen.«

Martin erstarrte und erkundigte sich vorsichtig: »Vivien Langwang?«

»Genau die – eine Sensation, oder?«

»Das kann man wohl sagen«, bemerkte Martin bitter und spürte, wie eine unsägliche Wut in ihm aufstieg. Was bildete sich Vivien überhaupt ein? Wie dreist war das denn, hier persönlich aufzutauchen, nach all dem Wirbel, den sie verursacht hatte. Das Hochzeitspaar schien davon aber wirklich keine Ahnung zu haben, obwohl Martin dachte, jeder Mensch auf diesem Planeten wüsste von Marie Perusas vorzeitig veröffentlichten Hochzeitsbildern. Welchen Plan verfolgte Vivien nur, was wollte sie mit ihrem Besuch bezwecken? Einsilbig verabschiedete er sich mit der Ankündigung, das Brautpaar morgen früh rechtzeitig abzuholen.

»Vivien«, schimpfte er wütend vor sich hin, als er sich auf den Heimweg machte. Was führte sie bloß im Schilde?

Zu Hause meldete er sich im Internet an und gab Viviens Namen ein. Sofort sprang ihm die Schlagzeile einer Illustrierten an: »Das letzte Foto? Chefredakteur und Fotografin doch getrennt?«

»So ist das also!«, grummelte Martin. »Für mich ist unsere Beziehung definitiv erledigt, da braucht sie sich keine Hoffnungen mehr machen!« Er starrte noch einmal auf Viviens Bild, schaltete dann den PC aus. Um sich abzulenken, las er einen spannenden Krimi und ging viel zu spät ins Bett. Unruhig wälzte er sich hin und her, dachte an die sinnlichen Liebesnächte, die er mit Vivien verbracht hatte. Die tiefe Geborgenheit, die Nähe, das Verständnis und die liebevolle Zuwendung, die Steffi ihm entgegenbrachte, hatte er bei Vivien immer vermisst. Eine Aura des Unnahbaren umgab diese Frau, und er ärgerte sich, dass sie ihn jetzt auch noch wach hielt. »Schlaf jetzt Martin«, befahl er sich. Er wollte Vivien morgen früh nicht mit verquollen Augen und übermüdet entgegentreten, mit Sicherheit würde das Treffen mit ihr äußerst unerfreulich werden.

»Typisch Vivien«, dachte er sich am anderen Tag, als er sie in hohen Schuhen, die äußerst dünne Absätze hatten, auf die Lichtung zustöckeln sah. Mit Erstaunen nahm er zur Kenntnis, dass ihn seine Exfreundin komplett ignorierte. Sie hüpfte wichtigtuerisch um das Brautpaar herum, ihre Kamera klickte, und sie würdigte Martin keines Blickes. »Was will sie erreichen?«, sinnierte er unruhig.

»Kennen Sie den Weg zum Reiterhof?«, hörte er Vivien fragen und wunderte sich. Er wusste, dass sie Pferde hasste und überlegte, was sie dort zu suchen hatte. Niemand, den sie fragte, kannte den Weg, und Vivien schloss sich erst einmal der Hochzeitsgesellschaft an, die sich auf den Weg ins Gasthaus machte.

Martin rief Steffi an: »Gibt es im Moment irgendetwas Außergewöhnliches vom Reiterhof zu berichten.« Er merkte, wie Steffi zögerte und hakte nach: »Bitte Steffi, es ist wichtig. Vivien ist plötzlich hier aufgetaucht und erkundigt sich, wie sie zum Reitstall kommt. Du bist doch oft dort. Was kann für Vivien dort von Interesse sein?«

»Oh je«, seufzte Steffi. »Ich ahne etwas! Rocco Anders hat im Moment sein Pferd Artus zum Bereiten dort«

»Der Schmusesänger?«

»Genau!«

»Echt, der nennt sein Hottehü Artus, ich lach mich scheckig!«

»Martin«, drohte Steffi.

»Schon gut«, lenkte er ein. »Erklär mir bitte, was das bedeutet, ›zum Bereiten‹!«

»Mit viel Erfahrung und Einfühlungsvermögen wird ein junges Pferd auf seinen künftigen Reiter vorbereitet. Man bringt ihm bei, auf Kreuz, Schenkel und Zügel zu reagieren.«

»Verstehe«, meinte Martin. »Tut mir leid, aber was ist daran so interessant? Ich kann mir nicht vorstellen, dass Vivien einen Pferdestall fotografieren möchte.«

»Ich auch nicht«, sagte Steffi. »Rocco ist im Moment in Thiersheim. Er will das Tier bald nach Hause holen und außerdem bei der Gitarrenmanufaktur ein Instrument kaufen.«

»Diese Natter!«, schrie Martin. »Wir müssen unter allen Umständen verhindern, dass sie ein Foto von Rocco bekommt. Bist du vollkommen sicher, dass er es ist? Woher weißt du das überhaupt?«

»Wir sind mal gemeinsam ausgeritten«, erklärte Steffi.

»Aha«, sagte Martin irritiert. »Und wieso hast du mir das nicht erzählt?«

»Ja, ist das etwa ein Verbrechen oder was?«, schnappte Steffi.

»Na ja, wenn du dich mit einem Superstar verabredest, der den Ruf eines Weiberhelden hat, stimmt mich das schon nachdenklich«, warf Martin ein.

»Willst du mir unterstellen, dass ich mit jedem Mann gleich ins Bett steige?«, rief Steffi wütend, um von ihrem schlechten Gewissen abzulenken. Denn darüber nachgedacht hatte sie ja.

Martin warf ein: »Man wird ja seine Freundin doch noch fragen dürfen ob …«

Steffi unterbrach ihn. »Darf man nicht! Außerdem finde ich es interessant, dass du mich deine Freundin nennst. Bisher hatte ich nicht den Eindruck, dass …«

Er ließ sie nicht aussprechen und hakte nach: »Du weißt ja sicher, wo du ihn erreichen kannst. Sag ihm bitte, dass eine Fotografin hinter ihm her ist und dass ich ihm ein blaues Auge verpasse, wenn er die Finger nicht von dir lässt«, schnaubte Martin.

»Den ersten Teil deiner Botschaft werde ich ihm sehr gerne schnellstmöglich übermitteln«, versprach Steffi leicht schnippisch und beendete das Gespräch. Sie schüttelte den Kopf und murmelte: »Ja Martin, das schadet dir mal nicht, wenn du ein bisschen was zum Grübeln hast und auch mal merkst, dass mich durchaus auch ein anderer Mann attraktiv findet.«

Während Steffi versuchte, Sandra zu erreichen, klingelte es an der Haustür, und sie hörte die Stimme ihres Vaters. Kurz darauf vernahm sie ihren Namen und lief eilig nach unten. Jack stand vor ihr und streckte ihr einen gewaltigen Bund gelbe Rüben entgegen.

»Statt Blumen«, grinste er.

»Ist mir da was entgangen?«, fragte Herr Bach. »Ein neuer Verehrer?«

»Darf ich vorstellen, Jack Devon«, sagte Steffi. »Komm doch herein, Jack!« Er trat in den kleinen Flur, und Steffis Mutter kam durch die Küchentür und schaute erstaunt in die Runde. »Mama, das ist Jack Devon«, erklärte sie, und Frau Bach rief überrascht: »Wirklich? Das ist ja erstaunlich, für mich sehen sie aus wie Rocco Anders. Was für eine unglaubliche Ähnlichkeit!«

Jack wand sich verlegen, doch dann breitete sich das jungenhafte Grinsen, das ihn so unwiderstehlich machte, auf seinem Gesicht aus. Er schenkte Frau Bach einen tiefen Blick und seufzte: »Rocco Anders ist mein Künstlername, und ich hatte gehofft, dass ich in diesem kleinen Ort unbehelligt und anonym sein könnte.«

»Von mir erfährt niemand etwas!«, versicherte Steffis Mutter. Aber Sie müssen mir bitte ein Autogramm geben.«

»Versprochen!«, sagte er.

Steffi, die schweigend danebengestanden hatte, mischte sich ein: »Komm, wir gehen in mein Zimmer.« Steffi ignorierte den widerwilligen Blick ihres Vaters und stieg mit Jack die Treppe hinauf. Sie schloss die Tür und blaffte ihn an: »Egal ob Jack oder Rocco, wenn du auf eine Affäre aus bist, ruf Sandra an. Ich bin dazu nicht bereit.«

Er hob beide Hände nach oben und meinte: »Deshalb bin ich nicht gekommen. Ich habe auch Sandra nicht angerufen, denn dein Verhalten hat mich zum Nachdenken gebracht. Ich will bald heiraten und werde anscheinend auch in Kürze Vater. Es wird Zeit, dass ich etwas vernünftiger und erwachsener auftrete, oder?«

»Na, das ist doch mal ein ausgezeichneter Vorsatz!«, freute sich Steffi.

»Unser Ausritt hat mir so gut gefallen, können wir das nicht noch einmal wiederholen?«

Steffi zögerte und meinte: »Morgen am späten Nachmittag hätte ich Zeit. Aber du unterlässt jegliche Annäherungsversuche, verstanden?«

»Ich schwöre es!«, sagte er feierlich und fügte hinzu: »Bitte sag weiter Jack zu mir, ich mag den Namen Rocco nicht besonders.«

»Wird gemacht«, versprach Steffi und begleitete ihn ins Erdgeschoss. Sie öffnete die Haustür und da fiel ihr Martins Warnung ein. »Jack, das hätte ich fast vergessen. Es sieht so aus, als ob eine Fotografin von deinem Aufenthaltsort erfahren hat. Sie ist die Exfreundin meines Freundes, und er befürchtet, dass sie dir auflauern wird.«

»Gut, dass ich das weiß«, seufzte Jack dankbar. »Ich werde vorsichtig sein.« Er spähte zur Tür hinaus und fragte fast schüchtern: »Umarmung?«

Steffi lachte und entgegnete: »Du bist unverbesserlich, aber nachdem zwischen uns alles geklärt ist. Warum nicht!«

Ganz sacht legte er seine Arme um sie und zog sie näher heran. »Das tut gut«, behauptete er. »Ich kann ohne Frauen nicht leben. Ehrlich! Sie sind mein Lebenselixier.«

»Das klingt jetzt echt nach Hollywood«, feixte Steffi. Ein heftiger Windstoß erfasste die Haustür und drückte sie auf. Steffi musste, geblendet von Blitzen, die Augen schließen. »Was war das denn?«, fragte sie erschrocken.

Jack, der sie abrupt losgelassen hatte, sagte nur ein Wort: »Paparazzi!« So wie er es formulierte, lag darin Wehmut, Wut und Resignation. »Es tut mir leid«, murmelte er, und Steffi glaubte es ihm.

»Hoffentlich bekommst du keinen Ärger mit deiner zukünftigen Frau«, meinte Steffi.

Er lächelte unbeholfen und antwortete ausweichend: »Und du mit deinem Freund. Wie heißt die Fotografin mit vollem Namen? Für wen arbeitet sie? Wo lebt sie? Wo könnte ich sie finden? Ich schicke meine Jungs los, damit sie mit ihr sprechen. Meine Erfahrung hat bisher gezeigt, dass man mit Geld vieles regeln kann.«

»Bingo!«, jubelte Vivien, die mit ihrem Auto die Landstraße entlang raste. »Ein doppelter Treffer! Der schöne Rocco in den Armen einer anderen, die sich dazu noch einbildet, Martin für sich gewinnen zu können. An manchen Tagen läuft das Leben vorzüglich!«, lobte sich Vivien. Martin wusste nicht, dass sie in Berlin lebte. Sie würde die Fotos morgen meistbietend verkaufen und sich sogleich an Martins Rückeroberung machen. Ein Lächeln huschte über ihr Gesicht, als sie an die Blicke dachte, die er ihr auf der Lichtung zugeworfen hatte. Ihre Taktik, ihn komplett zu ignorieren, erwies sich im Nachhinein als richtig. Was für ein Glücksfall, dass sich dieser Rocco ausgerechnet an Steffi herangemacht hatte. Nun konnte Martin mal sehen, was die liebe Steffi so trieb, und er würde froh sein, wenn ihn Viviens tröstende Arme auffingen. Vielleicht gelang es ihr, ihn zu überreden, nach Berlin zu ziehen. Dort hatte sie bereits hervorragende Kontakte, die es ihm ermöglichen würden, weiter lukrative Promi-Hochzeiten zu planen. »Das wird alles so toll!«, schrie sie begeistert. »Wir werden ein herrliches Leben haben!«

Nachdem Jack das Haus verlassen hatte, rief Steffi bei Martin an. Sie hatte ein mulmiges Gefühl, da sie seine Reaktion schwer einschätzen konnte. »Wie es aussieht, hat Vivien ihr Foto bereits bekommen«, verkündete sie.

»Wo und wann?«, presste Martin hervor.

Steffi schluckte und sprach leiser: »Bei mir zu Hause, an der Haustür, wie ich mich gerade von Jack verabschiede.«

»Mit einem Kuss?«, fragte Martin gepresst.

»Nein, mit einer Umarmung. Martin, ich schwöre dir, zwischen mir und Jack ist nichts vorgefallen.«

Sie zuckte zusammen, als er ins Telefon schrie: »Hältst du mich eigentlich für blöd? Du warst sicher mit Jack in deinem Zimmer, und ich soll dir glauben, dass ihr lediglich eine gepflegte Unterhaltung geführt habt?«

»Bitte, Martin, lass uns doch vernünftig darüber reden«, flehte sie.

»Nein«, sagte er hart. »Was willst du mir sagen? Ich werde alles auf den Fotos bewundern können?«

Steffi stöhnte auf und bettelte: »Ich hatte irgendwie gehofft, dass du vielleicht auf Vivien einwirken könntest, dass sie die Bilder vernichtet. Jack möchte in Kürze heiraten und …«

»Das auch noch!«, rief Martin. »Selber schuld! Ich bin da machtlos. Sie hat eine neue Handynummer und ist von München weggezogen. Ich bin maßlos enttäuscht von dir.«

»Aber es ist gar nichts gewesen, worüber du dich aufregen müsstest«, schrie Steffi erbost. »Überleg doch, was Vivien für Ziele damit verfolgt.«

»Es ist mir egal, denn ich will weder von dir noch von ihr etwas wissen. Mir reicht es!« Er beendete das Gespräch.

»So ein Mist aber auch!«, ärgerte sich Steffi. Sie merkte, dass ihre Hand zitterte. Seine heftige Reaktion zeigte ihr, dass sie ihm wichtig war, aber so verletzt und wütend hatte sie ihn noch nie erlebt. »Hoffentlich beruhigt er sich wieder«, schniefte Steffi leise, während sie ein paar Tränen verdrückte. Es dauerte eine Zeit, bis sie ihre Fassung zurückgewonnen hatte. Sie ging nach unten, um ihre Eltern darauf vorzubereiten, dass sie ihre Tochter wohl bald in einer Illustrierten bewundern konnten.

Steffi sah Jack noch einmal im Reitstall. Er gab ihr das versprochene Autogramm mit Widmung für ihre Mutter. Da sie nicht wussten, ob Vivien es auf weitere Fotos angelegt hatte, verzichteten sie auf einen gemeinsamen Ausritt und unterhielten sich neben den Pferdeboxen. Bevor Jack den Stall betreten hatte, durchkämmten seine beiden Leibwächter jeden Zentimeter, um unliebsame Besucher aufzuspüren. »Ich habe bereits die perfekte Gitarre gefunden und werde in zwei Tagen nach England zurückkehren. Artus wird später von einem Spezialunternehmen zu meinem Anwesen gebracht«, erklärte Jack. »Hast du deinem Freund von dem Foto erzählt?«

Steffi nickte: »Er ist sehr gekränkt, und ich hoffe, dass er sich bald beruhigt.«

»Es tut mir unendlich leid«, bedauerte Jack. Er musterte sie mit zerknirschtem Gesichtsausdruck und bot ihr an: »Ich trete im Herbst in Berlin auf, darf ich dir eine Eintrittskarte für mein Konzert zukommen lassen?« Er verbesserte sich sofort: »Auch zwei natürlich.«

Steffi lächelte und sagte schließlich: »Ich weiß, dass Sandra wahnsinnig gerne zu einem deiner Auftritte fahren möchte, sie hat aber keine Karte mehr bekommen. Wenn es nicht zu unverschämt ist, könntest du mir eventuell auch drei Karten zurücklegen?«

»Selbstverständlich, nach all dem Durcheinander, das ich verursachte, ist es das Mindeste, was ich tun kann«, versicherte er.

Steffi wollte wissen: »Begleitet dich deine Freundin?«

»Hoffentlich«, stöhnte er. »Falls sie mir, wie schon öfter, mal wieder verzeiht. Ich hoffe, ich habe den Bogen nicht endgültig überspannt. Außerdem ist unsicher, ob sie schwanger ist. Darf ich dich anrufen?«

»Gern! Wir können uns auch E-Mails schreiben, ganz wie du willst. Du bist so ein sympathischer, toller Mann! Du hast es doch eigentlich gar nicht nötig, dein Selbstwertgefühl durch dauernde Eroberungen zu stärken.«

»Ich denk' drüber nach«, grummelte er. Sie reichten sich die Hände, und er schenkte ihr sein strahlendes Rocco-Anders-Lächeln, als er hauchte: »Auf Wiedersehen, Steffi.«

Als Richard eine Woche später die Illustrierte mit nach Haus brachte und gemeinsam mit Marianne durchblätterte, sagte diese mitfühlend: »Der arme Martin, ich glaub', ich mag das Foto gar nicht anschauen!«

»Unsinn«, schimpfte Richard. »Bevor wir es nicht gesehen haben, können wir uns kein Urteil erlauben.«

Als sie die Seite endlich gefunden hatten, schnaubte Marianne: »Absolut harmlos! Bloß eine Umarmung. Da verstehe ich jetzt nicht, wieso er so einen Aufstand macht.«

»Typisch Frau!«, entgegnete Richard schnippisch. »Das schaut intim und innig aus. Schau dir Roccos Blick an. Da läuft bei mir sofort ein Kopfkino ab, was vor diesem Abschied alles passiert sein könnte.«

»Ach so? Ja, was denn alles?«, fragte Marianne provozierend.

Richard lachte laut auf: »Denk dir selber was aus! Ein charmanter Schmusesänger mit dem Ruf eines Frauenverstehers und eine junge, äußerst attraktive Frau.«

»Du meinst? Also nein, doch nicht Steffi«, stammelte Marianne. »Andererseits ist sie ja nicht mit Martin verheiratet.«

Richard überflog die Bildunterschrift. »Thiersheim ist erwähnt«, stellte er fest. »So oft wurde unser Ort schon lange nicht mehr in der Presse genannt! Wenigstens Werbung für uns. Außerdem ist Martins Stadel erwähnt.« Richard stand auf. »Ich fahre jetzt zu ihm. Dem armen Kerl geht es bestimmt schlecht.«

»Gute Idee«, bestätigte Marianne. »Aber bleib lieber bei meiner ›das-ist-doch-alles-harmlos‹-Version!«

»Danke für diesen Rat, mein Schatz«, flötete Richard sarkastisch. Er drehte sich noch einmal um und fragte vorsichtig: »Was hättest du denn getan, wenn Rocco Anders versucht hätte, bei dir zu landen?«

»Hat er ja nicht«, warf Marianne ein.

»Nur mal so in der Theorie«, wollte Richard wissen.

»Praktisch und theoretisch würde ich unsere Ehe niemals für eine kurze Affäre gefährden, selbst Rocco wäre da chancenlos. Ich bin sehr glücklich mit dir!«

Gerührt zog Richard seine Frau in seine Arme und flüsterte: »Da bin ich aber froh!«

»Und Steffi denkt genau so, auch wenn Martin das offensichtlich bisher nicht bemerkt hat«, konterte Marianne. »Er hätte sich intensiver um sie bemühen müssen, aber für Vorwürfe ist jetzt nicht die richtige Zeit.«

Am Abend des gleichen Tages bekam Steffi einen Anruf von Rocco. Seine Freundin hatte sich von ihm getrennt. »Sie sagt, dass sie unser Kind lieber alleine aufzieht, als immer aus der Zeitung zu erfahren, dass ich sie schon wieder betrogen habe«, jammerte er. »Es ist ungerecht, dass sie mich ausgerechnet jetzt verlässt, wo ich ihr dieses Mal treu geblieben bin«, klagte er.

»Aber auch nur, weil ich nichts mit dir anfangen wollte«, korrigierte Steffi. »Stimmt«, gab er kleinlaut zu.

»Soll ich mal versuchen, mit ihr zu reden?«, bot Steffi an.

»Ich fürchte, das wird zwecklos sein«, seufzte er. »Dennoch wäre ich dir sehr dankbar, wenn du es probieren würdest. Hast du am Wochenende Zeit? Ich schicke dir meinen Privatjet, der dich abholt.«

»Das würde bloß für weitere Irritationen sorgen«, warnte Steffi. »Ich komme lieber mit der

Linienmaschine, und du lässt mich dann abholen. Ich hoffe, ich kann Martin davon überzeugen, mich zu begleiten.«

Als Richard auf Martins Hof fuhr, sah er, dass im Stadel Licht brannte. Er ging hinein und sah seinen Freund auf einer Leiter stehen. Er hing gerade Girlanden auf. »Goldene Hochzeit – wir gratulieren!«, las Richard laut vor. »Stimmt, das ist ja übermorgen, da habe ich auch eine Einladung! Du wirkst so ruhig, hast du die Illustrierte nicht gesehen?« Wortlos zeigte Martin mit dem Hammer, den er in der Hand hielt, auf einen der Tische, auf dem die Zeitschrift lag. »Ich glaube, zwischen den beiden ist nichts vorgefallen. Marianne meint auch, dass es lediglich eine unschuldige Umarmung war.«

»Ach ja«, schnaubte Martin. »Wie blauäugig muss man sein, das als harmlos anzusehen? Sieh dir doch seinen Blick an! Der zieht sie doch förmlich aus! Wie würde wohl Steffi reagieren, falls sie ein Bild zu sehen bekäme, das mich und Vivien in so einer Pose zeigt?«

»Gute Idee«, fand Richard. »Probier es aus!«

»Auge um Auge, Zahn um Zahn?«, lästerte Martin. »Das ist mir zu blöd! Wenn sie mich nicht will, soll sie es lassen!«

»Hast du mit Steffi gesprochen?«, hakte Richard nach.

»Ja, sie hat mich angerufen und mich schon darauf vorbereitet, dass diese Fotos erscheinen könnten.«

»Ich denke, das Vivien das alles ganz gezielt geplant hat. Sie versucht, einen Keil zwischen euch zu treiben, dazu solltest du es aber nicht kommen lassen«, warnte Richard.

»Mal sehen«, knurrte Martin. »Ich muss weitermachen. Ist das nicht unglaublich, 50 Jahre verheiratet zu sein? Und ich schaffe es nicht einmal, eine Frau zu finden, die mich überhaupt heiratet.«

Richard grinste und meinte: »Nicht so melodramatisch, Herr Hochzeitsplaner. Sprich vernünftig mit Steffi! Und hör auf den Rat deines Freundes und eines langjährigen Ehemannes!«

Er hat recht, dachte Martin und hielt sein Telefon unschlüssig in der Hand. Wieso führe ich mich so kindisch auf? Ein derart kopfloses Verhalten führt doch zu nichts. Während er Steffis Nummer raussuchte, kam im gleichen Moment ein Anruf von ihr! »Hallo Stefferl«, meldete sich Martin, und sie stöhnte erleichtert: »Oh, das klingt wesentlich freundlicher als bei unserem letzten Telefonat!«

»Soll es auch«, knurrte er.

»Obwohl heute die Fotos erschienen sind?«

»Ja, ich sehe eine Umarmung zwischen zwei guten Freunden, so spektakulär ist das doch nicht. Wieso die Zeitung solche Bilder überhaupt kauft, ist mir ein Rätsel.«

Steffi seufzte tief und fragte: »Da heißt, alles ist wieder gut?«

»Von mir aus schon«, bestätigte Martin. »Aber als du mir das erzählt hast, hatte ich wirklich

Angst, dich zu verlieren. Du bist eine bildhübsche, junge Frau, und Rocco genießt so einen gewissen Ruf. Doch so gut sollte ich dich kennen, um zu wissen, dass so etwas nicht dein Stil wäre.«

»Stimmt genau«, meinte Steffi. »Ich bin froh, dass zwischen uns alles klar ist, aber Rocco steckt in enormen Schwierigkeiten.« Als sie ihm davon erzählte, erklärte sich Martin tatsächlich bereit, mit Steffi am Wochenende nach England zu fliegen, um mit Jacks Freundin zu sprechen.

»Falls Richard und Marianne im Stadel einspringen und meine Eltern helfen, kann ich dich begleiten. Ich habe am Samstag eine riesige Geburtstagsfeier, aber ich kann alles so weit vorbereiten.«

***

Die zwei bulligen Kerle, die Steffi bereits von Jacks Thiersheim-Besuch kannte, holten die deutschen Gäste am Flughafen ab und brachten sie direkt zu Jacks Landsitz. Steffi wollte natürlich den Pferdestall sehen, und Martin war von den Dimensionen des Anwesens beeindruckt. »Gehörte einmal einem Lord, der sogar mit dem englischen Königshaus verwandtschaftliche Beziehungen unterhielt«, erklärte der Sänger. »Doch da er kein Geld mehr hatte, die Gebäude zu sanieren und zu unterhalten, verkaufte er sie.«

»Wirklich großartig«, meinte Martin beeindruckt.

»Ja, es ist praktisch, dass es so viele kleine Häuschen neben dem Herrenhaus gibt. Das Personal wohnt separat, das ist einfach angenehmer.« Er schlug Steffi einen Ausritt vor, und sie schaute unsicher zu Martin.

Er grinste, gab ihr einen Kuss auf den Mund und sagte: »Er ist so sympathisch, so wie du es mir geschildert hast. Die Landschaft ist traumhaft schön, das solltest du dir nicht entgehen lassen.«

Jack gab Anweisung, den Gästen ihre Unterkunft zu zeigen. Sie wohnten in einem kleinen Häuschen, das sich etwas entfernt vom Haupthaus befand. Passend zu dem alten Cottage hatte man es im Innern mit antiken englischen Holzmöbeln versehen. »Wow – ich habe nicht gedacht, dass es noch viel Plüsch und Rüschen gibt«, wunderte sich Steffi. »Aber es ist wunderbar und passt perfekt hierher!« Sie nahm eine ausgiebige Dusche und zog sich um. Jack stellte ihr Reitkleidung zur Verfügung, die zwar nicht gut saß, aber für einen kurzen Ausritt ausreichen würde.

Martin fläzte sich bequem vor dem riesigen Flachbildschirm und schaltete von Sender zu Sender. »Vierhundert Kanäle«, rief er Steffi zu, »und sogar deutsches Fernsehen!«

»Gute Unterhaltung«, wünschte Steffi und machte sich auf den Weg zum Pferdestall. Dort standen neun Tiere, eins davon war ein Rennpferd, das sich regelmäßig mit den Tieren der Queen messen durfte.

»Bisher ohne Erfolg, die Königin beschäftigt einfach die besseren Jockeys«, gab Jack schweren Herzens zu. »Aber ich gebe nicht auf, irgendwann bekomme ich den Pokal – und zwar aus der Hand meiner Queen!«

Als sie von ihrem Ausritt zurückkamen und Martin in Steffis glückliche Augen blickte, freute er sich mit ihr. Nach dem Dinner führte Jack sie in sein Tonstudio, das sich gleich neben dem Schwimmbad befand. Am anderen Morgen sollte sie ein Wagen zur Wohnung seiner Freundin bringen. Er hoffte, dass es den beiden gelingen würde, sie zu überzeugen, ihm noch eine Chance zu geben. »Sag mal, Jack, du nennst sie immer nur ›Sweety‹, wie ist denn ihr richtiger Name?«

»Felicitas.«

Steffi fixierte ihn mit zusammengekniffenen Augen und gerunzelter Stirn und fragte: »Kein Künstlername?«

Er schüttelte den Kopf. Steffi beschlich eine Ahnung, aber noch wollte sie es nicht glauben. »Wie ist ihr Nachname?«

»Miller«, knurrte er unwillig.

Steffi fing an zu lachen und konnte sich kaum beruhigen. »Ich fasse es nicht«, stieß sie hervor, als sie sich langsam erholt hatte. Martin schaute erstaunt und wusste nicht, was ihren Heiterkeitsausbruch verursacht hatte. »Sandra, meine Reitfreundin, hat mir von Felicitas Miller erzählt. Sie ist eine berühmte Fernsehköchin, die in jeder ihrer Sendungen furchtbar über die Männer lästert und ganz besonders gerne Witze auf Kosten von Rocco Anders und seinen Schmusesongs macht. Daher die Geheimnistuerei, oder?«

Jack nickte und ließ mutlos den Kopf hängen. »Wir sind seit drei Jahren ein heimliches Liebespaar. Jetzt ist sie schwanger geworden, und wir wollten heiraten. Na ja, bis zu dem Vorfall mit den Fotos. Ich habe dir ja erzählt, dass ich nicht immer treu gewesen bin. Trotzdem hat sie mir jedes Mal verziehen. Glaubt mir bitte – es ist die ganz, ganz große Liebe mit uns beiden. Ich will Feli zurück, unbedingt!«

»Diese Story würde Vivien gefallen«, knurrte Martin.

»Ich finde es unmöglich, dass du jetzt an sie denkst«, giftete Steffi, »während wir hier die größte Liebesgeschichte aller Zeiten hören!«

Martin lachte, gab Steffi einen schnellen Kuss und raunte: »Meine Romantikerin!«

Am anderen Morgen machten sie sich nach einem umfangreichen englischen Frühstück auf den Weg. Als sie in den Wagen stiegen, der sie in den kleinen Ort Bodmin zu Felicitas bringen sollte, sah Steffi, wie Jack nervös seine Hände knetete. Der arme Junge, dachte sie. Während sie schweigend durch die Landschaft brausten, überlegte sie, wie sie Felicitas am besten davon überzeugen könnte, dass Jack sie in Thiersheim nicht betrogen hatte. Sie fuhren in einen hübschen Ort hinein, und Jack zeigte auf ein Haus und raunte: »Das ist es!«

»Nicht anhalten!«, schrie Martin, sodass sie erschrocken zusammenzuckten. »Da vorne steht Vivien!« Jack gab den entsprechenden Befehl, und dank der abgedunkelten Scheiben bekam Vivien nicht das Motiv, das sie sich wohl gewünscht hatte. »So ein Mist!«, schimpfte Martin. »Wie kommt denn die hierher? Ich fasse es nicht!«

»Hast du ihr unser Reiseziel verraten?«, fragte Steffi leise.

»Ja spinnst du?«, rief Martin empört. »Selbstverständlich nicht! Diese Schlange lässt tatsächlich nichts unversucht, unser gegenseitiges Vertrauen zu erschüttern.«

»Tut mir leid«, entschuldigte sich Steffi. »Woher weiß sie das nur nun schon wieder?«

»Mir fällt nur eine Möglichkeit ein«, sagte Jack mit ernstem Gesicht. »Einer meiner Leibwächter muss mit ihr in Verbindung stehen.«

»Das wäre eine Idee!«, bestätigte Martin.

»Ich finde das heraus«, behauptete Jack. »Aber wie kommt ihr jetzt zu Felicitas, ohne dass euch Vivien sieht?«

Ratlos sahen sie sich an, da hatte Martin einen Einfall. »Ich gehe zu Vivien und stelle sie zur Rede, währenddessen kann Steffi versuchen, mit Felicitas zu sprechen.«

Jack bemerkte skeptisch: »Ob Feli dich empfängt?«

»Wir müssen es probieren«, schlug Steffi vor. Sie stiegen einen Straßenzug früher aus dem Auto. Martin kam von der linken Seite, und Steffi ging von der rechten Seite auf das Haus zu. Während Martin Vivien ablenkte, drückte Steffi aufgeregt den Klingelknopf. Als eine Stimme schroff sagte, dass sie nichts spenden oder kaufen würde, flüsterte Steffi in der Hoffnung, dass Martin laut genug mit Vivien debattierte: »Es geht um Jack. Bitte, ich muss dringend mit Ihnen sprechen.«

»Wer sind Sie?«

»Stefanie aus Thiersheim in Deutschland. Ich flehe Sie an, es ist wichtig!« Zu Steffis Überraschung ertönte ein piependes Geräusch, und die gewaltige, schmiedeeiserne Tür öffnete sich automatisch. Eilig schlüpfte Steffi hindurch und drückte das Tor hinter sich zu. Sie atmete tief durch und ging auf einem gepflegten Kiesweg auf das imposante Haus zu. An der Eingangstür stand eine schlanke Frau, und Steffi bemerkte, dass sie genauso überrascht schaute wie sie selbst. Sie sahen sich sehr ähnlich, vor allem die Farbe und die Form ihrer Haare schienen nahezu identisch.

»Felicitas«, stellte sie sich vor und streckte Steffi die Hand entgegen.

»Steffi«, sagte diese und drückte die ihr dargebotene Hand.

»Sie können gerne deutsch mit mir sprechen, meine Großmutter kommt aus Selb.«

»Echt? Ich wohne ganz in der Nähe«, rief Steffi überrascht und konnte nicht verhindern, dass ihr musternder Blick sich auf den Bauch von Felicitas richtete.

Sie bemerkte das und sagte lächelnd: »Ich bin definitiv nicht schwanger, alles nur ein Wunschtraum von Jack.« Felicitas bat sie in ihr geschmackvoll eingerichtetes Wohnzimmer. »Setzen Sie sich«, bat sie und zeigte auf eine mit hellem Rosenmuster überzogene Couch. »Rauchen Sie?«, fragte sie Steffi. Diese schüttelte den Kopf, und Felicitas seufzte: »Ich sollte es auch besser lassen. Aber wenn mir schon einmal eine von Jacks Geliebten persönlich ins Haus schneit, muss ich mir eine anzünden.« Sie griff in die Schachtel, holte sich eine Zigarette heraus, zündete sie an und zog genussvoll daran.

»Sie irren sich. Zwischen Jack und mir war nichts«, entgegnete Steffi vollkommen ruhig und berichtete über den Verlauf der Geschehnisse.

Als sie geendet hatte, erhob sich Felicitas und meinte: »Ich mache uns jetzt erst einmal Tee.« Als sie mit einem Tablett aus der Küche zurückkam, lächelte sie Steffi an und fragte: »Wo ist Jack?«

»Keine Ahnung«, sagte Steffi ehrlich. »Ich denke, er ist zu seinem Landsitz zurückgekehrt. Die Fotografin, die bereits die Bilder von Jack und mir in Deutschland geschossen hat, wartet vor Ihrem Haus auf irgendwelche interessanten Schnappschüsse.«

Felicitas runzelte die Stirn und stieß hervor: »Die soll sie auch bekommen!«

Martin, dem es nicht gelungen war, Vivien davon zu überzeugen, ihre Position vor Felicitas Anwesen aufzugeben, starrte ungläubig auf das große Tor, das sich langsam öffnete. Vivien lachte ihn triumphierend an und brachte ihre Kamera in Stellung. »Lass das!«, schrie Martin empört und versuchte, ihr den Fotoapparat zu entwinden.

Er hangelte mit Vivien, als eine Frauenstimme befahl: »Aufhören! Wir befinden uns in einem freien Land, und Sie behindern die Presse!«

Verblüfft ließ Martin Vivien los, die sofort Felicitas ins Visier nahm und auf den Auslöser drückte. Fassungslos starrte er auf die hochschwangere Frau, die gelassen am Tor stand und sich nicht gegen die aufdringliche Vivien wehrte. »Haben Sie alles im Kasten?«, fragte sie schließlich. »Die schwangere Freundin von Rocco Anders?«

»Perfekt!«, freute sich Vivien, worauf Felicitas raunzte: »Dann gehen Sie jetzt bitte und hören Sie auf, mein Haus zu belagern!«

»Selbstverständlich, und danke für Ihre Kooperationsbereitschaft«, rief Vivien. »Martin, magst du mit mir kommen, ich habe ein schnuckliges Hotelzimmer«, gurrte sie.

»Nein, auf gar keinen Fall, ich finde dein Verhalten unmöglich«, stellte Martin sachlich und entschlossen fest.

»Na ja«, entgegnete Vivien schnippisch. »Ist vielleicht auch gut so, die kleine Bäuerin passt sicherlich besser zu deinem neuen Landleben.«

»Hau bloß ab jetzt!«, brüllte Martin wütend. »Sonst ...!«

»Huch, da bekomme ich ja gleich Angst«, ätzte sie, drehte ihm den Rücken zu und stolzierte die Straße entlang auf ihren Wagen zu. Martin, der ihr am liebsten nachgelaufen wäre, wurde durch Felicitas aufgehalten, die ihn ins Haus bat.

»Wie konnten Sie das tun?«, wollte Martin wissen.

Sie lächelte und bat ihn ins Haus, und als sie im Wohnzimmer ankamen, sagte sie zu Steffi: »Komm mit ins Schlafzimmer und hilf mir!«

»Gerne«, sagte Steffi. Martin ließ sich erschöpft auf die Couch fallen.

Nach einiger Zeit kamen die Frauen zurück, und Martin raunte kopfschüttelnd, als er die schlanke Felicitas sah: »Jetzt verstehe ich gar nichts mehr!«

Sie lachte und erklärte: »Ganz einfach, sie wird Fotos verkaufen, die sich als wertlos erweisen, da ich nicht schwanger bin. Man wird sie verdächtigen, dass sie die Bilder im Nachhinein bearbeitet hat, und ich werde ihr meinen Anwalt auf den Hals hetzen! Dicksein heißt nicht gleich in anderen Umständen sein, oder?«

»Das ist heftig«, schluckte Martin.

»Aber effektiv«, erwiderte Felicitas. »Fahrt jetzt zu Jack und sagt ihm, dass ich bereit bin, mit ihm zu sprechen. Er kann heute Abend herkommen.« Sie verabschiedeten sich und überbrachten Jack die gute Nachricht.

Außer sich vor Freude schickte er einen Diener los, der sofort einen großen Strauß rote Rosen besorgen sollte, und verkündete Martin und Steffi: »Wenn sie mich zurücknimmt, mache ich ihr nochmal einen Heiratsantrag, aber diesmal mit exaktem Terminvorschlag. Der Gedanke, sie für immer verloren zu haben, hat mir entsetzlich zugesetzt. So müssen sich die Qualen der Hölle anfühlen! Dennoch ist es mir gelungen, in all meiner Pein einen neuen Song zu schreiben. Gut möglich, dass er deswegen so gut klingt.« Martin und Steffi warfen sich, ob dieses Gefühlsausbruchs einen amüsierten Blick zu. »Leute, ihr solltet auch daran denken, euch zu vermählen«, rief er euphorisch.

»Wir kennen uns doch erst …«, fing Steffi zu sprechen an.

Martin unterbrach sie, kniete sich vor sie hin und sagte: »Steffi, wir hatten bereits wundervolle Zeiten, und ich verspreche dir, dass wir eine herrliche Zukunft haben werden, wenn du dich entschließen könntest, mich zu heiraten. Mich würde dein Jawort mehr als nur überglücklich machen.«

Jack klatschte in die Hände: »Oh wie schön!«

Steffi blickte ein wenig unglücklich drein und bat Martin: »Das kommt so plötzlich, ich möchte wenigstens eine Nacht darüber schlafen dürfen.«

»Verstehe«, grummelte er, doch sein enttäuschter Gesichtsausdruck sagte etwas anderes.

Was ist denn nur los mit mir, dachte Steffi. Ich liebe ihn, all die Jahre habe ich davon geträumt, dass ein Wunder geschieht und er zu mir zurückkehrt. Jetzt passiert es und er macht mir sogar einen Antrag. Wieso bin ich unsicher? Wieso muss die Liebe immer so kompliziert sein?

Martin schaute sie am nächsten Morgen beim Frühstück zwar erwartungsvoll an, aber er fragte sie nicht, ob sie zu einer Entscheidung gekommen sei. Jack schien von seinem Versöhnungsbesuch bei Felicitas noch nicht zurück. Ohne sich von ihm verabschieden zu können, machten sie sich auf den Weg zum Flughafen.

»Wie beeindruckend das von hier oben ausschaut«, rief Steffi begeistert, als sie über das

Fichtelgebirge flogen. »Unfassbar viel Wald. Das sieht man erst aus der Luft.«

»Ja«, bestätigte Martin. »Leider auch die hässlichen Strommasten, die Photovoltaikanlagen und die Windräder!«

»Ja, irgendwo muss die Energie ja herkommen!«, erwiderte Steffi.

»Dann lieber Windräder«, meinte Martin. »Gerade erst habe ich in der Zeitung gelesen, dass durch unseren Naturpark massive Stromtrassen gebaut werden sollen!«

»Das kann ich mir gar nicht vorstellen«, sagte Steffi. »Der Tourismus ist doch wichtig für uns, und die Menschen kommen vor allem wegen der unberührten Natur ins Fichtelgebirge.«

»Genau«, warf Martin ein. »Außerdem sind so gewaltige Starkstromautobahnen für die Gesundheit von Kindern äußerst schädlich. Hier schau, das ist der geplante Verlauf.«

»Aber das geht doch nicht!«, rief Steffi entsetzt. »Das führt ganz nahe an deinem Anwesen vorbei.«

Martin schaute sie verblüfft an: »Wieso regst du dich denn so darüber auf?«

Steffi verschränkte die Arme und fragte verschmitzt: »Ist es nicht immer noch üblich, dass nach der Hochzeit die Frau zum Mann auf den Hof zieht?«

Martin runzelte die Stirn und langsam dämmerte ihm, was sie gesagt hatte. »Stefferl!«, rief er. »Du sagst Ja? Dann willst du mich heiraten?«

»Ja, ja, ja«, lachte Steffi glücklich.

»Puh, du hast es aber spannend gemacht«, klagte Martin.

»Zwei Kinder möchte ich, mein Pferd will ich behalten und als Dorfhelferin werde ich auch weiterarbeiten, auch wenn dann der Nachwuchs da ist.«

Martin zog sie in seine Arme und raunte: »Jetzt wird erst mal geküsst, mein Stefferl, dann können wir verhandeln.«

Martin hatte seinen Vater gebeten, ihn am Flughafen abzuholen. Als er Arm in Arm mit Steffi aus der Ankunftshalle trat, rief Sixtus erfreut: »Ja, trau' ich meinen Augen? Habt ihr endlich gemerkt, dass ihr zusammengehört. Das wird Mama aber freuen, dass wir unsere Wunschschwiegertochter bekommen! Ich freu' mich für euch!«

»Danke«, sagte Steffi und lächelte schelmisch: »Ich lass' deinen Sohn auch nimmer los, nach dem ganzen Durcheinander will ich einfach nur glücklich sein!«

»Hervorragender Plan«, amüsierte sich Sixtus. »Müsst ihr halt den lieben Gott bitten, dass er seinen Segen dazu gibt.«

»Gute Idee«, nickte Steffi ernsthaft und kniff Martin leicht in den Arm, als sie sein skeptisches Gesicht wahrnahm.

»Aua!«, schrie er. »Papa, es geht schon los, die hat mich gezwickt!«

»Rein in den Wagen mit euch Turteltauben«, befahl Sixtus. »Die Parkgebühren hier am Flughafen sind kein Pappenstiel!«

Sixtus setzte seine Schwiegertochter in spe bei ihren Eltern ab und fuhr zum Meininger-Hof. Als er aus dem Auto stieg, kam Ingo aufgeregt schnatternd auf ihn zugewatschelt und pickte ihn ins Hosenbein.

Martin beugte sich zu ihm und tätschelte seinen Kopf. »Aber Ingo, was hast du für schlechte Manieren!«

Anni kam gelaufen und beschwerte sich: »Seit Stunden ist der Ganter außer Rand und Band. Er vermisst seinen Ziehvater und schimpft in voller Lautstärke! Mir fallen bald die Ohren ab!«

Sixtus legte den Arm um seine Frau und verkündete: »Annerl, es gibt Neuigkeiten!«

Anni freute sich über Martins Heiratsabsichten. Martin berichtete, was sie in England erlebt hatten. »Diese Vivien – hoffentlich ist mit der jetzt endlich einmal Ruh'«, schnaufte Sixtus.

Am Abend stellte Martin kopfschüttelnd fest, dass sich Balu mit Ingo angefreundet hatte. Balu lag bequem zusammengerollt auf dem Sessel im Omazimmer, an ihn gekuschelt Ingo. Das bot so ein rührendes Bild, dass Martin es nicht fertigbrachte, die beiden zu verscheuchen. »Aber wenn Steffi hier schläft, geht das nicht!«, murmelte er in Richtung der Tiere. Ja, dachte er sich. Langsam sollten Steffi und ich jetzt auch einmal eine Nacht miteinander verbringen.

Felicitas schwanger! Wird Rocco Vater?, lautete die Schlagzeile der Illustrierten, die dann einige Tage später erschien. Die Fotos zeigten eine offensichtlich hochschwangere Felicitas. Bereits wenige Stunden danach flatterte jedoch das Dementi von Roccos und Felicitas' Anwälten auf den Schreibtisch des Chefredakteurs. Schmerzensgeldforderungen folgten, und Vivien steckte in gewaltigen Schwierigkeiten.

»Die haben mich reingelegt!«, beklagte sie sich. Doch wie sollte Vivien das jemals beweisen? Sie beschloss, erst einmal von der Bildfläche zu verschwinden und ihre Wunden zu lecken. Und sie schwor, diese Tat nicht ungerächt zu lassen.

Martin bekam eine E-Mail von Jack, in der er sich bei ihm und Steffi für die Unterstützung bedankte. Nachdem Jack erfahren hatte, dass Felicitas' Oma aus Selb stammte, war in ihm die Idee gereift, die Hochzeit in Thiersheim zu feiern. Zumal man Felicitas' Großmutter aufgrund einer Herzerkrankung keine weite Reise mehr zumuten wollte. Martin freute sich über Jacks Plan, gab jedoch zu bedenken, dass er nicht garantieren konnte, dass Thiersheim eine paparazzifreie Zone sei.

***

Mit dem Hochsommer kamen viele Touristen ins Sechsämterland, wie dieser Teil des Fichtelgebirges rund um Thiersheim auch genannt wurde. Martin veranstaltete im Stadel Volksmusikabende und bot die Thiersheim-Torte zum Verkauf an, die sich alsbald als Kundenmagnet herausstellte. Jeden Tag wurde sie von Anni frisch zubereitet.

Bei Bedarf half Anni im Stadel mit und blühte sichtlich auf, seit Martin wieder zu Hause lebte. Sixtus hatte voller Elan begonnen, den angesammelten restlichen Krimskrams aus dem ehemaligen Schweinestall zu räumen. Emsig verkaufte er die für ihn überflüssig gewordenen Gegenstände auf dem Flohmarkt und entsorgte viele Dinge auf dem Wertstoffhof. Er arbeitete fleißig im Wald und bestellte die Felder vollkommen alleine: keine Spur mehr von Krankheit oder Erschöpfung.

Eines Abends fragte Martin: »Sagt mal, liebe Eltern, ihr macht so einen vitalen Eindruck. Kann es sein, dass ihr im letzten Jahr bezüglich eurer Kraft und Arbeitsmöglichkeiten nicht so ganz bei der Wahrheit geblieben seid?« Der schuldbewusste Blick seiner Eltern sprach Bände, und er schimpfte halbherzig: »Na, ihr habt es ja faustdick hinter den Ohren!«

»Bist uns arg böse?«, wollte die Mutter mit sorgenvollem Gesicht wissen.

Martin schüttelte den Kopf. »Nein, ihr wusstet wohl einfach lange vor mir, dass ich hierher gehöre.«

Anschließend traf er Marianne und Richard. Richard, der als Bürgermeister ja auch als Standesbeamter fungierte, stand der Idee, prominente Paare zu trauen, positiv gegenüber. Er informierte Martin, was es an rechtlichen Vorgaben zu bedenken gab und bot ihm seine Hilfe bei den Formalien an.

Gleich am Montag sprach Martin mit den Geistlichen der beiden Kirchen, die ebenfalls ihre

Unterstützung signalisierten und kein Problem darin sahen, auch ausländische Heiratswillige zu trauen. »Ich kann ein bisserl Englisch«, verkündete der eine. »Außerdem ein bisserl Französisch. Für eine Trauung reicht das! Oder wir machen es auf Latein, da verstehen dann die meisten eh' nichts mehr!«

Anschließend schlenderte Martin durch den Ort, sah sich die Zimmer der Gasthöfe an, fotografierte, machte Notizen und sandte nach dem Mittagessen Bilder mit Anmerkungen an Jack.

»Es ist so ursprünglich!«, schwärmte Jack begeistert. Hast du genügend Übernachtungsmöglichkeiten für alle Gäste?«

»Ja Jack, selbstverständlich!«

»Unglaublich nostalgisch, unsere Freunde werden es lieben. Ein schöner Kontrast zu den Luxushotels und ihren Suiten, die sich doch mehr oder weniger gleichen.«

»Freut mich, dass du das so siehst«, sagte Martin erleichtert. Dieser Punkt auf der Agenda hatte ihm am meisten Kopfzerbrechen bereitet, denn er war sich nicht sicher gewesen, ob die »normalen« Übernachtungsmöglichkeiten dem verwöhnten Klientel genügen würden.

Vorsichtig lugte Martin aus dem Fenster, als er am Tag der Hochzeit aufstand. »Sonnenschein!« freute er sich und versuchte seine leichte Nervosität in den Griff zu bekommen. Als er die Küche betrat, fragte er erstaunt: »Mama, es ist sechs Uhr morgens, was tust du denn schon hier?«

Sie strich ihm über seine Wange und sagte: »Ich hab' die Dusche gehört und mir gedacht, du freust dich bestimmt, wenn ich dir das Frühstück mache.«

»Ach Mama«, seufzte er. »Was täte ich nur ohne dich?« Er nahm am liebevoll eingedeckten Frühstückstisch Platz. Da er nicht wusste, wann er am heutigen Tag zum Essen kommen würde, ließ er sich von seiner Mutter Rühreier mit Speck braten, trank zwei Tassen Kaffee und erhob sich anschließend seufzend: »Danke Mama, jetzt mache ich mich besser schnell fertig.«

»Bin ich bereits«, sagte eine Stimme und Steffi stand vor ihnen.

»Guten Morgen, mein Moidl«, rief Anni erfreut. »Ich bin so glücklich, dich wieder an Martins Seite zu wissen. Na, gut geschlafen?«

Steffis Gesicht rötete sich ein wenig, und sie murmelte: »Ja!«

»Wie schnell du dich aufmotzen kannst, Stefferl, ich staune!«, lobte Martin überrascht. »Vor einer Viertelstunde hast du noch recht verzauselt ausgesehen!«

»Danke«, sagt Steffi zufrieden lächelnd, während sie daran dachte, dass Martin eine große Mitschuld am Zustand ihrer Haare trug. Seit sie die erste gemeinsame Nacht verbracht hatten, konnten sie nicht mehr die Finger voneinander lassen. Sie schenkte sich Kaffee ein und strich dick Leberwurst auf ein Brot.

»Ich geh' nach oben«, verkündete Martin. Peggy und Max werden gleich da sein!«

Anni lachte: »Die ganze Firma im Einsatz für den Sänger!«

Martin und Steffi erstarrten und warfen sich einen schnellen Blick zu. Woher wusste Anni davon? Martin hatte Jacks Namen nie erwähnt, sondern immer nur von einem Weltstar gesprochen. »Wieso?«, fragte er vorsichtig.

»Rocco Anders ist doch ein Sänger, oder etwa nicht?«, stellte Anni fest.

Aufseufzend sank Martin auf die Bank: »Um Himmels willen, woher weißt du denn das?«

»Von Peggy«, sagte seine Mutter überrascht. »Sie hat mich angerufen und um die Telefonnummer der Konditorei gebeten, die die Hochzeitstorte für Rocco kreieren soll.«

»Na der werde ich was erzählen«, knurrte Martin. »Das ist doch geheim! Meinst du, das weiß noch jemand am Ort?«

Anni lachte: »Gut möglich, aber die Thiersheimer sind verschwiegen – nach außen dringt sicher nichts.«

»Na hoffentlich!«, stöhnte Martin. Wenn hier Paparazzi auftauchen, dann bin ich wirklich erledigt! Willst du ein Autogramm von Rocco?« Anni schüttelte den Kopf. »Nein, das liegt doch bloß in der Schublade drin, mir genügt es, dass ich die Hochzeit sehe.«

»Mama, ich bedauere, da kann ich dich auf gar keinen Fall mitnehmen!«, lehnte Martin ab, und sie lachte: »Da brauche ich dich nicht dazu. Ich komme schon selber hin. Ich stehe neben der Organistin auf der Empore und blättere die Noten um. Ich bin also in hochoffizieller Mission unterwegs!«

Martin schüttelte den Kopf, grinste und seufzte anerkennend: »Meine Mama!«

Martin traf Max, Peggy, das Servicepersonal und die angeheuerten Damen und Herren vom Sicherheitsdienst im Stadel. Er pflaumte Peggy an, weil sie Jacks Namen verraten hatte, und rückte gleichzeitig damit heraus, dass Jack einige Überraschungen für seine Frau in Auftrag gegeben hatte. Martin verabschiedete sich und ging ins Rathaus. Im Trauzimmer traf er auf Richard. »Ja Mensch, du hast dich ja richtig schick gemacht«, rief Martin überrascht.

Der Bürgermeister lachte gutmütig: »Extra neu gekauft, wenn schon so ein Staraufgebot in Thiersheim ist, muss ich ja auch meinen Beitrag dazu leisten.«

Martin ließ seinen Blick über den Blumenschmuck gleiten, nickte dann zustimmend und machte sich auf den Weg in die Kirche. Die üppige Blumendekoration war ganz nach seiner Vorstellung ausgefallen. Der Sektempfang nach der standesamtlichen Trauung sollte aus Gründen der Diskretion nicht wie üblich im Rathaus stattfinden, sondern im geräumigen Saal des Gasthauses am Marktplatz. Er traf auf emsig werkelnde Helfer und rief Peggy und Max an, die ihm bestätigten, dass die Vorbereitungen für das Mittagessen bereits anliefen und auch bei ihnen alles bestens sei.

Jack und Felicitas, die seit zwei Tagen in Thiersheim weilten, hatten die vergangene Nacht getrennt voneinander verbracht. Während Jack sich in einem Hotelzimmer aufhielt, hatte er Felicitas die Honeymoon-Ferienwohnung überlassen.

Max holte Jack um neun Uhr ab und fuhr mit ihm zum Standesamt. Punkt 9.20 Uhr stieg Martin mit der strahlenden, eleganten Felicitas in eine gigantische schwarze Mietlimousine. Sie hatte getönte Scheiben und wurde von einem Chauffeur gelenkt. Misstrauisch äugte Martin nach draußen, doch auf dem Marktplatz vor dem Standesamt schien alles ruhig. Er sah nicht mehr Menschen als an einem normalen Wochentag üblich. Die meisten Thiersheimer arbeiteten um diese Zeit, und die Kinder hielten sich in der Schule auf. Die Braut atmete tief durch und legte ihre zitternde Hand auf Martins Arm. Langsam stiegen sie die Treppen zum Rathaus hinauf. Vor dem Trauzimmer stand Jack, umringt von seiner und Felicitas' Familie.

»Wunderschön«, flüsterte er, als er seine Verlobte sah, und Martin sah Tränen in seinen Augen schimmern.

Martin verhinderte gerade noch einen Kuss und befahl mit strenger Stimme: »Halt, erst wird geheiratet! Was sind denn das für Sitten hier!« Damit sorgte er für ein entspanntes Lachen, und sie gingen alle gemeinsam in den festlich geschmückten Trauraum.

Richard hatte sich sehr viel Mühe gegeben und sprach die Trauformel in Deutsch und Englisch.

»Und jetzt der Satz, den Sie bestimmt aus vielen Filmen gut kennen«, rief Richard, »Sie dürfen die Braut nun küssen!«

Das tat Jack dann auch augenblicklich sehr ausgiebig, und hinterher stellte er fest: »Ich bin der glücklichste Mann unter der Sonne! Darling, ich liebe dich unendlich.«

»Ich dich auch«, hauchte Felicitas.

Martin klatschte in die Hände: »Bitte folgen Sie mir, wir gehen jetzt auf die andere Seite des Marktplatzes, um auf das Wohl des Brautpaares anzustoßen.« Jack bestand darauf, dass Richard mit kam, und er versprach, später zu ihnen zu stoßen. Als sie vor die Tür des Rathauses traten, schlug der Fotograf vor, ein Bild von der Hochzeitsgesellschaft zu machen, und bat alle Anwesenden, sich in Pose zu stellen.

Martin sah sich nervös um, was Jack nicht entging. »Was ist denn nur mit dir los?«, fragte er.

»Ich habe Angst, dass Paparazzi hier auftauchen und euch die Hochzeit versauen könnten«, äußerte Martin seine Bedenken.

»Sollen sie doch Bilder schießen«, meinte Jack. »Das ist mir heute ziemlich egal, wenn ich sehe, wie glücklich meine Frau und ihre Großmutter strahlen!«

»Was für ein herrlicher Herbsttag«, freute sich Felicitas.

Martin flüstere Jack ins Ohr: »Wir können gehen, deine Überraschung steht bereit!«

»Komm, Darling«, umfasste Jack sanft Felicitas' Taille. Als sie am Ende der Stufen ankamen, liefen plötzlich von rechts und links kleine Mädchen herbei und streuten Rosenblätter auf den Asphalt.

»Wie romantisch«, seufzte Felicitas und küsste Jack.

So begleitet betraten sie den Saal des Gasthofs. Eine Musikgruppe spielte »Für mich soll's rote Rosen regnen«. Die Dekoration des Saales, mit diesen herrlich duftenden Blumen, die üppig im Raum verteilt waren, passte perfekt zu diesem Lied. Die Freunde und Verwandten stießen mit Gläsern, in denen Champagner prickelte, auf das junge Glück an. Mit Genuss verspeisten sie die gereichten Kanapees, und bald war es an der Zeit, in die Kirche zu gehen.

»Wie praktisch«, meinte Jack, »das sie gleich nebenan ist!« Die Hochzeitsgesellschaft befand sich in guter Stimmung, und Martin hatte Mühe, sie zum Aufbruch zu bewegen.

Besorgt flüsterte Felicitas: »Martin, glaubst du tatsächlich, dass es möglich ist, den Saal für das Mittagessen umzugestalten und hübsch zu dekorieren. Es sieht noch alles so leer aus. So lange dauert der Gottesdienst doch gar nicht.«

»Mach dir bitte keine Sorgen«, bat Martin. »Genieße deinen Tag. Für den reibungslosen Ablauf bin ich verantwortlich! Erstmal müssen wir sehen, dass sich deine Gäste jetzt ins Gotteshaus begeben.«

Nach und nach füllte sich die Kirche, und unter den feierlichen Klängen der Orgel erfolgte der Einzug des Brautpaares. Die verschwenderische

Dekoration, die diesmal aus weißen Rosen bestand, weckte allgemeine Bewunderung. Der Pastorin gelang es, eine schlichte, aber mitreißende Trauzeremonie durchzuführen. Vor dem Ja-Wort sang Felicitas' beste Freundin, eine weltberühmte Opernsängerin, das »Ave Maria«. Das sorgte für einen sehr emotionalen Moment, und Martin sah, wie sich Felicitas mehrmals mit einem Taschentuch an die Augen tupfte. Beim Auszug aus der Kirche streuten die kleinen Mädchen weiße Rosenblüten, und am Vorplatz bewarf man das Paar mit Reis, was bei der Braut Heiterkeit hervorrief.

»Fruchtbarkeit ist bei uns kein Problem«, flüsterte sie Martin zu, der dies mit einem verschwörerischen Augenblinzeln bestätigte. Plötzlich hörte man Hufgeklapper auf dem Kopfsteinpflaster, und eine Kutsche, gezogen von vier weißen Pferden, fuhr vor. »Ich fasse es ja nicht!«, rief Felicitas begeistert. »Das ist ja Wahnsinn!«

»Meine Überraschung für dich, Darling!«, freute sich Jack.

»Wartet bitte einen Moment mit der Abfahrt«, bat der Fotograf und machte sich auf den Weg zum Ende des Marktplatzes, um diesen Augenblick mit der Videokamera festzuhalten.

»Wo fahren wir denn hin?«, fragte Felicitas neugierig, als sie in die Kutsche einstieg. »Feiern wir denn nicht in diesem Gasthof?« Jack nahm liebevoll ihre Hand, hauchte ihr einen Kuss auf die Wange und raunte: »Noch ein Präsent von mir, meine Prinzessin.«

Felicitas lächelte, schmiegte sich an ihn und flüstere: »Ja, dir gelingt es, dieses Gefühl in mir zu wecken.«

»Und dein außergewöhnliches Kleid«, bemerkte Jack. »Die enge Korsage und der schmale, elegante, lange Rock, einfach märchenhaft und atemberaubend!«

Unter dem Applaus der Hochzeitsgesellschaft und dem Winken des Brautpaares setzte sich das Gefährt in Bewegung. Gemächlich trotteten die Pferde vom Marktplatz. Der Fotograf filmte diesen Moment und rief dem Paar zu, dass er sie am Zielort erwarten würde. »Ist dir kalt?«, fragte Jack, während die malerische Landschaft an ihnen vorbeizog.

»Nein«, wisperte Felicitas. »Es ist alles so unwirklich, traumhaft schön!«

Am Ortsende verließ der Kutscher die Hauptstraße, und es ging über enge Nebenwege. »Sieht ein wenig aus wie in Cornwall«, stellte Jack fest.

»Hörst du die Musik?«, fragte Felicitas plötzlich und lauschte.

»Wirklich?«, Jack hob fragend die Augenbrauen, und Felicitas knuffte ihn leicht in die Seite.

»Du kannst nicht gut lügen! Ist das etwa noch eine Überraschung? Ich komme ja gar nicht mehr hinterher«, sagte sie und schaute auf ihren Finger, an dem ein Ring mit einem Brillanten steckte. Der riesige Stein funkelte und strahlte mit der Sonne um die Wette.

Die Kutsche bog um die Kurve, und Felicitas stockte der Atem und fassungslos brachte sie hervor: »Das gibt es nicht! Das sieht ja aus wie ein Filmset aus dem 18. Jahrhundert.«

»Alles Gute zum Hochzeitstag«, rief Jack und machte eine ausladende Handbewegung. »Martin ist wahrhaftig ein Genie!«

Am Waldrand standen festlich eingedeckte Tische. Ringsherum gruppierten sich kleine Zelte, und auf einem Podest spielte die gleiche Musikgruppe, die sie bereits vom Gasthaus her kannten. »Das ist ja wunderschön!«, freute sich die Braut, als Martin sie herzlich willkommen hieß.

»Dank dem Wettergott«, rief Martin, »bei Regen wären wir im Saal des Gasthofes geblieben.« Felicitas umarmte ihn und meinte, dass es ihr ein Bedürfnis sei, seine Leistung anzuerkennen. Max reichte den Vermählten ein Glas Champagner, und Martin stellte fest: »Genießt diesen Augenblick der Zweisamkeit, die Gäste kommen in Kürze mit kleinen Bussen hierher.«

Felicitas ging zur Tafel des Brautpaares, die man, wie alle Tische, mit feinstem Porzellan und Kristallgläsern eingedeckt hatte. Wiesenblumen, Rosen und Efeu-Girlanden sorgten für eine passende Dekoration.

Bald kamen die Kleinbusse angefahren. Die Gäste stiegen aus und wurden mit einem leichten Aperitif auf das kommende Menü eingestimmt. Martin hatte einen der besten Köche Deutschlands engagiert. Felicitas, die Fernsehköchin, genoss in ihrem Metier einen hervorragenden Ruf. Sie hatte Martin beauftragt, für ein anspruchsvolles Hochzeitsmahl zu sorgen, und die

Speisenfolge genau mit ihm abgesprochen. Martin hatte für eine Überraschung gesorgt. Die jungen Frauen, die das Essen servierten, trugen federleichte, hellblaue Feenkostüme. Auf dem Rücken sah man kleine zarte Flügelchen und ins Haar hatte man ihnen verschiedene Blumen geflochten. Sie boten internationale und einheimische Spezialitäten an, die von den englischen Gästen erst kritisch beäugt, dann aber mit Begeisterung gegessen wurden. Zwischendurch warf Martin immer wieder einen Blick zum Himmel, doch das Wetter schien zu halten. Die strahlende Herbstsonne, milde Temperaturen und eine ungewöhnliche Windstille machten den Aufenthalt im Freien zu einem puren Vergnügen.

»Es hilft nichts«, sagte Felicitas schließlich. »Obwohl ich fürchte, dass mein Traumkleid im Wald Schaden nimmt, ich muss mich jetzt hinter die Büsche schlagen.«

»Komm«, bot Martin an. »Ich zeige dir einen verschwiegenen Platz.« Schelmisch lächelnd brachte er sie in ein Zelt, das bestimmt auch zur Freude der anderen Damen eine transportable Toilette verbarg.

Bisher lief alles prächtig. Martin seufzte erleichtert auf und machte sich auf die Suche nach der Hochzeitstorte. Im Verpflegungszelt traf er auf die Konditorin, die soeben die Marzipanfiguren auf die obere Etage der vierstöckigen Torte setzte. »Fertig«, rief sie stolz.

»Bezaubernd«, freute sich Martin. Auch das Brautpaar gab diesen Ruf von sich, als das Meisterwerk serviert wurde. Traditionsgemäß fütterten sich Felicitas und Jack gegenseitig mit dem Backwerk, und anschließend durften alle Gäste davon kosten.

Später trat aus dem Wald ein verkleideter Schauspieler, der in die Rolle des gemeinsamen Lieblingsschriftstellers des Ehepaares geschlüpft war. Als er dessen Sonette deklamierte, entstand eine feierliche Stimmung, nur unterbrochen vom Klappern der Kuchengabeln und den Geräuschen beim Einschenken des Kaffees. Als sich der Nachmittag dem Ende zuneigte, begannen die Damen in ihren eleganten Kleidern zu frösteln, und Martin beschloss, dass es an der Zeit sei, zur nächsten Lokalität zu wechseln. Er verteilte rote, mit Helium gefüllte Luftballons und unter dem fröhlichen Lachen der Anwesenden stiegen sie in den Himmel hinauf. Während die Gäste in die Kleinbusse kletterten, stand für Felicitas und Jack erneut die Limousine bereit, die sie in ihre Ferienwohnung brachte. Für den Abend hatten sie eine besondere Kleiderwahl getroffen und wollten sich jetzt umziehen.

Die Hochzeitsgesellschaft staunte, als sie vor dem urigen Gasthof der Bachs standen. Martin hatte von Steffis Eltern die gesamte Gaststube angemietet und einen Drei-Sterne-Koch aus München einfliegen lassen, der bereits fleißig in der Küche das festliche Abendmenü vorbereitete. Der rustikale Raum, zur gemütlichen Hütte umgestaltet, fand enormen Anklang. Selbst der sonst kritische Herr Bach lobte die gelungene

Dekoration. Um die Illusion perfekt zu machen, spielten zwei Männer mit Zither und Gitarre Stubenmusi. Steffi, die sich bereit erklärt hatte, heute Abend ihren Eltern zur Hand zu gehen, betrat mit ihrer Mutter die Gaststube und rief fröhlich: »Wie gewünscht, im Dirndl!«

Martin nickte anerkennend mit dem Kopf: »Frau Bach, Steffi, ihr seht umwerfend aus!«

Steffi setzte ein spöttisches Lächeln auf und raunte: »So wie der Gast sich das halt vorstellt, oder?«

»Genau«, sagte eine weibliche Stimme im Hintergrund. »Und der Kunde ist König!« Sie drehten sich zur Tür und starrten fassungslos auf Vivien, die soeben mit einer gewaltigen Kamera um den Hals den Raum betreten hatte. Sie ging auf Martin zu, und noch bevor er reagieren konnte, gab sie ihm einen Kuss auf den Mund.

Er schob sie von sich und knurrte gefährlich leise: »Vivien, ich glaube es nicht, was machst du hier?«

Sie lachte, warf den Kopf in den Nacken und sagte stolz: »Fotos?« Sie wandte sich an Steffi: »Und Sie sind die kleine Schulfreundin, die meinem Martin für eine Weile den Aufenthalt auf dem Land versüßt hat?«

Steffi, die sich vor ein paar Minuten noch hübsch und begehrenswert gefühlt hatte, kam sich urplötzlich wie eine graue Maus vor. Vivien, die ein sichtlich teures Seidendirndl mit einem enormen Dekolletee trug, erschien strahlend schön und selbstbewusst. Auf Viviens Dirndl-

Schürze konnte man den Kopf eines Hirsches sehen, und ihre Ohrringe bestanden aus kleinen Hirschgeweihen. Eigentlich geschmacklos, aber dennoch macht es was her, dachte sich Steffi. Sie fühlte sich extrem unwohl und ärgerte sich, dass ihr so spontan keine Retourkutsche auf Viviens Worte einfiel.

Martin mischte sich ein: »Steffi wird meine Ehefrau werden, also sei bloß vorsichtig bei dem, was du sagst.«

Vivien lachte hämisch auf: »Ach ja, so wie du mich einst heiraten wolltest, du änderst aber hurtig deine Meinung.«

Frau Bach bemerkte, dass ihre Tochter mit den Tränen kämpfte und sagte: »Komm Steffi, wir sollten langsam den Begrüßungscocktail vorbereiten, wir können die Hochzeitsgesellschaft nicht verdursten lassen!«

Steffi nickte Martin kurz zu und folgte ihrer Mutter. Der Chef des Sicherheitsdienstes meldete, dass die Räumlichkeiten komplett durchsucht seien und alles »sauber« wäre.

»Ja dann ist ja alles gut«, bemerkte Vivien grinsend.

Martin packte sie am Oberarm und zischte: »Komm mit«, und er zog sie aus der Gaststube.«

Als das frisch vermählte Brautpaar eintraf, herrschte bereits beste Stimmung. Mit freudigem Hallo empfing man Felicitas, die ein weißes Hochzeitsdirndl trug, und Jack, dem sein Trachtenanzug erstaunlich gut stand. Einer der Musikanten begann zu singen: »Bis aus England sind die Brautleut', haben heute Hochzeit g'macht. Doch der Tag ist nicht zu End', und es werd' a lange Nacht!«

Steffis Blicke wanderten immer wieder beunruhigt zur Tür, aber Martin blieb verschwunden. »Glaubst du, er geht zu ihr zurück?«, fragte sie ihre Mutter unsicher.

Die schüttelte den Kopf und versuchte, ihre Tochter zu beruhigen: »Was sagt dein Herz?«

»Ich weiß nicht«, flüstere Steffi hilflos.

Frau Bach meinte aufmunternd: »Ihr zwei versteht euch gut, er liebt dich, aus welchem Grund sollte er sich erneut auf die Frau einlassen, die ihn so enttäuscht und hintergangen hat? Sie passt doch in keinster Weise zu ihm.« Dann betraute Frau Bach ihre Tochter mit allerlei Aufgaben, um sie von ihren Grübeleien abzulenken.

In Steffis Augen dauerte es sehr lange, bis Martin endlich in den Gastraum zurückkam. Er sah ernst aus, und Steffi ging auf ihn zu, um sofort mit ihm zu sprechen. Doch Jack kam ihr zuvor und verwickelte ihren Verlobten in ein ausführliches Gespräch. Anschließend rief ihre Mutter, dass das Essen serviert werden könne, und sie trug mit den anderen Kellnern die Vorspeise auf. Bevor der Hauptgang serviert wurde, trat eine Volkstanzgruppe auf, und Steffi hielt Ausschau nach Martin, um mit ihm zu reden. Als sie ihn nicht fand, erkundigte sie sich bei Max: »Wo ist denn Martin?«

»Er wird gleich wieder da sein«, gab er zu Antwort.

»Ist Vivien weg?«, wollte sie leise wissen.

Max nickte: »Martin erledigt das gerade!«

»Ach so«, wisperte sie traurig.

»Steffi!«, sagte Max. »Mach dir keine Sorgen, vertrau ihm.«

»Aber sie ist extravagant und bildschön«, klagte Steffi.

Max legte beruhigend seinen Arm um ihre Schultern. »Schönheit ist nicht alles«, erklärte er.

»Hoffentlich«, murmelte Steffi hilflos.

Nach dem Dessert lenkte Peggy den Bräutigam ab, und in der Zwischenzeit konnte Max entsprechend der Tradition die Braut entführen. Mit dem Brautstrauß in der Hand lief Felicitas eilig hinaus, und sie fuhren in ein Gasthaus nach Kleehof. Einige Gäste kamen mit ihnen, und es dauerte nicht lange, bis Jack seine Felicitas in die Arme schließen konnte und durch Zahlung der Zeche auslöste.

»Wenn wir zurück sind, kannst du den Brautstrauß werfen«, sagte Jack.

Felicitas schüttelte den Kopf und flüsterte ihm zu: »Nein, das will ich nicht machen. Da in der Hochzeitsgesellschaft kaum unverheiratete Frauen sind, möchte ich meinen zauberhaften Strauß zur Erinnerung behalten.«

Als das Ehepaar mit Musikbegleitung und unter tosendem Applaus in die Wirtsstube einzog, ging es auf Mitternacht zu. Martin stand bei der Musikgruppe, die erneut aufspielte. Felicitas und Jack begannen zu tanzen und forderten die Hochzeitsgesellschaft auf, es ihnen gleich zu tun und auf die Tanzfläche zu kommen, die man inzwischen geschaffen hatte.

Martin fragte Frau Bach, wo er Steffi finden könnte. Sie erklärte, dass sich ihre Tochter bereits auf ihr Zimmer zurückgezogen habe und dort auf ihn wartete. Steffi zögerte, als es an der Tür klopfte und Martin seinen Namen nannte. Sollte sie ihm mit ihrem verweinten Gesicht überhaupt aufmachen? Furchtbare Gedanken hatten sie in den vergangenen Stunden gequält. »Schlag ihn dir aus dem Kopf«, hatte sie leise geweint. »Mit Vivien kannst du nicht mithalten. Vielleicht hatte sie recht und bist nicht mehr als ein kleines Abenteuer für ihn. Eine Dorfhelferin und ein Mann von Welt, das würde eh' nie gut gehen«, hatte sie geseufzt. »Ein Mann von Welt? Na, Steffi, übertreib es nicht gleich«, grummelte sie, und ein leichtes Lächeln huschte über ihr Gesicht. Sie stand auf und fragte: »Wer ist da?«

»Mach auf Steffi«, rief er. »Du weißt genau, wer mit dir sprechen will!« Unwillig wischte sie eine Träne weg, die sich gerade den Weg über ihre Wange bahnte und öffnete die Tür. »Stefferl«, brachte Martin bestürzt hervor und zog sie in seine Arme. »Es gibt keinen Grund zu weinen, wir gehören doch zusammen!«

»Echt?«, stammelte sie.

Entrüstet rief er: »Ja, sag mal, wieso zweifelst du denn bloß daran?«

»Sie ist so schön!«, stöhnte sie und freute sich, als Martin sagte: »Du bist in deinem Dirndl viel, viel hübscher. Weil du von innen heraus strahlst und ein Herz hast – mein Herz hast«, murmelte er zärtlich und küsste sie. Damit du ruhig schlafen kannst, erzähle ich dir jetzt, was passiert ist«, bot er an.

»Musst du nicht zu den Gästen?«, forschte sie besorgt.

»Die tanzen und brauchen mich erst später«, meinte er. »Also, es stimmt, dass Vivien erneut eine Beziehung mit mir wollte.›Was willst du hier auf dem Land?‹, hat sie gefragt. ›Du bildest dir nur ein, glücklich zu sein, denk doch daran, wie gut es mit uns einmal lief!‹ ›Genau!‹, habe ich geantwortet. ›Du sprichst von der Vergangenheit und die ist für mich vorbei.‹ Dann hat sie gegurrt: ›Kannst du mir nicht verzeihen?‹, und sie hat versucht, sich an mich zu schmiegen. Ich habe das natürlich nicht zugelassen und gesagt: ›Ich vergebe dir, denn das gehört zu den Tugenden der christlichen Barmherzigkeit. Doch seit ich Steffis Zuneigung spüren durfte, weiß ich, dass du mich nie richtig geliebt hast. Sondern lediglich das Bild, das du dir von mir geschaffen hattest.‹ Vivien hat mich daraufhin mit einem nachdenklichen Blick bedacht und seufzend gemeint: ›Du scheinst die Kleine ehrlich zu lieben. Schade, dann bleibt mir nur, dir viel Glück zu wünschen.‹ Ich habe sie dann aufgefordert: ›Bitte Vivien, lass mich künftig in Ruhe‹, und sie hat gerufen: ›Kein Problem! Ich habe immer einen Plan B. Wenn du mich nicht zurückhaben willst, nehme ich das Jobangebot in New York an.‹ Sie hat wohl meine Erleichterung bemerkt und gefragt: ›Weit genug weg für dich!‹ Ich habe genickt, sie hat meine Hand genommen und eine Foto-Speicherkarte hineingelegt. ›Marie und Robin, Felicitas und Jack‹, hat sie geflüstert. ›Alle Bilder – mein Abschiedsgeschenk, damit auch ich in Ruhe weiterleben kann.‹ Ich habe mich aufrichtig bei ihr bedankt, und sie hat mich noch gebeten, sie zu ihrem Auto zu bringen, denn das stand noch am Waldrand, da sie sich in einen der Busse reingeschmuggelt hatte. Ja und das war's. Sie ist für immer weg.«

»Martin«, wisperte Steffi, und sie küssten sich innig.

Er löste sich von ihr und lächelte: »Ich könnte stundenlang so weitermachen, aber jetzt muss ich nach unten. Bitte, komm mit!«

Steffi fuhr eilig mit einem kalten Lappen über ihr Gesicht, legte etwas Lippenstift auf. Als sie Arm in Arm den Gastraum betraten, rief Frau Bach erleichtert: »Na, Gott sei dank!«

Martin begann, eine Polonaise anzuführen, und nach einigen Runden in der Gaststube zog er durch die Eingangstür ins Freie hinaus. Ein gewaltiger Knall ließ die Feiernden zusammenzucken. Das Feuerwerk, das sogleich den Himmel erhellte, rief dann aber viele erstaunte und begeistere Ahs und Ohs hervor.

Steffi fragte Martin: »Hast du dir das genehmigen lassen?«

»Von mir persönlich«, hörten sie Richards Stimme.

Engumschlungen sah das Brautpaar in den nächtlichen Himmel, als plötzlich in roten Buchstaben »Felicitas – Jack – forever« am Firmament stand. Langsam verblasste der Schriftzug, mit dem das Feuerwerk endete. Fröstelnd ging die Hochzeitsgesellschaft zurück in den Gastraum. Dort wurde noch eine warme Suppe serviert. Gegen zwei Uhr löste sich die Runde dann auf.

»Was für ein wundervoller Tag«, seufzte Felicitas, als sie sich von Martin, Max, Peggy und Steffi verabschiedete. »Ich danke euch für diese tolle Organisation. Von so einer romantischen Hochzeit habe ich immer geträumt.« Auch Jack sprach anerkennende Worte, und Martin wünschte den beiden eine zauberhafte erste Nacht als Ehepaar.

Als die Limousine vom Hof fuhr, feixte er: »Aber zuerst müssen sie in der Wohnung die vielen Luftballons wegschaffen, die wir in ihrem Schlafzimmer verteilt haben.«

Max nickte und meinte lächelnd: »Böse Hochzeitsbräuche.«

Sie standen am Tresen und Steffi brachte eine Runde Bier. Martin bat: »Setz dich zu uns und trink mit. Hast es doch nicht weit, nur eine Treppe hoch.«

Sie schmiegte sich an ihn und bot an: »Wenn du magst, bleib da und steig mit mir nach oben!«

»Ob Papa Bach das erlaubt?«, feixte er.

»Wollt ihr noch etwas besprechen? Ich will nicht stören«, forschte sie nach.

»Heute nicht mehr«, beschloss Martin. »Oder? Das machen wir morgen früh.«

»Gute Idee«, nickte Peggy, und mit Genuss tranken sie ein kleines Bier.

»Das hätte ich mir nie träumen lassen, dass derart bekannte Persönlichkeiten hier ihre Hochzeit feiern«, bemerkte Steffi. »Schade nur, dass sich unter den Gästen keine Stars befanden.«

Max verschluckte sich fast an seinem Bier und prustete: »Gott sei dank! Der Sicherheitsaufwand war so schon gewaltig!«

»Mir hat der Abend sehr gut gefallen«, brachte Steffi mit verträumter Miene hervor.

Martin warf Max und Peggy einen kurzen Blick zu und fragte: »Was meint ihr, würdet ihr mir helfen, nochmal so einen Tag zu organisieren, um wieder eine Hochzeit auf dem Lande zu feiern?«

Sie nickten beide zustimmend, und Peggy forderte ihn auf: »Musst uns halt nur sagen, wann und wo. Wir sind zur Stelle!«

»Diesmal wird es aber eine Doppelhochzeit«, sagte Martin.

»Tatsächlich?« Fragend schaute ihn Steffi an. »An wen denkst du denn dabei?«

Zärtlich griff er nach Steffis Hand und verkündete: »Moni und Ronny, du und ich im nächsten Sommer! Eine romantische Feier für zwei glückliche Paare.«

Steffi strahlte ihn an und wollte ihm antworten, da hörten sie eine dröhnende Stimme hinter sich: »Wird denn der Brautvater heutzutage gar nicht mehr gefragt?« Herr Bach stand plötzlich da, und Steffi schaute ihn erschrocken an. Sein Gesicht verzog sich zu einem amüsierten Lächeln, und er rief: »Meinen Segen habt ihr, und nun gib deinem Martin einen Kuss!«

***

»Denk daran, welchen Rat du den künftigen Ehemännern immer gegeben hast«, raunte Max, der als Trauzeuge anwesend, und mit Martin vor dem Altar der St. Ägidien Kirche auf Steffi wartete. Die Innenausstattung dieser Kirche besaß einen außergewöhnlichen Charme. Die schmalen, hellblau gestrichenen Holzbänke und der kleine Altar machten dieses Gotteshaus zu etwas ganz Besonderem.

»Ich kipp' gleich um«, klagte Martin wispernd. »So nervös war ich noch nie in meinem Leben! Das ist ja ein furchtbarer Zustand.«

Max grinste und flüsterte tröstend: »Deine Steffi ist bereits vorgefahren, sie wird in wenigen Minuten da sein. Martin trat von einem Fuß auf den anderen und ließ seinen Blick über die Hochzeitsgäste schweifen. Frau Bach, die ihm ebenso wie ihr Mann erst vorgestern Abend das Du angeboten hatte, lächelte ihm aufmunternd zu.

Steffi schob ihren zitternden Arm unter den ihres Vaters. Er tätschelte ihre Hand und sagte gerührt: »Jetzt führe ich meine letzte Tochter zum Altar. Du weißt, dass ich nicht viel von Martin gehalten habe, aber er hat sich verändert. Ich bin überzeugt davon, ihr werdet ein glückliches Leben zusammen haben.«

Die Orgelklänge setzten ein, und langsam schritt Steffi auf Martin zu, der sie mit bewundernden Blicken musterte. Jetzt weiß ich, wie sich ein Bräutigam fühlt, dachte er stolz. Es ist ein wundervoller Augenblick, aber dass vorher die Aufregung und die Anspannung so enorm hoch sind, hätte ich nicht vermutet.

»Passt gut aufeinander auf«, sagte Steffis Vater, als er die Hand seiner Tochter in die von Martin legte. Bewegt registrierte Martin, dass ihm Tränen in die Augen schossen. Er machte erst gar nicht den Versuch, sie zu verbergen.

Als er nach der Trauungszeremonie vorsichtig ihren Schleier zurückschob und sie zärtlich küsste, wisperte Steffi ihm ins Ohr: »Gottes Segen wird uns auf unserem gemeinsamen Weg immer begleiten.«

Er nickte und dachte an die standesamtliche Hochzeit vor drei Tagen. Richard hatte im festlich geschmückten Trauzimmer ihre Ja-Worte entgegengenommen und die Zeremonie sehr persönlich gestaltet. Anschließend hatte Marianne für ausreichend Sekt gesorgt, mit dem die Gratulanten auf das Glück der Brautleute angestoßen hatten. Aber so richtig verheiratet fühlte er sich erst jetzt, seit er mit seiner Frau die Ringe getauscht und sie vor Gott ihr Eheversprechen abgegeben hatten.

»Dein Kleid ist ein Traum, dieser bauschige Tüllrock und die außergewöhnlichen Stickereien und Perlen am Herzausschnitt, wirklich märchenhaft«, lobte er.

Sie lächelte freudig und mahnte: »Wir sollten uns lieber setzen, damit es weitergehen kann.«

»Stimmt«, bestätigte Martin, und sie nahmen seitwärts am Altar ihre Plätze ein.

Die Organistin begann erneut zu spielen, und Moni und Ronny zogen in das Gotteshaus ein. Wie versprochen feierten die Paare heute eine kirchliche Doppelhochzeit.

Amüsiert flüsterte Martin Steffi zu: »Die praktische Moni!«

»Ja«, wisperte Steffi. »Mama hat vergeblich versucht, sie zu einem langen Kleid zu überreden. Aber mein Schwesterherz hat auf diesem kurzen, cremefarbenen Jackenkleid bestanden. Obwohl Mama ihr auch gern ein richtiges Brautkleid genäht hätte, so wie ich es trage.«

Das Brautpaar hatte mit den Buben an der Hand den Altar erreicht. Sie übergaben die Kinder an Steffi und Martin, die während der Trauungszeremonie auf sie aufpassen sollten. Aufmerksam verfolgte der Nachwuchs das Geschehen. Steffi herzte ihren Neffen und drückte ihn eng an sich. Sie lächelte, als ihr Martin zuflüsterte: »So was Kleines steht dir gut.«

»Dir aber auch«, wisperte sie zurück.

Arm in Arm traten die beiden Paare später aus der Kirche. Martins Freunde vom Anglerverein bildeten ein Spalier mit Angelruten, durch das sie die Treppen hinabstiegen. Die Mitglieder der Freiwilligen Feuerwehr erwarteten sie mit einem gewaltigen Holzstamm, den sie gemeinsam durchsägen mussten.

»Und das bei der Hitze«, jammerte Steffi.

»Ja«, rief Richard. »Das Eheleben ist kein Zuckerschlecken!«

Unter den Anfeuerungsrufen der zahlreichen Gäste gelang es ihnen, den Stamm zu spalten, sodass seine zwei Teile auf den Asphalt fielen. Bettlaken versperrten den Weg, auf denen *Moni und Ronny – Steffi und Martin* stand. Mühsam schnippelten sie mit einer kleinen Schere ein Herz aus, und die Männer trugen ihre Ehefrauen durch die entstandene Öffnung. Jetzt erst konnten die Gratulanten ihre Glück- und Segenswünsche aussprechen. Gerührt umarmten die Eltern ihre Kinder und hießen sie in ihren Familien nochmals ausdrücklich willkommen.

»Ich habe großen Durst«, stöhnte Steffi, und Moni pflichtete ihr bei. »Eine Landhochzeit im Hochsommer ist eine schweißtreibende Angelegenheit.«

»Gleich gibt es Prosecco«, verkündete Martin.

Ein weißer, offener Cadillac fuhr vor. Steffi und Moni kreischten vor Vergnügen wie die wilden Schwestern aus früheren Zeiten. »Wie toll ist das denn?«, freuten sie sich.

Sie stiegen vorsichtig ein und ließen sich in die roten Lederpolster sinken. Die Männer setzten sich neben sie. Martin öffnete eine integrierte Minibar, entnahm Gläser und eine Flasche und reichte sie Ronny mit den Worten: »Da Schwager, mach du sie auf, du hast mehr Muskelmasse.« Lachend ließ Ronny den Korken knallen und schenkte ein. Sie prosteten sich zu, und unter den

Jubelrufen der Hochzeitsgesellschaft setzte sich das Auto langsam in Bewegung.

»Bis später«, rief Martin den Gästen zu, die bald wieder zu ihnen stoßen würden. Er legte den Arm um Steffi und sagte voller Freude: »Genieß die Fahrt, mein Stefferl!«

Bereits nach wenigen Metern mussten sie feststellen, dass die scheppernden Blechdosen, die irgendein Witzbold am Auto angebracht hatte, einen ohrenbetäubenden Lärm verursachten. Martin ließ anhalten, stieg mit Ronny aus und versuchte, sie zu entfernen. Doch ohne Werkzeug sollte das nicht so einfach gelingen. Also ging die Fahrt weiter und sie erregten in den Orten, die sie auf ihrer Tour passierten, die entsprechende Aufmerksamkeit.

»Na endlich!«, freute sich Ronny, als sie am Waldrand ankamen. »Mir fallen ja gleich die Ohren ab!«

Lachend liefen sie zu der festlich gedeckten, langen Tafel. »Wie von den Frauen gewünscht«, sagte Martin zu seinem Schwager. »Ein Hochzeitsessen in der idyllischen Fichtelgebirgslandschaft.«

»Bevor die Gäste kommen, haben wir noch eine Überraschung für unsere Männer«, kündigte Steffi an.

»Da bin ich jetzt aber gespannt«, freute sich Ronny.

»Umdrehen und Augen zu«, befahl Steffi in gespielt strengem Tonfall. Die beiden kamen der Aufforderung gehorsam nach, und Moni ging zu einem nahen Baumstamm. Sie löste eine mit Klebestreifen fixierte Tüte, die sie am Abend zuvor dort versteckt hatte. Ronny und Martin hörten das Rascheln von Papier und das Kichern ihrer Frauen.

»Ihr dürft jetzt gucken«, rief Moni. Als die Ehemänner vorsichtig blinzelnd die Augen öffneten, sahen sie, dass Moni und Steffi jeweils einen klitzekleinen Strampler hin- und herschwenkten. Verblüfft blickten sich die Männer an, bis sie langsam begriffen, was ihnen ihre Frauen damit sagen wollten.

Martin fing sich als erster und umarmte Steffi stürmisch. »Mein Stefferl, ich werd' Vater, das ist ja wunderbar«, freute er sich.

»Und ich bekomme vielleicht endlich die langersehnte Tochter«, jubelte Ronny. »Jetzt besteht noch ein Grund mehr zum Feiern. Aber Alkohol gibt es für die Damen heute keinen mehr«, entschied er. Moni und Steffi nickten und versicherten, am Prosecco nur ein wenig genippt zu haben.

Die Hochzeitsgesellschaft traf ein, und Martin zog Steffi zur Seite und sagte: »Hier ist mein Präsent an dich.«

Er reichte ihr eine Papierrolle, die sie vorsichtig auseinandernahm, während sie fragte: »Was ist das?«

»Eine Planung, die du selbstverständlich noch ändern kannst. Ich habe es schon mit den Eltern besprochen. Wir werden den alten Stall abreißen und unser neues Haus darauf bauen.«

»Das heißt, du willst ernsthaft in Thiersheim sesshaft werden? Das macht mich unbeschreiblich glücklich!«, strahlte Steffi.

»Hattest du denn Zweifel daran?«, fragte Martin überrascht. Er umarmte sie fürsorglich und flüsterte: »Du und Thiersheim, ihr seid meine Heimat und werdet es für immer bleiben.«

»Und unser Baby«, wisperte Steffi freudestrahlend und gab Martin einen zärtlichen Kuss.

Von Doris Strobl bereits erschienen

Das Geheimnis vom Birkental
256 Seiten
ISBN 978-3-475-54144-5

Korbinian Leitner sieht nach dem Tod seines Sohnes keine Zukunft mehr für seinen Hof. Seiner Tochter Bärbl möchte er den Hof nicht übergeben. Der geplante Autobahnanschluss des Dorfes kommt ihm daher gelegen. Sein Land würde als Baugrund einen guten Preis erzielen. Bärbl hingegen schließt sich der Protestbewegung gegen den Bau an. Auf einer Demonstration lernt sie den Sägewerkbesitzer Leo Burger kennen. Die beiden verlieben sich ineinander, ohne zu ahnen, dass ihre Familien durch ein dunkles Geheimnis miteinander verbunden sind.

Kampf um den Astaller-Hof
272 Seiten
ISBN 978-3-475-54252-7

Franzi muss ihren Hund in eine Tierpension auf dem Land zur Pflege geben, da ihr neuer Chef keine Tiere duldet. Lenz, der Hofbesitzer, ist ihr von Anfang an sympathisch. Sie verbringt viel Zeit bei ihm und den Tieren. Als Lenz plötzlich stirbt, erfährt Franzi, dass sie zur Erbin des Hofes bestimmt wurde, gemeinsam mit seinem Sohn Simon, einem Arzt aus München. Ihn interessieren weder der Hof noch die Tiere. Er möchte verkaufen, und das möglichst bald. Die beiden geraten immer wieder aneinander und kommen sich dabei näher. Hat ihre Liebe eine Chance?

Informationen zu unserem Verlagsprogramm
finden Sie unter *www.rosenheimer.com*